牛行

우행 내 길을 걷다

우행

내 길을 걷다

이기택 회고록

이상

회고록 집필이 진행되는 동안 책명을 어떻게 붙일까 내내 고심했다.
담백하면서도 나름 내 정치인생을 함축해줄 수 있는 것이면 좋겠다고 생각했다.
여러 책명을 떠올렸다 지우기를 반복한 끝에 〈우행 牛行〉으로 정했다.
내 좌우명이기도 한 '호시우행虎視牛行'에서 따왔다.
한평생 걸어온 정치인생에 잘했던 일도 있고 잘못했던 일도 있겠지만,
그래도 좌고우면左顧右眄하지 않고 소처럼 묵묵히 내 길을 걸어온 것만은
사실이기에 그렇게 정했다. 마침 내가 소띠라 더 어울릴 것 같았다.
책명을 〈우행〉으로 정하고 나서 문득 어떤 생각이 들어 혼자 웃은 적이 있다.
'牛行'보다 '愚行'이 더 맞지 않을까 하는 싱거운 생각이었다.
사실 그럴지도 모른다. 스스로 생각해봐도 어리석을 만큼 내 원칙을 고집해왔다.
그게 옳았는지 틀렸는지는 보는 이에 따라 다르겠지만,
내 생긴 대로 살아온 것에 대해 나는 만족한다.

본문 중 '회고록을 마치며'에서

고 이기택 총재님 회고록
<우행>을 펴내며

2017년 7월

일민 이기택 추모회장

박 관 용

인명은 재천이라 하지만 그 무슨 청천벽력이었던가. 바로 전까지도 건강하신 모습을 뵈었는데, 이기택 총재님께서 홀연 운명하셨다는 소식을 듣고 얼마나 황망했고 비통했던가. 그 마음 채 씻기지 않았는데 벌써 한 해가 훨씬 지나가고 있다.

우리시대의 거목이 사라져서인가. 총재님께서 돌아가신 후 우리나라는 엄청난 혼란과 고통을 겪고 있다. 나라의 근간이 되는 원칙과 상식이 무너지고 있다. 잘못된 시류를 엄히 꾸짖어 바로잡을 어른이 보이지 않는다.

며칠 전 총재님 유고를 읽다 다음 한 구절에 이르러 나도 모르게 가슴을 쳤다.

"팔순이 다 된 나이까지 살아보니, 참으로 세월은 빠르고 시류 또한 끊임없이 변한다는 사실을 깨닫게 된다. 어느 것도 영원한 것은 없다. 일시적인 시류에 편승해 오만해진 정권은 결국 역사에 성공한 정권으로 남을 수 없는 법이다."

이제 누가 있어 이처럼 깊은 경륜과 성찰로 우리에게 가르침을 줄 것인가. "여산의 참모습을 알지 못함은 다만 내 몸이 이 산중에 있기 때문이네. 不識廬山眞面目 只緣身在此山中"라 했던가. 총재님께서 우리 곁을 떠나시니 이제야 정치거목의 진면목이 바로 보이고 그분을 잃은 슬픔이 새삼 차오른다.

이기택 총재님은 무엇보다 '원칙'의 정치지도자셨다. 4·19혁명을 주도하셨던 청년학도의 정신 그대로 정도만을 고집하셨다. 때론 치명적인 정치적 손상까지 감수하며 비리와 타협하지 않으셨고, 편법을 외면하셨다.

이기택 총재님은 '합리주의' 정치지도자셨다. 원칙을 고집하면서도 그 길은 항상 합리적인 대화를 통해 열어나가셨다. 밤을 새워서라도 반드시 토론을 통해 결론을 이끌어내셨다.

이기택 총재님은 '탈권위주의'의 민주적 정치지도자셨다. 그나마 오늘날 민주적 정치문화가 어느 정도 자리 잡게 된 것은 정당의 사당화를 온몸으로 저지해온 총재님의 역할이 컸다고 할 수 있다.

4·19혁명 직후 대한민주청년회에서 함께 활동한 이후 이 같은 이기택 총재님과 오랜 세월 함께 정치를 해올 수 있었던 것은 내게 큰 행운이었다. 때론 정치적 견해차로 여와 야로 갈라선 적도 있지만, 그때조차도 총재님에 대한 나의 존경심은 변함이 없었다.

지난 2월 20일 고 이기택 총재님 1주기를 맞아 사회 각계의 많은 분들이 뜻을 모아 '일민 이기택 추모회'를 출범시켰다. 그리고 그 첫 사업으로 총재님의 유고인 회고록 〈우행〉을 발간하게 되었다.

총재님께서는 6년간 이 회고록을 집필해 오셨고, 돌아가시기 바로 전날인 2월 19일 밤 10시에 최종 탈고를 하셨다고 한다. 그 자체가 매우 극적일 뿐 아니라, 마지막 순간까지 끝내 당신의 일을 마무리하신 데 대해 놀라움을 금할 수 없다.

물론 이 회고록은 이기택 총재님의 삶을 담고 있지만, 그 이전에 한국정치사 특히 한국야당사 그 자체라고도 할 수 있다. 많은 분들이 이 회고록을 통해 한 시대를 이끌어온 정치거목의 삶을 되돌아보며 우리 정치 발전을 위한 소중한 성찰을 얻게 되길 바란다.

끝으로 이 회고록은 전적으로 이기택 총재님 유족에 의해 발간된다는 것을 밝히고자 한다. 생전에 발간하시지 못한 유고를 유족 분들께서 직접 정리하고 편집까지 온갖 수고를 맡아 하셨다. 우리가 해야 할 일을 대신 해주신 유족 분들께 감사드리며 다시 머리 숙여 깊은 조의를 표한다.

일민[*]−民이
걸은 길

2017년 4월 19일
전 도산서원 원장

이 윤 기

*고 이기택의 아호

님은 홀연히 떠나고 덧없는 세월은 강물처럼 흐르는데 황혼 들녘에 홀로선 공허한 심경이어늘 일민의 자서전 서두에 글을 쓰게 되니 행장行狀을 써야 할 지 추모사를 써야 할 지 참으로 애통하고 착잡한 심정이다.

일민의 생애를 살펴보면 유년시절 자품資稟이 영명英明하여 주위의 기대를 모았으며 영천이씨永川李氏 명문가의 후예로서 유가儒家의 엄격한 훈육을 받아 신언서판身言書判과 수기修己의 소양을 고루 갖춘 헌헌장부였다. 한편 정치적으로는 한 시대를 이끄는 지성의 표본이었다. 인생은 아침햇살의 이슬 같다고 하지만 한 시대를 이끄는 지성의 행보는 나라의 진운과 궤를 같이 한다.

일민은 나라가 어려울 때마다 겸인지용兼人之勇과 견인불발堅忍不拔의 의지를 겸비한 지사志士로서 정치의 중심에서 언제나 의로운 길을 걸으면서 한국 헌정사에 큰 발자취를 남겼다.

일민은 한국 정치사에 한 획을 그은 4·19 혁명을 주도했다. 1960년 3·15 정·부통령 부정선거로 민주정치의 종막이 내려질 때 당시 고려대학교 학생회장의 신분으로 분연히 궐기하여 유서를 남기고 4·18 고대학생 데모를 주도, 4·19혁명의 도화선을 유발했다. 20대 초 젊은 나이에 나라를 구하기 위해 목숨을 초개같이 버릴 각오로 불의에 항거한 사실은 일민만이 행할 수 있는 장거였다.

또한 한국야당사상 노선의 선명성 문제로 일대 분수령을 이루었던 1979년 신민당 5.30 전당대회에서 일민은 여권의 온갖 압력과 회유와 또는 개인적 친소관계를 뿌리치고 오상고절傲霜孤節의 절개를 지켜 선명 야당의 진로를 확립하는데 결정적인 역할을 했다. 이때 그는 소신 있는 정치인으로서의 진면목을 보였으며 세인世人의 찬사와 주목을 받았다. 뿐만 아니라 일민은 혼탁한 정치문화의 정화를 위해 도의정치의 구현을 주창했다. 이러한 행적은 높이 평가받을 대목이다.

일민은 역사적 대의를 위해 일신의 영달을 외면했다. 1990년 한국 헌정사상 일대 오점을 남긴 이른바 여야 3당이 통합할 때 이는 상도常道가 아님을 준엄하게 규탄하고 홀로 외로운 가시밭길을 걸었다. 3당 통합은 각 당의 성격이나 정치도의상 결코 용납될 수 없는 정치 음모이었다. 3당 중 두 정당은 군사 쿠데타를 일으켜 헌정질서를 파괴한 군부정치인의 정당이었고 다른 한 정당은 군부통치에 항거 투쟁하던 한국 정통야당이었다.

이러한 정당을 하나로 통합한다는 것은 어떠한 명분과 논리로도 정당화될 수 없는 정치 분륜이요 동상이몽의 야합이었다. 이 야합으로 인해 정통야당의 맥은 끊어지고 여·야의 개념마저 혼돈케 되었다. 몇 특정인의 정치적 야욕을 충족시키기 위해 여·야 정당정치의 질서를 파괴하고 민주화 투쟁의 역경을 헤쳐 온 한국정통야당의 맥을 끊은 행위는 돌이킬 수 없는 역사적 죄악을 범한 것이다. 그러나 통합추종자들은 정치란 으레 그런 것이라는 정치관을 앞세워 야합의 부당성을 희석, 호도하며 통합술수를 오히려 정치력으로 평가했다.

이때 세인들은 일민의 거취에 주목했다. 그의 정치적 위상은 차기 대권을 바라보는 중진으로서 주목의 대상이 되기에 충분한 여건을 갖추고 있었다. 과연 일민은 어떻게 처신할 것인가. 일민에게는 중대한 기로이었다. 그는 깊은 고뇌에 빠졌다. 합류하면 집권의 기회를 포착할 수 있다. 그러나 정도는 아니다. 참여를 거부하면 천재일우의 기회를 포기하고 고행의 길을 가야 한다. 하지만 이는 정도다.

일민은 영달의 기회를 외면하고 정도正道를 택했다. 일민의 선택에 대해 세간에는 양론의 평가가 일었다. 지성인층에서는 그의 대인다운 용단에 찬사와 격려를 보내는 한편 일반인층에서는 아쉬움을 토로했다. 정치인이면 누구나 권좌를 위해서는 수단, 방법을 가리지 않는 것이 상례인데 닥쳐오는 기회를 굳이 포기할 것 까지 있겠는가 하는 반향이었다.

일민에게 있어 50여년의 정치생애 중 가장 어려운 결단이었다. 그의 대도지향大道志向의 행보는 역사에 기록되어 후진들에게 귀감이 될 것이다. 인간 일민인들 평탄한 길과 대권의 기회를 왜 마다하겠는가. 하지만 그는 오직 역사를 의식하고 말없이 바른 길을 걸었다. 거기에는 거센 풍랑과 험준한 가시밭의 고행이 따랐다. 그러나 결코 후회하지 않았다. 일민의 사유는 깊고 뜻은 의로우며 언행은 일치했다. 사람이 사는 참된 의의는 지위가 높다거나 부를 누리는데 있는 것이 아니라 소속된 사회에 참여하고 공헌하는 데 있다. 이는 평범한 진리다. 그 속에 진실이 있고 보람이 있으며 참된 자아自我가 존재하는 것이다. 일민의 행적은 한 시대의 의인義人이라는 평가와 아울러 정도정치의 표상으로서 역사에 길이 빛날 것이다.

해방공간에서 오늘에 이르기까지 한국 정치사를 추론해 보면 수많은 정당과 인물이 합종연횡하고 명멸, 부침했다. 이러한 정치 행태에 대해 저마다 대의명분을 앞세웠지만 이는 모두가 구차스런 자기변명에 지나지 않고 실제는 자신의 이해관계에 따라 이합집산했다. 70년 헌정사에 진실로 정도를 지향한 정치인은 불과 손꼽을 정도이다. 이는 한국 정치사의 솔직한 현상이었다. 이에 비해 일민은 앞에서 몇 가지 행적을 기술한바와 같이 대의에 입각해서 바른 행신을 함으로서 소신있는 정치인으로 정평이 나 있다. 이 점이 일민의 생애를 통해 가장 돋보이는 덕목으로 평가되고 있다.

지금 한국은 살얼음판을 걷는 형국이다. 북핵 문제로 일촉즉발의 전운이 감도는 가운데 동북아에 열강이 첨예한 각축전을 벌이고 있어 국내외적으로 한치의 앞을 예측할 수 없는 위기 상황이다. 이처럼 나라가 존망의 위기에 직면하게 되니 지난날 대의를 위해 몸을 던지던 일민의 리더십이 아쉽고 흠모의 염念을 금할 수 없다. 일민공一民公이시여, 북한산 자락 4·19영령들과 함께 나라를 바르게 인도하고 지키는 수호신이 되소서.

유족의 청으로 붓을 잡았으나 일민공의 고매한 인품에 누가 되지 않을까 마음 졸인다.

차례

차례

牛行

제 1 부　　어린시절

내 고향 청하

천둥벌거숭이 유년 시절

'석양 모습 한없이 좋으나 다만 황혼이 가까울 뿐이다. 夕陽無限好
只是近黃昏'

한시에 문외한인 나도 알고 있을 만큼 유명한 시 '낙유원에 올라 登
樂遊原'의 두 구절이다. 나이 들면 다들 그러려나. 노년에 들어 이 시
구가 절실하게 가슴으로 파고든다.

새해를 맞은 게 엊그제 같은데 어느새 동짓달이다. 두 장밖에 안
남은 달력을 쳐다보며 놀라다가 야속한 심정마저 든다. 간혹 여행 중
절경에 빠져드는 순간에도 이렇듯 아름다운 경치를 생전에 또다시 볼
수 있을까 하는 안타까움에 탄식이 앞서기도 한다.

하지만 모든 생명의 숙명인터, 어쩔 수 없는 일이다. 겸허히 받아
들일 뿐이다. 그래서 생각을 바꿔보기도 한다. 전쟁터와도 같은 정치
일선에서 물러난 노년의 삶에 들어서서야 비로소 석양의 비경이 온전
하게 내 눈에 들어오는 건 아닐는지.

요즘엔 될 수 있으면 어수선한 세상사에서 눈을 돌리려 애쓴다. 아
름답고 좋은 것만 바라보기에도 시간이 모자라기 때문이다. 그런데
그게 쉽지 않다. 아무 생각 없이 외면하기엔 오늘의 시대가 너무도 불
안하고 위태롭기까지 하다. 평생 몸담아 왔던 한국정치는 한 치의 발
전도 없이 오히려 시대를 거스르고만 있는 것 같다. 이제 내 몫이 아닌
것을 알면서도 안타깝고 때론 울화가 치밀기도 한다.

이럴 때마다 나는 눈을 지그시 감고 지나간 시절을 떠올리며 회상

에 잠긴다. 특히 천둥벌거숭이로 산과 바다를 뛰어다니던 유년 시절이 떠오르면 마음이 평온해지며 나도 모르게 웃음이 새어 나온다.

나는 일제강점기인 1937년 7월 25일 경상북도 포항시 북구 청하면에서 태어났다. 많은 이들이 부산 사람으로 알고 있는데, 내가 태어나고 초등학교 6학년까지 자라난 곳은 경북 청하다.

내 고향 청하는 서쪽으론 천령산, 삿갓봉, 장구재가 솟아 있고 동쪽으론 동해로 열려 있는 매우 아름다운 고장이다. 그리고 동부에 비교적 넓은 평야가 펼쳐져 있어 예전부터 농업이 발달한 곳이다. 방어진 일대에선 미역과 전복 양식이 제법 큰 규모로 행해진다.

어린 시절 주로 뛰어놀던 곳은 마을 뒷산인 용산이다. 용두산으로 불리기도 하는 이 산은 해발 200 미터가 채 안 되는 작은 산에 불과하다. 하지만 군데군데 솟은 바위들의 형상이 빼어나고 능선에서 내려다보이는 월포 해수욕장의 백사장은 아직까지도 뇌리에 생생하게 남아있는 절경이다. 게다가 수평선을 검붉게 물들이다 불쑥 솟아오르는 월포의 웅장한 일출은 누구라도 한동안 숨이 막힐 정도다.

또래들보다 키가 크고 덩치도 큰 편이어서 골목대장 노릇을 하며 동무들과 어울려 놀았다. 그 당시 아이들 놀이라야 그저 누가 빨리 달리고 힘이 센지 겨루는 게 고작이었지만, 소 끌고 꼴을 먹이러 나와서는 뭐가 그리도 재미있었는지 온종일 뛰어놀았다.

돌이켜보면 꽤나 개구쟁이였던 것 같다. 크고 작은 사고들을 여러 번 쳤던 기억이 난다. 한번은 산에 놀러가서 친구들과 씨름을 하다 상대방의 발목을 골절시키고 말았다. 부모님께서 다친 동무의 병원비를 물어주고 미안하다며 곡식까지 내주셔야만 했다.

그리고 또 한 번은 거꾸로 내가 다친 적도 있었다. 연못 밖에서 아이들이 돌멩이를 던져 넣으면 미리 연못 안에 들어가 있던 아이들이 자맥질해서 돌멩이를 찾아 나오는 놀이를 하고 있었는데, 그만 한 아이가 돌멩이를 잘못 던져서 내 정수리에 정통으로 맞은 것이다. 금방이라도 죽을 것처럼 아프기도 했지만 그보단 머리에서 피가 쏟아지는데 놀라 돌을 던진 친구 집으로 달려가 친구 부모님께 '나 좀 살려 달라'고 매달렸다. 그래봐야 친구 부모님께서 해주신 응급처치란 게 터진 머리통에 된장을 잔뜩 발라놓는 게 전부였지만. 지금도 정수리에는 깊이 팬 자국이 만져지는데, 그것이 그때의 상처다.

부모님께는 사고뭉치였을진 몰라도 청하의 아름다운 산과 바다에서 뛰어놀며 자연스럽게 호연지기가 길러졌던 것 같다. 촌구석 촌놈에 불과한 내게 고향의 산과 바다는 누구보다 큰 영향을 준 스승이었던 셈이다.

지금도 아주 생생하게 기억나는 일이 있다. 어느 날인가 담임선생님께서 수영하러 가자며 반원 모두를 월포로 데리고 가신 적이 있었다. 그런데 그날따라 풍랑이 거세 해안으로 큰 파도가 들이쳐 아무도 바다에 들어갈 엄두를 내지 못했다. 모두가 백사장에 주저앉아 파도가 치는 광경만 바라보고 있는데 내가 갑자기 바다로 뛰어들었다. 무슨 만용이었는지 모르겠다. 수영하러 왔다가 그냥 학교로 돌아갈 수 없다는 생각만으로 무작정 뛰어들었던 것 같다.

나는 죽을힘을 다해 거센 파도를 헤치고 목표지점인 바위까지 헤엄쳐갔다 돌아왔다. 반 아이들이 함성을 지르며 환호를 했는데, 그보다 그때 내 가슴을 울린 것은 뭔지 모를 뿌듯함과 자신감이었다. 아마도 그때 느꼈던 자신감은 성인이 된 이후 내 인생의 중대한 기로마다 큰 힘으로 작용하지 않았을까 생각한다.

자·유·민·주 네 글자

나는 1944년 국민학교(현재의 초등학교)에 입학했다. 학교엔 들어갔지만 정상적인 교육이 이뤄질 수 없었다. 내내 우리말만 쓰며 자랐는데 일본말로 수업을 받고 일본말만 쓰도록 강요받으니 수업이 제대로 될 리 없었다.

더구나 입학한 지 얼마 되지 않아 일제는 국민총동원령을 내렸다. 4학년 이상 학생들은 수업을 전폐하고 전쟁 지원에 나서야만 했다. 당시 나도 수업을 중단하고 솔방울을 따러 산으로 갔던 기억이 난다.

고사리 같은 어린 손으로 소나무에 칼질을 해 송진을 채취해야만 했다. 허구한 날 고철을 수집해오라고 닦달하는 통에 집안과 동네를 샅샅이 뒤지고 다니기도 했다. 게다가 동네 순사들이 좀 살만한 집이면 수시로 집안을 뒤져 제기며 숟가락이며 모두 쓸어가는 통에, 마당에 쌓아놓은 장작더미 속에 숨겨놓느라 허둥댔던 기억이 남아 있다.

일제하 식민지 한반도에선 모든 면에서 고통과 좌절뿐이었다. 일제는 태평양 전쟁의 수행을 위해 대대적으로 식량을 수탈했고 한반도는 군수공장을 세워 노동력과 원자재를 빼앗았다. 또한 경찰과 헌병을 앞세워 사상통제라는 이름으로 부당하고 잔혹한 구금, 투옥, 고문을 일삼았다. 그것도 모자라서 언어와 역사의 말살을 꾀하고 창씨개명을 강요했으며, 우리 민족을 학도병과 징용으로 저들의 전쟁터에 내몰면서 '일본군 위안부'라는 천인공노할 만행까지 저질렀다.

그런데 그중에서도 가장 불행한 것은 제 민족의 말로 제대로 된 교육을 받을 수 없었다는 사실이다. 다른 것은 차치하고서라도 우리말을 빼앗았다는 점 하나만으로도 일제강점기 36년은 도저히 용서할 수 없다. 자손대대 그 만행을 결코 잊을 수도 없다.

그런데 근래 일제의 식민지 통치를 미화하는 해괴한 언사들이 심심치 않게 귀에 들어온다. 일제의 식민지교육 덕에 우리 민족이 근대교육을 받을 수 있었다느니, 식민지체제 하에서 그나마 근대산업화가 시작될 수 있었다느니 하는 기막힌 소리를 대놓고 입에 올리는 인사들이 나타나고 있다. 그동안 어디에 숨어 있던 망령들인지 알 수가 없다. 도대체 무슨 의도로 그런 망발을 해대는지 나로선 도무지 이해할 수가 없다.

이러한 망국적 세태는 잘못된 역사를 제때에 제대로 청산하지 못함으로써 자초한 업보라 하지 않을 수 없다. 참으로 걱정스러운 일이다. 정말로 정신 바짝 차려야 한다. 역사가 죽으면 바로 민족이 죽는다. 어떠한 경우에도 우리 민족사는 지켜내야 하고 민족사를 왜곡하려는 어떠한 세력도 단호히 배척하고 응징해야만 한다.

　신문이나 방송에서 이 같은 해괴한 언사들을 접할 때마다 무슨 망조가 든 것은 아닌지 온종일 마음이 흉흉하고 밤엔 꿈자리마저 사나워진다. 일제의 강압통치에 피울음을 쏟아내었던, 민족 독립을 위해 기꺼이 목숨을 바쳤던 선조들을 나중에 저 세상에서 어떤 얼굴로 대해야 할지 참담할 뿐이다.

　해방되고 나서도 한참 지나서야 알게 된 일이지만, 내 고향 청하에서도 3·1 만세운동이 벌어졌었다. 1919년 3월 22일 청하 장날이었다. 윤영복 오영간 등 사전에 준비해온 분들이 덕성리 청하장터에서 일시에 태극기를 꺼내들고 "대한독립 만세!"를 외쳤다. 그런데 놀랍게도 벽촌 작은 마을 장터에 나온 수백 명의 농민들이 모두 동참하여 청하면 일대가 "대한독립 만세!" 함성으로 진동했었다고 한다.

　게다가 만세 시위는 22일 하루에 그쳤던 게 아니었다. 5일 후인 3월 27일에도 외가가 있는 두곡에서 "대한독립 만세!"의 함성이 또다시 울려 퍼졌고 외조부께서도 만세운동에 참여하셨던 것으로 알고 있다.

　만세운동을 주동했던 분들 대부분이 체포되어 일제 경찰의 모진 취조를 받으며 고초를 겪었다. 윤영복 등 몇 분은 옥고를 치러야 했고, 그 중엔 가혹한 고문으로 옥사하신 분까지 있다고 한다. 하지만 그분들은 출옥한 이후에도 청년회를 조직해 청소년들에게 민족의식과 자주독립정신을 불어 넣었다. 야학이나 물산장려운동, 일본인 교장 추방 등의 항일운동을 계속했으며, 그중 몇 분은 만주로 망명하여 독립운동을 벌였다 한다.

내가 태어나고 자라난 곳이지만 청하는 참으로 새까만 벽촌이다. 그럼에도 3·1운동 당시 우리 청하면 사람들은 여느 도회지 못지않은 만세운동을 벌였다. 놀랍기도 하고 청하에서 태어난 나로서는 자랑스럽기 그지없다.

그런데 이 청하면 3·1 만세운동은 역사에 기록되지 못하고 오랫동안 잊혔었다. 그런 걸 해방 후 뜻있는 분들이 수년간 재판기록 등을 끈질기게 찾아내 민족사에 헌정하게 된 것이다. 참으로 고맙고 다행한 일이다. 그 분들 덕에 회고록을 집필하며 한쪽에 간단하게나마 내 고향의 자랑스러운 역사를 소개할 수 있어 흐뭇하다.

2학년 때인 1945년 8월 15일, 우리 민족은 드디어 식민지통치에서 벗어나 해방되었다. 기쁜 소식은 시골구석까지 삽시간에 전해졌다. 마을 사람들은 모두 흥분했고, 당장에라도 뭔가 확 달라질 것 같은 기대와 희망에 눈빛들이 반짝였다. 나는 그때 난생 처음 하늘 높이 펄럭이는 태극기를 보았다.

물론 아직 어린 나이였던 나는 해방의 깊은 의미를 이해할 수 없었고, 그 실감이란 것도 단순할 수밖에 없었다. 하지만 학교생활은 완전히 달라졌다. 일본말 대신 우리말로 공부하게 되었을 뿐만 아니라, '해방'이니 '민족'이니 '민주주의'니 하는 낯선 금기어들을 일상적으로 접하게 되었다.

그 당시 일로 선명하게 기억에 남는 게 하나 있다. 아마도 4학년이나 5학년 때였을 것이다. 그땐 수업 중엔 붓글씨를 연습하는 습자 시간이란 게 있었다. 학생들이 붓글씨를 쓰면 선생님께서 잘 쓴 글씨를 몇 점 골라서 교실 뒷벽 게시판에 붙여놓으셨다. 한번은 내 글씨도 걸리게 되었다. 어린 마음에 뿌듯하고 신기하기도 해서 교실을 드나들 때마다 내가 쓴 글씨를 쳐다보고 또 쳐다보곤 했었다. 그때 내가 썼던 글씨가 '자·유·민·주' 네 글자다. 물론 선생님께서 칠판에 써놓으신 것을 보고 쓴 것이다.

어린 나이에 자유와 민주의 뜻을 제대로 이해했을 것 같지는 않다. 하지만 그 네 글자를 볼 때마다 뭔지 모를 감동에 가슴이 떨려왔던 것은 분명히 기억된다. 해방 직후 극렬한 좌우대립과 혼란한 사회상을 알 수 없었던 내게 해방은 오로지 가슴 벅찬 떨림이었다. 그때야 물론 '자·유·민·주' 네 글자에 평생 모든 걸 걸고 살아가게 될지 몰랐지만, 내 어린 영혼에 사라지지 않는 영원한 떨림으로 각인되었던 것만은 틀림없다.

나의 아버지, 나의 어머니

일제 말과 해방 초, 그 궁핍하고 혼란스럽던 시절에도 나는 비교적 유족한 편인 집안 덕에 큰 어려움 없이 자라났다. 그렇다 해도 제사 때가 아니면 쌀밥 구경하기 힘든 정도에 불과했지만. 아무튼 내가 배곯는 일 없이 편안하게 공부할 수 있었던 것은 전적으로 부모님 덕분이다.

아버지는 지역에 잘 알려진 분이셨다. 한학과 한의학에 조예가 깊으셔서 웬만한 질병은 직접 진맥하시거나 처방을 해주셨고, 관혼상제의 범절 등 이웃의 대소사를 두루 주관하시기도 했다. 농사를 지으시면서 면소재지에 농기구와 식기류를 취급하는 점포를 차려 직접 운영하셨다. 무척이나 성실하고 활동적인 분으로 광산업 등 여러 사업을 의욕적으로 추진하셨고 내 기억에 만주에도 사업차 몇 번 다녀오셨다. 부산으로 이주한 후에는 한동안 고무신 공장도 운영하셨다.

아버지는 내게 절대적인 분이셨다. 평소에도 엄하시지만, 특히 경우에 벗어나는 일에 대해서는 절대로 용납하는 법이 없으셨다. 아버지 말씀을 거역한다거나 꾀를 피운다는 것은 상상조차 할 수 없었다.

면소재지에 있는 점포에 방이 딸려 있어서 학기 중에는 주로 그곳에서 지냈다. 집은 그곳에서 5리 정도 떨어진 농가였는데, 어머니 혼자 그 큰 농사를 지으시며 지내셨다. 그런데 방학이 되면 아버지는 내게 점포엔 절대로 못나오게 하셨다. 집에서 꼴 베고 소먹이는 일을 도맡게 하신 것이다. 그리고 겨울이면 아침 일찍 방문을 벌컥 열어젖히고 나를 깨워 형님과 함께 걸레를 빨아서 온 집안을 청소하게 하셨다.

당시 20여 가구가 있는 아랫동네에만 우물이 있었다. 잠이 덜 깬 채 아랫동네로 내려가 걸레를 빠는데 조그만 손이 꽁꽁 얼어버린 걸레에 쩍쩍 달라붙으며 살점이 떨어질 것처럼 아팠던 기억이 생생하다. 그때 우물가에 있던 동네 아주머니들이 "부잣집 도련님들이 웬 걸레

어머니와 함께

를 빨고 있냐?"라며 놀려대기도 했었다.

아버지는 이렇듯 엄격한 가정교육을 통해 자식들에게 성실과 자강, 근검절약의 정신을 물려주시려 했다. 그리고 이를 몸소 실천하는 아버지의 모습은 돌아가시는 그날까지 한결같았다.

아버지의 임종을 지키고자 가족들이 모두 모여 있을 때였다. 의식도 불분명하고 말씀조차 하실 수 없는 임종의 순간인데, 아버지가 눈을 감지 못하시고 손가락으로 머리맡의 무언가를 자꾸 가리키는 것이었다. 뭔가 싶어서 아버지가 가리키는 쪽에 있던 문갑을 열어보았다. 그 안에는 납부해야 할 세금고지서들이 돈과 함께 각각 고무줄로 묶여 있었다. 돌이켜볼수록 참으로 대단하셨던 분이다.

어머니는 우리네 어머니들의 전형과 같은 분이셨다. 평생 우리 사남매를 키우시느라 바깥일은 모르고 사셨다. 자나 깨나 자식걱정, 오로지 자식 잘되기만을 바라며 살림만 하신 분이다.

생각과 살아가는 방식이 천양지차로 달라진 오늘날 효 또한 예전의 것일 수는 없지만, 그 의미와 가치는 조금도 달라질 수 없다. 인간관계에 있어 어버이와 자식의 관계는 가장 절실하고 무조건적이고 운명적인 인륜이다. 그래서 천륜이라고까지 한다. 이렇듯 가장 기본적인 인간관계인 부모님에 대한 사랑, 즉 효로부터 타인에 대한 사랑이 비롯되는 것은 아닐까. 나아가 박애와 정의 등 우리 사회의 모든 도덕적 가치도 근본적으로 그 밑바탕에 효가 깔려 있을 것이다. 이런 점에서 이기적이고 각박하기 그지없는 오늘날의 시대에 효는 더욱 중시되어야 한다는 게 내 생각이다.

그런데 어쩌면 나는 이런 말을 할 자격조차 없는지도 모른다. 어머니는 1982년 내가 펜실베이니아 주립대학 객원연구원으로 미국에 체류 중일 때 세상을 떠나셨다. 위독하시다는 소식을 듣고 부랴부랴 귀국했지만, 끝내 임종도 지키지 못한 불효자가 되고 말았다. 어머니는 돌아가시는 마지막 순간까지 막내아들인 나를 기다리셨다고 형님이 전해주었다. 당시 내가 정치규제에 묶여 있는 어려운 시절이라 차마 눈을 감기 어려우셨던 것이다. 그때의 비통한 심정은 이루 말로 다할 수 없다. 자식으로서 이보다 더 큰 불효가 어디 또 있으랴.

'나무는 고요하려 하나 바람이 그치지 아니하고, 자식은 부양하고자 하나 어버이는 기다려주지 않는다. 樹欲靜風不止 子欲養親不待' 는 말이 있다. 나무와 바람에 빗대 부모님 생전에 효를 다하라는 뜻이다. 절절하기 그지없는 얘기다. 내 나이 팔순을 바라보고 있지만 아버지, 어머니를 그리는 마음은 여전히, 아니 더욱 애틋하기만 하다.

제2의 고향 부산

부산 이주와 한국전쟁

초등학교 6학년 때 우리 집안은 부산으로 이주했다. 졸업을 얼마 남기지 않았을 때라 전학을 하기도 마땅치 않아 나는 홀로 청하에 남기로 했다. 길지 않은 기간이었지만 생전 처음 부모님과 형, 누나들과 떨어져 살았다. 외롭기야 했지만 시간표를 짜 공부하는 등 나름 의연하게 생활했다. 하기야 중학교 입시가 코앞이라 이런저런 생각이 들 틈도 없었을 것이다.

경쟁이 치열했던 부산중학교에 거뜬히 합격한 걸 보면 공부를 열심히 했던 것 같다. 부산은 물론 영남 각지에서 수재들이 모여드는 명문인 부산중학교 입학으로 나는 상당히 고무되었다. 우선 부모님의 기대를 충족시켜 드릴 수 있었고, 시골 촌놈이었던 내가 난생 처음 도전한 경쟁의 관문을 통과했다는 자부심 때문이다. 제2의 고향이자 내 정치인생의 터전이 된 부산과의 행복한 첫 인연을 맺었던 셈이다. 그러나 그 행복감을 제대로 누려보기도 전에 나는 바로 한국전쟁의 소용돌이와 마주쳐야만 했다.

흔히 6·25사변이라 말하는 한국전쟁이 일어났을 때 나는 중학교 1학년이었다.

그 시절 부산의 모습은 유엔군과 군수물자와 판잣집과 악머구리 같은 거리의 풍경으로 기억에 남아 있다. 졸지에 후방기지와 임시수도의 역할을 떠맡게 된 부산은 총알만 날아다니지 않을 뿐 또 다른 전장이었다.

행정부와 국회, 법원을 비롯한 국가기관들이 모두 옮겨왔고, 전국에서 피란민들이 몰려들어 그야말로 북새통을 이루었다. 거기다 온갖 인종의 유엔군까지 뒤섞였으니 오죽했겠는가. PX에서 흘러나오는 군수물자로 흥청대는 부둣가의 암시장이나 국제시장 같은 곳이 있었는가 하면 전쟁에 지친 군상들이 방황하는 밤거리와 뒷골목도 있었다.

생존을 위한 피란민들의 몸부림도 차마 눈뜨고 보기 어려울 지경이었다. 피란민들은 끼니와 거처를 찾아 남의 집 처마 밑에라도 짐을 풀어야 했다. 아니면 야산에다 나뭇가지 세워놓고 거적때기를 대충 씌워 거처로 삼았다.

어렵기는 부산사람들도 마찬가지였다. 피란해 온 동포에게 대문을 걸어 잠글 수가 없어 우리 집에서도 가족이 거처할 안방만 남기고 방이란 방은 모조리 내줬다. 아버지가 운영하시던 고무신공장에도 피란민들이 우르르 몰려와 마당에 냄비를 줄줄이 걸어놓고 살림을 차렸다. 그러다 그들이 불을 내는 바람에 공장이 모두 타버려 한동안 우리 가족이 경제적으로 큰 어려움을 겪기도 했다.

전쟁통에도 피란지의 교육은 계속 이어졌다. 전시연합대학이라 해서 여러 대학들이 부산에 공동으로 임시 캠퍼스를 마련하고 강의를 이어갔다. 다른 지역 중·고등학교가 부산으로 내려와서 수업하기도 했는데, 이를 사람들은 '피난학교'라고 불렀다. 여러 지역 출신 학생들이 모여 뒤엉키듯 학교생활을 했다.

전시상황이라 학생들은 수업 말고도 이런저런 봉사활동에 동원되었다. 내 경우에도 친구들과 병원 봉사에 참여했는데, 병원의 화장실 청소며 의료폐기물 처리며 어린 학생들이 하기에는 적합하지 않은 험한 일들을 닥치는 대로 해야만 했던 기억이 남아 있다.

당시 결코 잊지 못할 선생님 한 분이 계셨다. 내가 다녔던 부산중학교 김하득 교장선생님이다. 선생님은 학교가 부상군인들을 치료하는 군 병원으로 징발 당하자 몇십 평 남짓한 교장 사택 마당에 나무 의자 몇 개만 가져다 놓고 우리를 가르치셨다. 전쟁이 일어나자 학생들이 뿔뿔이 흩어졌고 선생님도 몇 분 안 계실 때였다. 그러다 보니 교장 선생님 혼자서 1학년도 맡고 2학년도 맡으시면서 무척이나 애를 쓰셨다.

"전쟁이 일어났다고 세상이 끝나는 게 아니다. 이럴 때일수록 더욱 배움의 길을 게을리해서는 안 된다."

"당장 여기에 포탄이 떨어지더라도 결코 꿈을 잊지 말라."

열정적으로 우리를 가르치며 해주셨던 말씀들이 아직도 귀에 생생하다. 김하득 선생님은 나중에 부산고등학교를 거쳐 대학에서도 봉직하셨는데, 가시는 곳마다 제자들로부터 존경을 한 몸에 받으셨다.

중학생 시절 나는 특히나 운동을 열심히 했다. 마당에 철봉, 평행봉, 역기 등 기구를 마련해 놓고 친구들과 함께 열심히 체력단련을 했다. 싸움에서 지기 싫어서였다. 당시 별달리 여가를 보낼 게 없어 그랬는지 남학생들은 몰려다니며 툭하면 싸움판을 벌였다. 그땐 나도 싸움판에 잘 끼어들었다. 체격도 큰 데다 일상적으로 체력 단련을 한 터라 싸움이 붙으면 지는 일이 별로 없었다. 주먹 좀 쓴다는 친구들 사이에서 소문이 날 정도였다.

그러다보니 우쭐한 기분에 어른 흉내를 내보기도 했다. 지금은 돌아가신 김상국이란 가수가 몇 년 선배였다. 한약방을 하는 부잣집 아들이었던 그 형과 어울려 건들거리며 다녔다. 범일동 극장에서 상영하는 중학생 관람불가 영화도 그 형이 넣어줘 여러 번 본 기억도 난다.

부산상고 시절

1951년 학제가 바뀌어 6년제였던 중등교육과정이 중학교 3학년, 고등학교 3학년으로 분리되었다. 내가 다녔던 부산중학교 출신들은 대부분 동일계인 부산고등학교로 진학했다. 그런데 아버지께서 난데없이 부산상업고등학교로 진학하라고 권유하셨다. 당신이 사업을 해오신 분이라 가업을 승계시키려는 이유도 있었지만, 내 생각엔 친구들과 밤낮으로 몰려다니던 모습을 걱정하셨던 터라 나를 그 패거리로부터 떼어놓으시려는 의도가 더 큰 것 같았다.

고등학교 시기에는 친구들과 몰려다니지 않고 열심히 공부에 매진했다. 요즘에도 있는지는 모르지만 내가 고등학생 때는 영어참고서로 「3위일체」를 최고로 쳤었다. 나는 이 참고서를 한 번 뗄 때마다 책 뒷장에 번호를 매겼는데, 54번까지 매겨졌을 만큼 지독하게 공부했다.

결국 아버지의 의중대로 된 셈이다.

그리고 여기엔 형님의 영향이 컸었다. 나보다 네 살 위인 형님은 어릴 적부터 공부를 잘해서 서울대학교 화학공학과에 다니고 있었다. 형님은 방학 때면 내려와 나와 한 방에 지내며 공부도 지도해주고 많은 이야기를 해줬다. 대학생활과 서울생활 이야기를 비롯한 많은 이야기들이 한창 감수성이 예민했던 나이의 내게 새로운 미래에 대한 기대와 꿈을 심어주었다. 학업에 대한 강한 동기를 부여해준 것이다.

공부에 매진하면서도 기질은 어쩔 수 없었던지, 고3때 큰 사고를 한번 쳤다. 반장을 맡고 있었는데, 당시 어떤 학내문제가 있어 대부분 학생들이 학교의 처사에 강한 불만을 품고 있었다. 그러던 중 가을소풍 때가 되어 나는 3학년의 다른 반 반장들에게 소풍에 집단으로 불참하고 다른 곳에 가서 놀다오자고 제안했다. 반장들이 만장일치로 동의해 나는 반장들을 데리고 1박2일간 경주에 가서 신나게 놀고 왔다. 차비까지도 다 써버리고 노느라 돌아올 때는 무임승차까지 해야만 할 정도였다.

소풍가는 날 3학년 반장들이 모두 빠져버렸으니 학교가 발칵 뒤집힌 것은 말할 것도 없다. 학교로 돌아가자 당장 퇴학이라도 시킬 듯이 험악한 분위기였다. 졸업을 얼마 남겨놓지 않고 자칫 고등학교 중퇴자가 될지도 모를 상황이었다. 다행히 퇴학은 면하고 정학 처분을 받는 것으로 사태가 수습되었지만, 지금 생각해도 물불 안 가릴 만큼 무모했던 때였던 것 같다.

그때 일을 기억하는 동창들이 그때부터 반골 기질이 내게서 보였다고 말을 하곤 한다. 글쎄, 반골까지는 모르겠지만, 아무튼 그때 행동은 내 나름으론 꽤나 진지했던 저항이었을 것이다.

아무튼 부산중학교를 졸업한 후 부산상고로 진학했던 나는 지금 100년이 훨씬 넘는 역사와 전통을 쌓아오며 숱한 인재를 배출해온 부산상고 출신이란 사실을 항상 자랑스럽게 생각한다. 부산상고 시절은 공부에 매진하고 친구들과 미래를 함께 꿈꾸는 데 부족함이 없었다. 질풍노도와 같은 나의 청년기를 향해 충실하게 준비했던 시기였다.

'활명수대장'

건국대병원장을 지냈던 장상근 박사와 평소 가깝게 지내는 편이라 그 인연으로 나는 몇 차례 건대병원에서 건강검진을 받은 적이 있다. 지난해 검진 때였다. 장 박사가 검진 결과를 설명해주며 내 몸 안의 장기들이 모두 내 나이보다 20년은 젊다는 농을 했다.

노인의 건강이란 게 하루아침에 사라질지 모르는 이슬에 불과하다는 것을 알면서도 기분은 좋았다. 어릴 때부터 나이 사십에 이르기까지 병마에 시달리던 몸이었으니 그야말로 금석지감을 느끼지 않을 수 없었다. 모든 노인들의 바람이겠지만, 생을 마치는 순간까지 특별히 아픈 데 없이 맑은 정신으로 살아갈 수 있다면 그보다 더 큰 복이 어디 있으랴.

고등학교 1학년 때부터 십이지장궤양을 앓기 시작했다. 그 병은 참으로 희한해서 아플 때는 금방이라도 죽을 것처럼 통증이 심하다가 시간이 좀 지나면 어느 순간 씻은 듯이 사라진다. 음식을 섭취하면 음식물이 십이지장을 거쳐 대장으로 가는데 그때 궤양이 있는 부분을 거치게 되면 참을 수 없는 고통을 겪게 되는 모양이다.

그러다보니 통증이 시작되면 아무것도 못한 채 식은땀만 줄줄 흘리며 고통을 참아내다 통증이 사라지면 아무 일도 없었다는 듯이 다시 공부하거나 친구들과 놀았다. 내 주변 친구들도 거의 내가 병을 앓고 있는지조차 모를 정도였다.

그때는 지금처럼 약도 좋은 게 없어서 치료를 받아 완치되기를 바라기보다는 그저 참고 견디려 했던 것 같다. 지금 생각해보면 그나마 약이라도 잘 챙겨먹었어야 했는데, 조금만 먹으면 다 나은 것 같아서 잊고 지내다가 재발하면 그때 다시 약을 먹곤 했으니 모두 건강관리를 소홀히 했던 내 불찰이다.

십이지장궤양은 줄곧 나를 따라다니며 나의 일상이 되었다. 방학이 돼서 집에 내려온 형님이 갑자기 방안을 데굴데굴 구르며 고통스러워하는 나를 보고 안타까워 발을 구르던 모습, 친구들과 함께 공부하다 통증이 와서 책상과 배 사이에 베개를 끼워 누르고 간신히 고통을 참아가며 공부하던 기억이 떠오른다. 십이지장궤양으로 인한 위장장애도 자주 와서 체하는 일도 잦았다. 당시 소화제로 유명한 '활명수'를 어지간히도 마셔댔다. 오죽했으면 친구들이 나를 '활명수대장'이라 불렀을까.

그렇게 이십여 년 간 나를 시달리게 했던 십이지장궤양은 나이 사십이 넘어서야 없어졌다. 펜실베이니아 주립대학 객원연구원으로 미국에 체류할 때 이 고약한 병을 수술이라도 해서 완치시키고 싶어 이리저리 알아보기까지 했는데, 십이지장궤양 수술은 매우 까다로우니 최대한 약물치료로 견뎌보라는 의사의 조언에 수술을 포기해야만 했다. 그런데 그 후 어느 날부터 나도 모르게 통증이 거짓말처럼 사라져 다시는 찾아오지 않았다. 참으로 놀랍고 신기한 일이었다. 아무튼 내겐 천만다행한 일이 아닐 수 없었다.

아무튼 십이지장궤양으로 나는 고3 말, 큰 홍역을 치러야 했다. 3학년 2학기 입시준비 막바지시기에 십이지장궤양이 재발해버린 것이다. 그것도 상태가 심각해 입시준비는커녕 학교도 나갈 수 없어 출석일수가 모자라 졸업까지 걱정해야 할 정도였다.

학교도 못나가고 병원과 집을 오가며 지내고 있던 어느 날 학교에서 연락이 왔다. 마침 연세대학교에서 학교 추천을 받아 무시험으로 특례입학생을 받는 제도가 있는데, 우리학교에서도 한 명을 추천할 수 있다며 나를 추천해주겠다는 것이었다. 당시 나는 출석일수가 모자라 졸업조차 힘든 상황이었는데 특혜에 가까운 제안이었다. 하지만 나는 학교의 고마운 배려를 사양할 수밖에 없었다. 투병생활을 하고 있던 나로서는 바로 진학해서 서울에서의 유학생활을 견뎌낼 엄두가 나지 않았다.

게다가 형님이 반대하고 나섰다. 기왕 한동안 공부도 제대로 못했는데, 한 해 거르며 건강도 되찾고 공부도 열심히 해 원하는 대학의 원하는 학과로 진학하라고 권했다. 한마디로 재수를 하라는 얘기였다.

결국 나는 고등학교를 졸업하는 둥 마는 둥 요양에 들어갔다. 머리에 이부자리를 인 어머니를 따라 쌀자루를 등에 지고 양산 통도사에서 좀 더 들어간 곳에 있는 '백련암'이라는 암자를 찾아갔다. 처음 한동안은 어머니와 함께 기거했다. 나의 건강 회복을 위해 어머니는 참으로 눈물겹게 온갖 정성을 기울이셨다. 어머니의 사랑을 가장 애틋하게 느꼈던 게 그때가 아니었을까싶다. 어머니가 산에서 내려가신 후에는 나 홀로 깊은 산속에 남겨져 죽을 끓여먹으며 지내야만 했다.

사람의 운명이란 정말 겪어보기 전까진 누구도 알 수 없다. 내가 살아오며 겪었던 여러 일들도 그렇고 주변 사람들의 수많은 경우를 보면서 수없이 절감한 사실이다. 인생에 있어 가장 중요한 성장기였던 그 시기에 나는 제때 대학에 진학도 못하고 홀로 깊은 산속 암자에 들어가 요양해야 했다. 참으로 불행했다. 사실 그때 나는 미래를 비출 등불이 꺼진 듯 무척이나 낙망했었다. 한마디로 인생의 낙오자가 된 것만 같은 심정이었다. 그런데 나는 그 백련암에서의 요양생활에서 향후 내 삶을 결정짓는 결정적 계기를 맞게 되었다.

당시 백련암에 기숙하던 사람들은 나처럼 요양하는 사람도 더러 있었지만, 주로 고시생들이었다. 나는 자연스럽게 형뻘 되는 그들과 어울리게 되었다. 그들로부터 세상 돌아가는 얘기도 듣고, 그들이 외출했다 갖고 들어온 신문쪼가리를 읽고 토론에 끼어들기도 했다. 학교와 친구들밖에 몰랐던 내가 비로소 세상사에 관심을 갖고 불의한 시대에 공분하는 성인으로 성장하기 시작했다. 훗날 내가 다른 길을 저버리고 정계에 투신하게 된 데에는 아마도 이때의 영향이 지대했을 것이다. 이런 걸 두고 '인생사 새옹지마人生事 塞翁之馬'라 하는 걸까.

1956년 5월 15일의 제3대 정·부통령선거를 앞두고 있던 당시 이승만 자유당정권은 만연한 부정부패와 사사오입 개헌 등으로 인해 민심에서 완전히 이반되어 있었다. 하지만 자유당은 대통령후보에 이승만, 부통령 후보에 이기붕을 지명하며 정·부통령선거를 강행했다. 지금 돌이켜봐도 정권교체를 할 수 있는 절호의 기회였다. 그런데 하늘은 민의를 저버렸다. 야당인 민주당의 유력한 대통령후보 해공 신익희 선생이 선거일을 며칠 앞두고 갑작스레 서거하신 것이다.

당시 신익희 선생은 우리 민주주의의 유일한 희망이었다고도 할 수 있다. 한강 백사장 유세에 군중이 20여 만이나 운집할 만큼 지지가 대단했다. 그런 만큼 국민이 받은 충격과 슬픔은 엄청났다. 전국이 일시에 통곡의 바다가 되었다 해도 지나치지 않을 것이다. 내가 있던 백련암 골짜기에서도 고시생들이 연일 방바닥을 두들기며 통곡하곤 했다.

결국 선거에서 이승만 후보가 다시 대통령으로 당선되고 말았다. 그나마 부통령으론 자유당의 이기붕 후보가 떨어지고 민주당의 장면 후보가 당선되긴 했지만, 정권교체가 무산된 데에 대해 대다수 국민이 낙심하고 허탈감에 빠졌다.

그때 당시 이승만 대통령이 벌였던 정치 쇼는 지금 생각해도 기가 막힌다. 자유당 전당대회에서 대통령후보로 지명된 직후 이승만 대통령은 난데없이 자유당에 서한을 보내 제3대 대통령선거에 출마하지 않겠다고 밝혔다. 그러나 이는 사사오입 개헌에 대한 국민의 반감을 희석하려는 그의 책략임이 바로 드러났다. 이승만 대통령의 불출마 선언 다음날부터 기다렸다는 듯이 이를 철회하라는 대대적인 관제 데모가 끊임없이 이어졌다.

이승만 대통령의 불출마 선언을 철회하라는 구호와 전단이 거리에 난무했고, 지방에서는 초등학교 학생들까지 동원되어 이승만 대통령의 출마를 호소하기에 이르렀다. 또한 경무대 앞은 경찰의 방조 속에 연일 시위 군중들로 가득 찼다. 그에 부응이라도 하듯 이승만 대통령은 3선 출마를 강권하는 서울 시내 집회 현장을 찾아다니면서 그들을 위로하는 제스처를 구사했다. 이어 전국 각지에서 자유당과 친위단체들의 주최로 '이 대통령 3선 출마 호소 궐기대회'가 열리고, 이승만 대통령 재출마를 요구하는 대한노총의 정치파업이 벌어졌다. 이렇듯 분위기가 무르익자 이승만 대통령은 3월 10일 외신 기자들에게 국민이 자살을 원한다면 자살이라도 하겠다며 마지못한 듯이 자신의 불출마 선언을 번복했다.

그런데 이 과정에서 기상천외한 일이 하나 발생했다. 아마도 동서고금을 통틀어 전무후무할 코미디가 아닐까 한다. 우마차조합에서 소와 말까지 이승만 대통령의 출마를 원한다며 우마차 8백 대를 동원해 데모를 벌인 것이다. 결국 데모에 동원된 소와 말들이 싼 똥으로 인해 서울 거리는 온통 똥 천지가 되어버렸다. '민의가 아니라 우의마의'라는, 그때 탄생한 웃지 못 할 신조어는 지금도 기억에 남는다.

아무튼 일촉즉발의 정치상황과 어수선한 사회현실을 배경으로 나의 어린 시절은 깊은 산속 백련암에서 미래에 대한 불안을 품은 채 지나가고 있었다.

부산상고 재학시절

제 2 부　4·19혁명

고려대학교

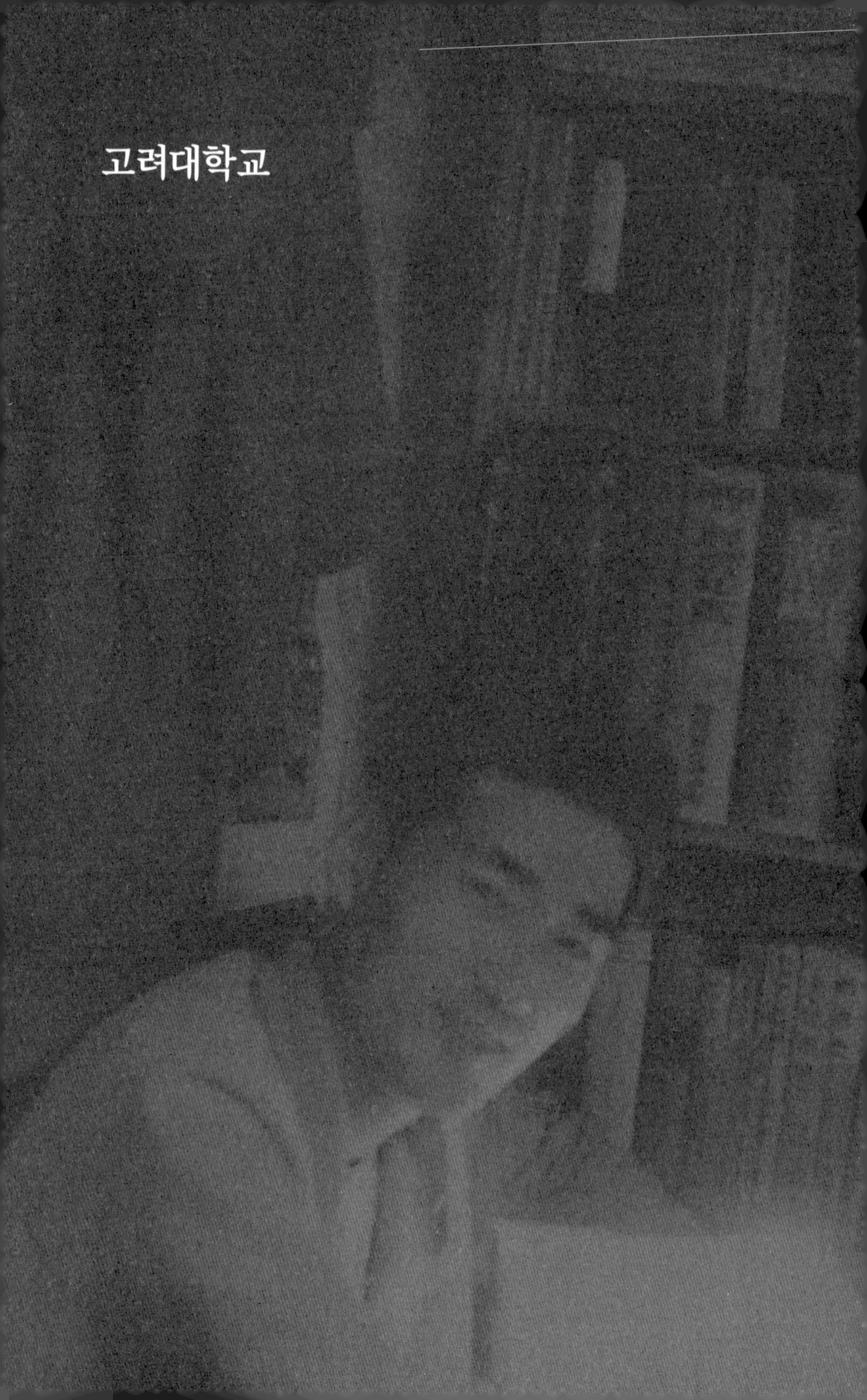

운명적 선택

백련암에서의 휴양생활로 어느 정도 건강에 자신이 생기자 나는 바로 대학입시 준비를 위해 상경했다. 입시학원과 가까운 소격동에 하숙집을 정하고 본격적인 재수생 생활에 돌입했다. 한창 무더웠을 때니까 7, 8월쯤이었을 것이다. 상경 이후에는 두더지처럼 책상에 들어앉아 공부만 파댔다.

입시경쟁이 치열하기는 그때나 지금이나 별 다를 바 없다. 전국의 재수생들이 몰려든 입시학원의 열기는 참으로 대단했다. 이른바 명강사의 수업에는 학생들이 몰려들어 발 디딜 틈도 없었다. 앞자리에 앉아 강의를 듣는 건 그야말로 하늘의 별 따기였다. 좋은 자리를 차지하기 위해 나는 새벽 4시 통금이 해제되자마자 하숙집에서 뛰쳐나와 학원으로 내달려야만 했다.

당시 내 목표는 서울대학교 상과대학이었다. 연세대학교 특례입학의 기회마저 마다하고 재수생이 된 것은 오로지 이 목표를 이루기 위해서였다. 물론 서울대 상대에 진학하려면 최상급의 성적을 올려야 했다. 죽기 살기로 공부에 매달렸다. 정말로 그때 공부하던 그 집념과 노력이면 세상 어떤 일도 못해낼 게 없을 것이다.

그런데 결국 나는 평소 생각지도 않았던 고려대학교 상과대학에 들어가게 되었다. 우연하게 마주친 아주 사소한 계기로 방향을 바꾼 것이다. 그리고 결과론적인 얘기지만, 이 방향 선회는 내 삶에 결정적인 영향을 미치게 된다. 이미 정해져 있는 내 운명이 그때 나를 그렇게 이끌었던 것일까.

하루는 고려대학교 상과대학 1학년에 재학 중인 동갑내기 하숙집 아들이 어느 대학을 지망할 거냐고 물어왔다. 나는 늘 생각해왔던 대로 서울대 상대를 지망하고 있다고 대답했다. 그러자 그는 교수진으로 치자면 고대 상대가 국내 최고라며 굳이 어렵게 서울대 상대에 들어가려 할 이유가 없다고 말했다. 재수를 하는 처진데 안전하게 고대 상대를 지망하라는 얘기도 덧붙였다.

왠지 귀가 솔깃했다. 고려대학교도 어디 부럽지 않은 명문인데다, 더구나 교수진이 국내 최고란 얘기에 마음이 동했다. 여기엔 서울대 상대를 목표로 하면서 갖게 될 수밖에 없는 불안감과 스트레스도 상당 부분 작용했을 것이다. 그리고 마침 그 자리엔 나와 함께 상경해서 입시준비를 하던 친구도 있었다. 그런데 그 친구가 바로 그 자리에서 마음을 바꾸고 내게 고대 상대로 가자고 부추겼다.

며칠 후 나와 내 친구는 고려대학교 상과대학에 입학원서를 내기로 최종 결심을 굳혔다. 그러자 다소 마음의 여유가 생겼다. 나는 짐을 꾸려 부산으로 내려가 어머니가 해주는 밥도 먹으며 차분히 입시 준비를 했다. 그리고 고려대학교 상과대학에 무난하게 합격했다.

그런데 재미있는 건 나한테 고대 상대로 함께 가자며 부추겼던 친구가 막상 자기는 다른 대학으로 간 것이다. 강석명이란 친군데, 훗날 내 소개로 '태광'에 입사해서 오랫동안 일했고, 지금까지 나와 한결같은 우정을 나누는 사이다. 요즘도 내가 당시 일을 얘기하며 원망

조의 농을 하면, "내 덕에 고려대학교 갔고, 그랬기 때문에 4·19의 주역이 될 수 있었고, 그래서 정치인으로 성장할 수 있었던 것 아니냐. 네가 나한테 고마워해야 한다."라며 적반하장격의 핀잔을 주곤 한다. 맞는 말일지도 모른다. 내가 그때 고려대학교로 방향을 선회하지 않았더라면 어떻게 내 삶이 달라졌을지는 아무도 모를 일이니까.

청춘의 늪

내가 고려대학교 상과대학에 입학한 해인 1957년은 민생이 극도로 피폐했던 시기였다. 전쟁으로 온 나라가 잿더미로 변한 상황에서 국민의 절대다수가 극심한 빈곤에 허덕였다. 이승만 대통령의 자유당정권은 미국이 주는 잉여농산물에만 의존하여 농촌경제를 파탄시켰다. 그로 인해 인구가 도시로 몰리며 130여만 명의 실업자가 발생했다. 이는 총 노동인구의 15%에 달했다. 삭막한 거리는 거지와 좀도둑으로 넘쳐났다. 세상에 굶는 것보다 더한 설움은 없으니, 당시 민심이 어땠을 것인가는 굳이 말할 필요도 없을 것이다.

그런데 흉흉한 민심을 달래고 수습해야 할 자유당정권은 그러기는커녕 제 뱃속만 채우는 데 혈안이 되어 사회 곳곳에서 부정부패가 상상조차 할 수 없을 만큼 만연했다. 물론 자유당정권의 부정부패는 이때만의 일은 아니다. 태생적인 부정부패정권이라 해도 될 만큼 출범이래 크고 작은 사건들이 끊이질 않았다.

가장 대표적인 것이 1951년도의 국민방위군 사건이다. 한창 전쟁 중에 군 간부들이 보급품을 착복하여, 영하의 기온에서 장거리를 이동해야 하는 수많은 장정들이 식량과 피복을 받지 못해 1천여에 달하는 인명이 굶어죽거나 얼어 죽었다. 그리고 병사 대부분이 영양실조에 걸려 이후 몇만 명이 결국 사망했다는, 참으로 하늘이 통탄할 기가 막힌 사건이었다.

이런 엄청난 사건을 겪고도 자유당정권의 부정부패가 근절되기는 커녕 날로 심해지니 민심은 당연히 자유당정권에 등을 돌릴 수밖에 없었다. 그러자 자유당정권은 정권유지를 위해 정치적 반대 세력에 대한 탄압을 극도화하기 시작했다. 한마디로 부패하고 무능한 정권의 말기적 증상들이 일제히 드러나고 있었던 것이다.

결국 자유당정권은 유력한 정적인 조봉암 선생을 간첩으로 몰아 사형시키는 만행을 저질렀다. 1952년의 제2대 대통령선거에서 79만 7,504표를, 1956년의 제3대 대통령선거에서는 무려 216만 3,808표를 얻은 조봉암 선생이 진보당을 결성하고 지방에서 지역당 조직을 확대해가자 정치적 위협을 느낀 자유당정권이 간첩이란 누명을 씌워 제거해버린 것이다. 독립운동에 헌신했고 초대 농림부장관을 지냈던 죽산 조봉암 선생은 1959년 7월 31일 형장의 이슬로 사라지고 말았다.

그러나 자유당정권의 폭압에도 민의는 조금도 굽혀지지 않았다. 1958년 5월 2일 민의원선거(제4대 국회의원선거)에서 야당인 민주당에 사실상의 승리를 안겨주었다. 선거 결과 여당인 자유당이 과반이 넘는 124석을 차지하긴 했으나, 선거 직후 장면 부통령이 '초유의 부정부패선거'라고 지칭하며 담화를 발표했을 만큼 자유당의 횡포와 부정이 판을 쳤던 선거였다. 그런데도 민주당이 서울의 16개 선거구에서 14석을 차지하는 등 전국적으로 79석을 얻은 것은 매우 놀라운 결과였다.

제4대 대통령선거를 앞두고 심각한 위기의식에 사로잡힌 자유당정권은 야당의 정권 비판과 언론의 비판적 보도를 원천적으로 봉쇄하기 위한 소위 '국가보안법 파동'을 일으켰다. 또한 주민투표로 선출되었던 시·읍·면장을 정부가 임명하도록 지방자치법을 개정해 노골적인 관제선거의 기틀을 마련했다. 이 같은 자유당정권의 폭거로 정국은 걷잡을 수 없는 소용돌이에 파묻히게 되었다.

그리고 엎친 데 덮친 격으로 1959년 9월 추석날 정부 수립 후 최대 규모였다는 악명 높은 태풍 '사라호'가 이 나라를 휩쓸었다. 사망 및 실종자가 849명에 이르고 37만 명 이상의 이재민이 발생했다. 당시 민생의 처참함은 지금 생각해도 몸서리가 쳐질만큼 끔찍했다. 그야말로 아비규환의 생지옥이 따로 없었다.

자유당정권의 독재와 부정부패, 민생의 도탄과 극심한 사회적 혼란. 이것이 내가 대학을 다녔던 1950년 후반의 시대상이었다.

시대가 이러할진대 나의 대학생활이 평탄할 순 없었다. 대학생의 낭만이란 건 애초부터 꿈꿀 수도 없었다. 물론 나뿐만 그런 건 아니었을 것이다. 시대를 고뇌하는 젊은 지성인들이라면 누구나 무거운 등짐을 지고 있듯 짓눌린 채 비분과 한탄으로 시간을 보낼 수밖에 없었다. 그런데 그 시기에 내가 한동안 지나칠 정도로 고뇌와 방황을 했던 것은 백련사에서 고시생들과 지내며 동년배들보다 시국에 일찍 눈을 떴기 때문이었을지도 모른다.

바깥세상은 그야말로 무간지옥의 불구덩인데 안온하기만 한 캠퍼스에 도무지 적응할 수 없었다. 나는 점점 대학생활에 흥미를 잃고 바깥으로만 나돌았다. 강의도 빠지고 다른 대학에 다니는 중고등학교 시절 친구들을 찾아가는 일도 잦았다. 며칠씩 학교엔 가지 않고 친구들 하숙집이나 자취방에 처박혀 있던 적도 많았다.

밤을 새워 친구들과 시국에 대해 토론해봐야 남는 건 오로지 좌절뿐이었다. 깜깜한 터널 속 깊숙한 데서 도무지 빠져나갈 구멍이 보이지 않았다. 과연 이런 세상에서 내가 앞으로 어떻게 살아가야 옳은 것인지 전혀 가늠되지 않았다. 미래가 보이지 않았다. 나의 방황은 더욱 심해졌다. 본래 술이 안 맞는 체질임에도 폭음으로 쓰러지는 날이 계속 이어지기도 했다.

청춘이라면 누구나 겪어야 할 홍역이었다며 지금이야 그때를 떠올리며 웃음짓지만, 정말 그때는 가위눌린 듯 신음하며 버둥댔던 끔찍한 시기였다.

내 삶의 콤플렉스

나는 대학교 2학년 때인 1958년 4월 입영통지서를 받았다. 대체로 입영통지서를 받으면 마음이 무거워지지만, 그때 나는 차라리 잘됐다는 심정이었다. 한창 방황을 하고 있을 때인지라 이참에 군대에라도 가서 심기일전하자는 생각이 들었다.

나는 바로 학교에 휴학계를 내고 부산 집으로 내려왔다. 그런데 오랜만에 내려온 내 얼굴을 유심히 바라보시던 아버지가 어두운 낯빛으로 입대하기 전에 병원부터 가보라고 하셨다. 내가 기침하는 것도 예사롭지 않고 안색도 수상하다는 것이었다. 그러지 않아도 그 얼마 전부터 기침이 부쩍 심해져 은근히 걱정되었던 나는 덜컥 겁이 났다. 아버지는 제대로 한의학 공부를 하시진 않았지만 취미 삼아 한의학을 익히고 동네 사람들 진맥 정도는 늘 해 오셨던 분이기 때문이다.

아니나 다를까, 병원에 가서 진찰을 받은 결과 '폐결핵'이라는 진단이 나왔다. 순간 하늘이 무너지는 듯 절망에 빠졌다. 그때는 치료만 잘 받으면 나을 수 있다는 주변의 얘기도 귀에 들리지 않았다. 결국 논산훈련소 최종 신체검사에서 '입영불가' 판정을 받았다. 하는 수 없이 나는 학교로 돌아가야만 했다.

평소 몸 관리를 어떻게 했기에 그런 병에 다 걸렸냐며 아버지로부터 호된 꾸지람을 받았다. 이미 고등학교 때 요양생활을 겪어야 했던 나는 아버지의 질책이 아니더라도 마음이 무거웠다. 건강하지 않고서야 장차 아무 일도 할 수 없다는 생각이 들어서였다. 그때부터 만사 제치고 치료에 매달렸다. 서울에 올라와 혼자 생활하면서도 아버지가 지어준 한약을 정성껏 달여 먹고, 병원에서 준 결핵 치료제도 꼬박꼬박 챙겨먹었다. 그 결과 몇 달 뒤부터 기침과 가슴의 통증이 가라앉아서 정상적인 학교생활을 할 수 있었다.

그리고 몇 년 후 5·16군사쿠데타로 실의에 빠져 지낼 때 나는 다시 신체검사를 받게 되었다. 논산훈련소로 가면서 이번에는 틀림없이 입대하게 될 것으로 생각했었다. 폐결핵도 다 나았다고 믿었고 대학 졸업 후 정상적인 생활을 해왔기 때문이었다. 그런데 믿지 못할 일이 벌어졌다. 논산훈련소 신체검사에서 또다시 폐결핵으로 '입영불가' 판정을 받은 것이다.

나는 '입영불가'라는 판정보다도 폐결핵이라는 진단 결과에 더 큰 충격을 받았다. 완치되었다고 철석같이 믿고 있었기 때문이다. 나는 또다시 엄습한 병마로 실의에 잠겨 돌아올 수밖에 없었다.

그때 기억나는 일이 하나 있다. 그 당시 '입영불가' 판정을 받은 장정들은 모두 대전에다 내려주었다. 그런데 내게는 대전에서 부산으로 내려갈 차비가 없었다. 당연히 입대할 것으로 생각했기에 굳이 돈을 가져갈 이유가 없었던 것이다. 한참 동안 망연자실 역전에 앉아 있다가 무작정 대전역 앞 '태광'과 거래하는 한 나사점에 찾아가 당시 '태광' 상무였던 형님의 이름을 들먹이며 사정 끝에 차비를 얻어 겨우 내려올 수 있었다. 결국 나는 그다음 해에 최종적으로 '무종' 판정을 받아 병역이 면제되었다.

나중에 폐결핵은 완치되었다. 그런데 이 완치과정이 나 자신도 불가사의하다. 논산훈련소에서 '입영불가' 판정을 받은 직후 나는 당연히 치료에만 전념했다. 폐결핵의 아버지라 불리기까지 했던 백남포라는 분이 운영하던 구포의 폐결핵 요양원에 들어가, 주사와 투약을 받으며 정성껏 요양했다. 그런데 거의 일 년이 다 되어가도 별다른 차도가 보이지 않았다. 결국 기약도 없는 요양생활을 마냥 계속할 수 없어 나는 요양원을 나와 '태광'에 입사했다.

당시 회사에서 맡은 직책이 영업과장이었다. 전국의 거래처를 관리하는 자리였으니 보통 격무가 아니었다. 게다가 영업상 허구한 날 술자리가 끊이질 않았다. 정상인에게도 무리였을 텐데 폐결핵 환자인 내겐 무모하기 짝이 없는 짓이었다. 그런데 그때 나는 회사 일에 재미를 붙여 푹 빠져 지내느라 내가 환자라는 사실조차도 거의 잊고 지냈다.

그러다 언젠가 갑자기 불안한 생각이 들어 병원을 찾았다. 그런데 이게 웬일인가. 병세가 많이 호전되었다며 그동안 어떤 치료를 받았냐고 묻는 것이었다. 기가 막힐 노릇이었다. 그토록 쾌유를 바라며 정성껏 요양할 때는 아무런 차도가 없더니, 치료도 안 받고 오히려 몸을 혹사하며 지냈는데 병이 나았으니 말이다. 아무튼 폐결핵은 그렇게 나를 지나갔다. 왠지 내 청춘이 폐결핵에 속은 것만 같았다.

어찌 되었든 간에 나는 군대를 갔다 오지 않았다. 그리고 이제야 하는 말이지만, 군대를 갔다 오지 않았다는 자격지심은 평생 나를 따라다녔다. 그건 우리나라와 같은 상황에서 국가지도자는 병역을 마친 사람이어야 한다는 소신 때문이었다.

간혹 이런 내 마음을 조금이라도 주변 사람에게 보이면 모두들 펄쩍 뛰었다. 가기 싫어 군대 안 간 것도 아니고, 병 때문에 할 수 없이 병역 면제를 받은 것인데 그런 생각할 하등의 이유가 없다는 것이었다. 물론 맞는 말이다. 한때 나도 그렇게 생각하려고 애를 쓰기도 했다. 하지만 그렇다고 내 생의 유일한 콤플렉스가 사라지진 않았다.

만약에 나한테 이 콤플렉스만 없었다면 내 정치인생의 양상도 조금은 달라지지 않았을까. 요즘 들어 간혹 드는 괜한 생각이다.

세상을 향한 첫걸음

짧지 않은 방황의 시기를 보내고 나는 조금씩 학교생활에 적응해 나가기 시작했다. 강의도 착실하게 들었고 성적도 괜찮게 올렸다. 청춘의 늪에서 빠져나오자 무엇보다 친구를 좋아하는 내 천성이 드러났다. 많은 친구가 내 주위로 몰렸다. 하숙비를 날리면서까지 친구들과 어울려 술도 마시고 시국에 관해 밤샘토론도 했다. 이런 분위기에서 자연스럽게 3학년 말 상과대학 학생위원장 선거에 나섰다. 누구보다 내가 적격이라는 친구들의 권유에 별다른 고민이나 부담 없이 출마했던 것이다.

1959년 11월 17일의 상과대학 학생위원장 선거에서 나는 무난히 당선되었다. 이때 나와 함께 각 단과대학 학생위원장으로 당선된 이들이 법대 강우정, 정경대 이세기, 문리대 윤용섭, 농대 김낙준 등이다. 나를 포함해 이들 고려대 학생지도부는 다음해 4·18 시위를 함께 모의하고 이끌게 된다. 별다른 의도 없이 친구들의 권유에 따라 학생위원장에 나선 게 결국은 세상을 향한 나의 첫걸음이자 내 삶의 일대 분수령이 된 셈이다.

3·15 정·부통령 선거가 다가오자 이승만 대통령의 자유당정권은 그동안 음성적으로 준비해오던 부정선거 공작을 아예 드러내놓고 펼치기 시작했다. 그럼에도 국민은 선거를 통한 정권교체의 희망을 버리지 않았다. 제1야당인 민주당은 대통령후보에 조병옥, 부통령 후보에 장면을 내세우고 악조건 속에서나마 치열한 선거전에 돌입했다.

당시 선거 기간 중 기억에 선명하게 남아 있는 게 하나 있다. 그건 당시 선거에서 민주당이 내세운 '못살겠다. 갈아보자!' 라는 구호다. 나는 이제껏 수도 없는 정치구호를 들어왔지만, 이보다 호소력 있는 구호를 접한 적이 없다. 단 여덟 글자로 당시 시대상황과 민심의 정곡을 찌르고 민주주의의 정수를 완벽하게 표출한 것이다. 한국정치사에 남을 '명작' 이었다. 선거전에서 긴말이 필요 없었다. '못살겠다. 갈아보자!' 는 구호 하나에 정권교체를 향한 국민의 열망이 집결되었다.

그런데 선거정국의 긴장이 한창 고조되던 1960년 2월 16일, 온 국민을 망연자실케 한 충격적인 일이 발생했다. 야당인 민주당 대통령후보 조병옥 박사가 신병치료차 미국에 갔다가 입원중인 워싱턴 월터리드 육군병원에서 급서한 것이다. 당시 조병옥 박사는 당선가능성이 높은 야당 대통령후보이자 이승만 대통령의 강력한 경쟁자였다. 정권교체를 열망하던 국민들은 크나큰 충격과 함께 깊은 좌절감에 빠질 수밖에 없었다.

졸지에 대통령후보를 잃은 민주당은 한때 선거를 포기하는 분위기였다. 하지만 정당이 선거를 포기할 수는 없는 노릇. 대통령선거야 어쩔 수 없지만 부통령만이라도 장면 후보를 당선시키자는 쪽으로 방향이 정해지고 다시 선거전에 돌입했다.

민심은 분명 민주당 쪽으로 기울어져 있었다. 그러나 선거의 관건은 공명선거 여부였다. 자유당정권이 대대적으로 획책하고 있는 부정선거를 막지 못한다면 선거는 치르나마나한 결과를 낳을 게 자명했다. 이러한 인식하에 야당과 재야 양심세력이 연대하여 1960년 2월 28일 '공명선거추진전국위원회(공추위)'를 발족하였다.

'공추위'는 사회 각계 인사들을 망라한 전국조직으로 위원장은 당시 흥사단 대표였던 장리욱 박사가 선출되었다. 그리고 부위원장에 김팔봉 이관구 최고위원에 김병로 전진한 장리욱 백남훈 등이 선출되었다. 또한 고문으로 김창숙 장택상 김성숙 고의동 김준연 임영신이 추대되었다. 참여 인사들의 면면에서 보이듯이 당시의 양심적 인사들이 거의 망라되었다. '공추위'는 출범과 동시에 바로 반독재투쟁의 명실상부한 중심조직으로 자리 잡게 되었다.

나는 고려대 학생위원장 자격으로 '공추위'에 참여하기로 결심했다. 당시 상황으로 미뤄봐서 민주당을 중심으로 공명선거운동을 펼쳐 나가는 것이 가장 효과적이고 합리적인 반독재투쟁이라고 판단했기 때문이다. 나는 '공추위'에서 '학생특위' 위원장을 맡게 되었다. 각 대학과 고등학교의 공명선거 운동을 조직화하는 것이 내 역할이었다.

당시 나뿐만 아니라 많은 청년학도가 나와 같은 생각으로 '공추위'에 대거 참여했다. '공추위 학생특위'의 결성회원으로 기억에 남는 사람들은 하은철 문정수 정국로 고재환(이상 고려대) 유인재 이문용(이상 동국대) 조창도(숭실대) 노원태 박영용 복진풍 조웅 박정무(이상 건국대) 신태헌 성준웅 신재홍 봉재웅 황관의(이상 성균관대) 이동춘 김일동(이상 중앙대) 배광우(외국어대) 김용식 (유도대) 박종표(서울대) 곽영호(서강대) 등이다.

'공추위'가 출범하던 2월 28일, 대구에선 최초의 고등학생 시위가 발생했다. 대구에서 열릴 예정인 민주당 장면 부통령후보의 선거연설회에 학생들이 참여하지 못하도록 일요임에도 불구하고 학생들을 등교케 하자, 학생들이 집단 반발해 시위를 벌였던 것이다. '공추위'의 시대적 의의와 사명을 웅변케 하는 사건이 아닐 수 없었다.

나는 '공추위 학생특위'의 첫 번째 거사를 준비했다. '공추위' 출범 이틀 후에 서울운동장 야구장에서 열리는 3·1절 정부·학교·사회단체 합동기념식에 부정선거를 규탄하는 유인물을 배포하겠다는 대담한 계획이었다. 내 기억이 맞는다면 '공추위 학생특위' 명의로 작성된 '부정선거를 묵인하는 자는 자유로운 조국에서의 삶을 포기한 자다'라는 제목의 유인물이었을 것이다. 유인물은 복진풍이 중심이 되어 해공 신익희 선생 묘소에서 극비리에 프린트했던 걸로 기억난다.

거사는 성공했다. 나는 계획대로 동료 몇 명과 함께 유인물을 숨기고 잠입하여, 자유당정권의 부정선거 음모를 폭로하고 공명선거를 호소했다.

그날 무사히 빠져나오긴 했지만, 나는 이 '3·1절 유인물 사건'으로 지명수배가 되었다. 나중에 알게 된 일이지만, 경찰 당국은 훨씬 이전부터 나를 관찰해 왔다고 한다. 그리고 '3·1절 거사'는 정보가 사전에 누설되어 그때 이미 검거령이 내려져 있었다는 것이다.

아무튼 2·28 대구 고등학생 시위와 3·1절 유인물 사건을 시작으로 '공명선거 이룩하자!' '학생들은 민주주의 수호를 위해 뭉쳐라!' '학원의 정치도구화를 반대한다!' '학원에 자유를 달라!' 등의 주장을 내세우는 학생시위가 전국적으로 이어졌다.

게다가 3월 3일 민주당이 자유당의 경찰공무원 선거대책 비밀공문을 입수하여 부정선거계획을 폭로했다. 기권표와 유령표 등을 모아 사전 기표하는 이른바 '4할 사전투표', 3인조 또는 9인조 '확인투표', 개표과정에서 야당 표를 무효표로 만드는 '빈대표'와 '피아노표' 등 총체적인 부정선거의 방법들이 적혀 있는 자유당의 선거지침이 명백한 증거물들과 함께 폭로되었다. 가뜩이나 끓고 있던 민심이 불타올랐다. 하지만 이미 말기증세를 드러내기 시작한 자유당독재정권에게는 '쇠귀에 경 읽기'에 불과했다.

지명수배를 당해 서울에서는 활동하기가 어려웠다. 그리고 이 같은 사정은 '공추위 학생특위'에 참여한 다른 대학생들도 마찬가지였다. 그래서 우리는 각자 자기 고향이나 연고지로 내려가 공명선거운동을 전개하기로 전술을 바꿨다. 서울을 떠나기 전 민주당의 현석호 조직부장이 협조를 구할 일이 있거나 위급한 일이 생길 때는 지구당 사무실과 연대하라며 우리들에게 '쪽지'를 전해줬다. 우리가 민주당원은 아니었지만, 민주당과 '공추위 학생특위'와의 연대를 확인하는, 일종의 신분확인서 같은 것이었다.

나는 3월 초순 문정수(전 부산시장) 강경식(전 국회의원) 등과 함께 서울의 검거망을 피해 비밀리에 부산으로 내려갔다. 그러나 내 목표는 첫 순간부터 어긋나 버렸다. 부산 지역 후배들과 만나기로 한 광복동 청포도 다방으로 가다가 잠복 중이던 부산 중부경찰서 형사들에게 체포당한 것이다. 후배들과는 비밀리에 연락을 했고, 사람들의 출입이 많은 곳일수록 오히려 덜 위험할 것이라는 생각에 약속장소를 최대 번화가인 광복동으로 정하는 등 매우 조심했었다. 하지만 내가 이미 사진이 실린 수배자 전단을 통해 형사들에게 잘 알려진 인물인 데다, 경찰의 정보력이 우리 예상보다 훨씬 막강했던 것이다.

결국 공명선거운동을 지역으로 확산하려던 나의 계획은 수포로 돌아갔다. 그 후 나는 선거가 끝날 때까지 형사들에게 묶여 지내는 처량한 신세가 되고 말았다. 그때 경찰은 '공추위 학생특위'에 대한 수사보다는 공명선거운동을 사전에 차단하려는 의도가 강했던 것 같다. 경찰은 나를 바로 구금하지는 않고 새벽 4시 통금이 해제되는 시각에 맞춰 집 앞에 대기시킨 지프차로 온종일 여기저기 나를 끌고 다니다가 자정이 넘은 통행금지 시간에야 집으로 돌려보냈다.

그렇게 나는 이러지도 저러지도 못한 채 3·15 정·부통령선거일을 맞이했다. 형사들에게 붙잡혀 있느라 정작 나는 투표도 못했다. 경찰은 투표가 종료된 밤에야 나를 도경으로 연행해 구금시켰다.

4·18 고대의거

3·15 부정선거

1960년 3월 15일 실시된 정·부통령 선거는 사람의 머리로 떠올릴 수 있는 모든 방법이 동원된 사상 최악의 부정선거였다. 아무리 순박한 국민이라 해도 여당 후보의 득표수가 100%에 육박해서 하향조정을 지시할 정도로 타락한 부정선거를 어떻게 용납할 수 있으랴. 대통령선거에 단독 출마한 이승만 후보의 경우는 그렇다 치더라도, 부통령 선거에서 자유당의 이기붕 후보가 8,337,597표로 당선되고 민주당 장면 후보가 겨우 1,843,758표를 얻었다는 중앙선거위원회의 발표를 믿을 국민은 아무도 없었다.

급기야 민주당은 선거 당일인 3월 15일 오후 4시 30분 3·15선거는 불법 무효임을 선언하는 내용의 담화를 발표하였다. 3·15 부정선거의 양상이 적나라하게 적시되어 있는 담화문의 전문을 그대로 옮겨본다.

이번 정부통령 선거만은 공명선거를 실시하여 온 겨레가 갈망하는 조국의 민주 발전과 민족의 복리 증진을 이룩해 보자는 우리의 비원은 포악에 의하여 무참히도 짓밟히고 말았다. 이승만 박사 집권 12년간 갈수록 불법화하고 추잡해진 부정선거의 양상은 드디어 악의 절정에 달했다.

민심의 완전 이반으로 인하여 민주 자유선거로써는 도저히 정권을 유지할 수 없게 된 자유당은 최후 발악으로 모든 경찰국가적 수법을 총동원하여 최고의 포악선거를 단행할 것을 결의하고, (1)헌법정신에 위반되는 조기 선거, (2)야당계 인사 입후보 등록의 폭력방해, (3)무수한 유령 유권자의 조작, (4)야당 선거운동원의 살상 자행, (5)대다수 참관인 신고의 접수 거부, (6)신고된 소수 참관인의 입장 거부 또는 축출, (7)헌병·경찰·폭한에 의한 공포 분위기 조성, (8)기권 강요, (9)투표 개시 전의 사전 무더기 표 투입, (10)투표함 검사 거부, (11)내통식 기표소 설치, (12)3인조 강제 편성 투표, (13)4할 공개투표의 강요, (14)공개투표 불응자에 대한 상해, (15)집단 대리투표 등 등으로 민주주의적 초석인 자유선거와 비밀투표 제도를 완전 파괴하고 말았다. 그러므로 이는 선거가 아니라 선거라는 이름 아래 이루어진 국민주권에 대한 포악한 강도 행위이다. 따라서 자유당 후보자의 당선이 발표될 지라도 이는 당선이 아니라 주권 강탈에 불과한 것이다. 요컨대 이번 선거는 계엄령 치하와도 같은 공포 속에서 불법과 테러가 난무한 민주 파괴 이외에 아무것도 아닌 것이다.

본당은 자유당 정부의 민주주의 도살을 막기 위하여 피투성이의 투쟁을 끝까지 계속해 왔으나 결국은 도살되고 민주주의의 시체를 앞에 놓고 통곡하면서 3·15 선거는 전적으로 불법 무효임을 만천하에 엄숙히 선언하는 바이다.

당연히 부정선거에 분노하고 선거 무효를 주장하는 국민들의 시위가 전국적으로 일어났다. 그 첫 번째가 선거 당일의 마산 시위였다. 민주당 마산시당은 투표가 시작되는 시간인 오전 7시 투표소에 들어가 4할 사전 투표를 확인하고 선거 포기를 결정하였다. 이에 1만여 명의 마산시민이 마산시청 부근에 집결하여 격렬하게 시위를 하였다. 이때 경찰이 시위대에 무차별 발포하여 8명이 사망하고 50여명이 다치는 참극이 빚어졌다.

그런데 마산사태에 대한 정부 여당의 대응이 참으로 기가 막혔다. 치안책임자가 마산 시위의 공산당 배후설을 발표하는가 하면, 이기붕 부통령후보는 "총은 쏘라고 준 것이지 갖고 놀라고 준 것이 아니다"라고 발언하여 국민을 경악하게 했다.

마산 시위로 촉발된 국민의 반독재투쟁은 3월 24일과 25일 부산의 대규모 시위로 이어졌고, 4월에 접어들어 마침내 서울에서도 부정선거 규탄집회가 열리기에 이르렀다.

3월 15일 밤 도경으로 연행되어 구금된 나는 다음날 서울시경 특전과에서 파견된 두 경찰관에게 혹독한 심문을 당했다. 당시의 특전과는 요즘의 정보과와 비슷한 역할을 하던 곳으로 학생운동 사건도 맡고 있었다.

그들은 내게 마산 시위의 배후를 대라며 다그쳤다. 그런데 나는 3월 초에 붙잡힌 후 줄곧 형사들과 함께 지내온 터라 마산 시위에 개입할 여지가 전혀 없었다. 경찰도 보고를 통해 그 사실을 알고 있을 텐데도 그들은 막무가내였다. 내 생각엔 마산 시위와 '공추위 학생특위'를 어떻게든 연계시키려 했던 것 같다. 그때 지독한 고문 같은 걸 당하지는 않았지만, 악명 높았던 서울시경 특전과 경찰관의 취조를 받는 것 자체가 견디기 어려운 공포였다.

취조 도중 상급자로 보이는 사람이 나를 겁박하며 "내가 바로 네 선배 이철승하고 학련 운동 함께 하며 빨갱이 때려잡던 박처원이다." 라며 자신을 밝혔다. 승마복처럼 몸에 달라붙는 제복 차림에 무릎 위까지 올라오는 장화를 신었고 커다란 덩치에 어울리지 않게 장난감 같은 권총을 허리에 찬 모습이 지금도 눈에 선하다. 사실 세월이 흐르며 그를 잊고 지냈었는데 특별히 그에 대한 기억이 살아났던 것은 1987년 '박종철 군 고문치사 사건'으로 구속되는 그의 모습을 텔레비전 뉴스에서 보고나서다.

아무튼 나에게 마산 시위의 배후 혐의를 두고 아무리 조사해봐야 어떠한 단서도 나올 리가 없었다. 그리고 국회를 비롯해 여러 방면의 조사가 진행되서인지 경찰은 나를 풀어주기로 결정했다. 나는 그렇게 도경에 구금되어 열흘 정도 고초를 겪다가 풀려나 상경할 수 있었다.

지금이야 그저 열흘 정도의 고초라고 표현하지만, 부산에 내려와 체포당한 이후의 하루하루가 내겐 사선을 넘나드는 순간들이었다. 쥐도 새도 모르게 없어져도 이상할 게 없는 시대였다. 취조를 받으며 공포에 질리기도 했고, 미래에 대한 불안으로 암울해지기도 했었다. 그럼에도 나는 서울로 돌아가자마자 반독재투쟁 대열에 합류했다. 물론 젊기에 가능했던 일이다.

부모님 전상서

　서울에서 첫 시위가 일어난 것은 4월 6일이었다. 민주당과 민권수호총연맹, 공명선거추진전국위원회가 함께 3·15 부정선거 규탄시위를 벌인 것이다. 시위대의 행렬이 서울시청과 을지로, 종로, 광화문까지 이어질 정도로 대규모 시위였다. '공추위 학생특위'는 적극적으로 참여하여 시위의 전면에 나섰다. 이철승 의원이 시위대를 총지휘했고, 나와 신대현이 왼쪽 대열, 하은철과 유인재가 오른쪽 대열을 지휘했다.

　이 서울 시위를 기점으로 3월 9일의 부산 시위 등 3·15 부정선거를 규탄하는 시위가 요원의 불길처럼 전국으로 퍼졌다. 특히 마산에서는 1차 마산 시위 때 행방불명되었던 고등학생 김주열 군의 시신이 왼쪽 눈에 최루탄이 박힌 참혹한 모습으로 4월 11일 마산 앞바다에 떠오르자, 이에 마산의 모든 시민이 궐기하여 연 3일에 걸친 격렬한 시위를 벌였다.

　당시는 4월에 새 학기가 시작되던 때라 4월 10일에 개강을 했다. 개강과 함께 모처럼 등교한 학생들은 삼삼오오 모여 3·15 부정선거와 전국적인 규탄시위에 대해 이야기하며 술렁거렸다. 학생들의 심정은 너나 할 것 없이 이대로 보고만 있을 수는 없다는 것이었다.

　하지만 당시 대부분의 학생들은 가난한 살림에 부모님이 간신히 마련해준 등록금으로 대학을 다니는 형편이었다. 농가에서는 전 재산이라고 할 수 있는 소를 팔아 등록금을 마련했기에 대학을 '상아탑'이 아닌 '우골탑'이라고 자조하기까지 했다. 일신의 영달에 온 가족의 명운이 달려 있는데 선뜻 나서기는 누구라도 쉽지 않았다.

나는 그때 이제는 대학생들이 시위의 전면에 나서야 한다고 생각했다. 시민들은 물론이고 심지어 고등학생들까지 거리로 뛰쳐나와 부정선거를 규탄하는데, 젊은 지성인인 대학생들이 침묵하고 있을 수는 없는 일이었다. 나는 학생들의 분노와 의기를 행동화하여 3·15 규탄 시위에 나서기로 결심했다. 그리고 학생들에게 행동의 정당성을 부여하고 지향해야 할 목표를 통일시키기 위해서는 지도부인 학생위원장들이 앞장서서 시위를 조직하고 이끌어야 한다고 판단했다.

우리 각 단과대학 학생위원장들은 지체 없이 당시 학교 후문 근처에 있던 농대 학생위원장 김낙준의 집에 모였다. 하지만 그날 바로 결론이 나지는 않았다. 모두 하나같이 작금의 시국에 대해 비분강개했지만, 당장 시위에 나서자는 데에는 쉽게 합의가 도출되지 않았다. 시류에 영합해서 경거망동하기보다는 지성인답게 신중한 결정을 내리자는 의견이 있었기 때문이다.

학생위원장들은 거의 날마다 모여 진지한 논의를 거듭했다. 그러나 오래 걸리지는 않았다. 전국적으로 규탄시위의 열기가 더해가는 마당에 마냥 시간을 끌 수가 없었던 것이다. 마침내 우리는 만장일치로 거사에 합의했다.

우리는 애초에 4월 16일을 거사일로 잡았다. 신입생 환영회가 예정된 날이라 동원이 손쉬울 것 같아서였다. 그런데 학교 당국이 낌새를 알아챘는지 신입생 환영회를 18일로 연기해버렸다. 역사적인 4·18 고대의거는 그렇게 날짜가 정해졌다.

우리 학생위원장들은 겉으로는 신입생 환영회를 준비하는 척하면서 실제로는 시위 학생들에게 나눠줄 수건, 플래카드, 유인물 등을 만드느라 정신없이 지냈다. 그런데 학교 당국에서 또다시 신입생 환영회를 무기한 연기해 버렸다. 하지만 더 이상 늦출 수는 없었다. 우리 학생위원장들은 예정대로 4월 18일 시위를 강행하기로 결정했다.

마침내 거사 하루 전날인 17일 밤 모든 준비를 마쳤다. 막상 준비를 끝내고나자 정신없이 뛰어다닐 때는 느끼지 못했던 두려움이 엄습했다. 이성을 잃은 자유당정권이 대학생의 시위를 그냥 놔두지 않을 게 뻔했다. 모든 수단을 동원해서 진압하려 할 텐데 자칫 마산시위 때처럼 유혈사태가 벌어질지도 몰랐다. 더구나 학생위원장인 나는 시위대의 선두에 서야만 했다. 내 일신에 어떤 불상사가 일어날지도 모르는 일이었다. 그리고 무엇보다 내일 시위에 참여하는 학생들이 위험에 처하게 되면 어쩌나 하는 책임감에 마음이 무겁기 그지없었다.

나는 나도 모르게 연세대에 다니던 친구 강석명의 신촌 하숙집으로 발걸음을 옮겼다. 두려움과 초조함에 가장 친한 친구가 떠올랐던 것이다. 하지만 친구 앞에선 아무런 내색도 할 수 없었다. 어차피 나 혼자 짊어져야 할 짐이었다. 잠시 멍하니 앉아만 있다가 밖으로 나왔다. 영문도 모르는 채 배웅하러 나온 친구의 손을 잡으며 "잘 있어라." 한마디 남기고 쓸쓸하게 하숙집으로 돌아왔다.

당시로선 데모가 성공하여 이승만 대통령이 하야까지 하게 되리라 곤 꿈에서라도 생각할 수 없었다. 데모대에 앞장서다 경찰 총에 맞아 죽거나 감옥에 가게 될 것이라고만 생각했다. 나는 이런저런 상념에 밤새워 뒤척이다 새벽녘에야 깜빡 잠이 들었고, 선잠 속에서 계속 악몽을 꾸었다. 그런데 동이 틀 무렵 잠에서 깨어나선 이상하리만치 마음이 평온해졌다. 피할 수 없는 운명이라 여기고 체념했던 것일까. 아니면 젊은 혈기로 용기를 되찾았던 것일까. 아마도 둘 다였을지도 모른다.

나는 뿌옇게 밝아오는 창가 책상에 바로 앉아 부모님께 편지를 쓰기 시작했다.

시대가 젊은이의 뜨거운 피를 요구한다면 우리나라의 민주주의를 위해 이 한목숨 바칠 생각입니다. 아무쪼록 불효자를 용서하십시오.

돌이켜보면 부모님께는 차마 못할 불경스러운 말씀이었지만, 나뿐아니라 당시 거사를 주도하던 이들 모두의 각오는 그만큼 비장했다.

4월 18일 정오

1960년 4월 18일.

마침내 날이 밝자 나는 아침 7시경 학교로 갔다. 인촌묘소 앞에서 대의원들과 만나 동원 문제를 확인하기로 했던 것이다. 우리는 마지막으로 다시 한 번 결의를 다지고 거사계획을 점검했다.

신입생 환영회가 무기 연기되는 바람에 학생들을 얼마나 모을 수 있는지 걱정되었다. 우리는 서관 시계탑에서 정오를 알리는 차임벨이 울려 퍼지는 것을 신호로 인촌동상 앞으로 학생들을 최대한 사전 동원하기로 했다.

그런데 학생들의 동태를 알아챈 학교 측은 차임벨을 울리지 못하게 했다. 하지만 그걸로 어찌 학생들의 반독재투쟁 열기를 막을 수 있으랴. 학교 측이 교정 곳곳에 내다붙인 '학교에서의 정치행동을 엄금한다.'는 게시판이 무슨 소용이랴. 도서관과 서관 등 교정 여기저기서 "인촌동상 앞으로!"라는 외침이 끊임없이 이어지며 학생들이 속속 모여들기 시작했다. 시냇물이 모여 장강의 거대한 흐름이 되듯 예정 시간이 다가오자 이천여 명의 학생들이 운집했다.

학생회에서 나눠준 수건을 이마에 질끈 동여매는 학생들의 불타는 눈빛, 입을 꽉 다문 채 결전의 순간을 기다리는 긴장된 표정, 아무 말 없어도 가슴과 가슴으로 통하는 동지애……. 학생들의 대열이 불어나며 열기와 기세가 하늘을 찌를 듯 불타올랐다. 나는 숨이 멎을 것 같은 감동을 느꼈고 밤새 불안했던 마음은 씻은 듯 사라져버렸다.

12시 50분. 역사적인 4·18 고대시위가 시작되었다. 먼저 정경대학생위원장 이세기 군이 연단 위로 올라가자 학생들은 일순간 정적과 함께 숙연해졌다. 이세기 군은 당시 〈고대신보〉 편집국장이었던 박찬세 군이 작성한 선언문을 힘차게 낭독했다.

친애하는 고대학생 제군!

한마디로 대학은 반항과 자유의 표상이다. 이제 질식할 듯한 기성 독재의 최후적 발악은 바야흐로 전체 국민의 생명과 자유를 위협하고 있다. 그러기에 역사의 생생한 증언자적 사명을 띤 우리들 청년학도는 이 이상 역류하는 피의 분노를 억제할 수 없다. 만약 이와 같은 극단의 악덕과 패륜을 내포하고 있는 이 탁류의 역사를 정화시키지 못한다면, 우리는 후세의 영원한 저주를 면치 못하리라.

말할 나위도 없이 학생이 상아탑에 안주치 못하고 대사회 투쟁에 참여해야만 하는 오늘의 20대는 확실히 불행한 세대이다. 그러나 동족의 손으로 동족의 피를 뽑고 있는 이 악랄한 현실을 어찌 방관하랴.

존경하는 고대학생동지 제군!

우리 고대는 과거 일제하에서는 항일투쟁의 총본산이었으며, 해방 후에는 인간의 자유와 존엄을 사수하기 위하여 멸공전선의 전위적 대열에 섰으나, 오늘은 진정한 민주이념의 쟁취를 위한 반항의 봉화를 높이 들어야 하겠다.

고대학생동지 제군!

우리는 청년학도만이 진정한 민주역사 창달의 역군이 될 수 있음을 명심하여 총궐기하자.

다음 순서로 내가 연단에 올라 결의문을 낭독했다.

1. 국민의 권리와 자유가 짓밟힌 오늘은 하늘과 땅이 분노하고 있으며, 불법·공갈·협박·사기의 3·15선거에 분노한 마산시민의 그 애처로운 참극상을 주권국민인 우리는 보고만 있을 수 없다.
2. 궐기하라 애국동포여, 36년을 두고 피 흘려 쟁취한 우리 민주주의가 지금 몽둥이와 총검 앞에서 피 흘리며 애소하는 저 구슬픈 소리를 우리는 듣고 있지 않은가. 민족을 위한다는 위정자들이여, 그대들의 이름은 부귀요 영화이며, 몰인정한 위선자라고 우리 국민은 모두가 분노하고 있다.
3. 집권당, 위정자여, 그대들이 떼어버렸던 양심을 다시 찾지 않으려는가. 지금 거국적인 국민 궐기의 피 끓는 이 호소를 듣고 어서 그 양심을 다시 찾아 민권 수호에 목숨 바친 지하에 계신 선열과 시달리고 통곡하는 우리 국민 앞에 늦지 않았으니 어서 사과하라.
4. 우리는 지금도 용서하여줄 용의가 있다. 같은 핏줄기의 단군자손이기에 동포여 어서 일어나 집권당의 사과를 들어보자.
5. 기성세대는 자성하라!

6. 마산사건의 책임자를 즉시 처단하라!

7. 우리는 행동성 없는 지식인을 배격한다!

8. 경찰의 학원출입을 엄금하라!

9. 오늘의 평화적 시위를 방해치 말라!

이윽고 오후 1시 20분경, 우리 3,000여 명의 고대생들은 스크럼을 짜고 '민주역적 몰아내자' '자유 정의 진리 드높이자' 는 플래카드를 선두로 교문을 나섰다. 우리의 목적지는 태평로에 있는 국회의사당이었다. 당시에는 시위현장에서 부르는 노래가 따로 있는 게 아니어서 누군가의 선창으로 교가, 애국가, 전우가, 3·1절 노래를 번갈아 목이 터져라 불렀다.

교문을 빠져나올 때는 경찰의 제지가 생각했던 것보다는 강력하지 않았다. 나는 선두에 서서 시위대를 이끌었다. 하지만 얼마 가지 못하고 안암동 로터리의 지서 앞에서 경찰의 1차 저지선과 마주쳤다. 한동안 거기서 경찰과 밀고 당기는 대치국면이 계속되었지만, 시위대를 이끌고 있는 나도 놀랄 정도로 의기충천한 3,000여 명 학생들의 기세를 경찰의 저지선이 버텨낼 수 없었다. 경찰과 옥신각신하던 시위대는 파죽지세로 1차 저지선을 돌파했다. 시위대가 동대문을 지나자 시민들이 손뼉을 치며 호응하거나 직접 시위 대열에 참여하기도 했다.

종로4가로 접어들자 마침내 경찰의 강력한 진압이 시작되었다. 많은 학생들이 경찰의 곤봉에 맞아 쓰러지고 잠시 대열이 흐트러지기도 했다. 하지만 도도하게 굽이쳐 흐르는 거대한 물결을 누구도 막을 수가 없었다. 진압이 심해지면 잠시 흩어지는 것처럼 보였다가도 어느 틈엔가 다시 하나로 뭉쳐 우리는 목적지인 국회의사당을 향해 나아갔다.

그런데 내가 이끌던 선두그룹과 경찰이 맞닥뜨려 치열하게 몸싸움을 하던 어느 순간, "이기택을 격리시켜!"라는 지휘관의 명령이 떨어지며 순식간에 진압경찰들이 나를 에워싸 버렸다. 나는 물론이고 주위의 학우들도 안간힘을 다해 저항했지만, 애초부터 나만 노리고 돌진해오는 진압경찰들을 당해낼 수 없었다. 어이없게도 나는 시위 초기에 경찰에 체포되어 시위 대열과 격리되고 말았다.

경찰은 뜻밖에도 나를 경찰서로 연행하지 않고 차에 태워서 학교로 데려갔다. 우습게도 학생처에 연금된 것이다. 그렇다 해도 창살로 가로막힌 방에 가두고 자물쇠를 채워버렸으니 경찰서 유치장이나 다름없었다.

당시 경찰이 나를 학교에 연금했던 것은 경찰서로 연행하면 시위대의 감정이 과격해져 경찰서를 공격할까 우려했기 때문이었을 것 같다. 돌이켜볼 때 4월 18일에는 경찰의 대응이 비교적 온건했었는데, 아마도 3·15 마산시위 때 경찰이 발포까지 하는 등 무자비하게 대응함으로써 오히려 시위를 확산시켰다는 판단을 했었는지도 모른다.

나는 학생처 골방에 갇혀 발만 동동 구를 수밖에 없었다. 그토록 비장한 각오로 거사를 꾀했건만 초장에 붙들려버리다니, 맥도 빠지고 스스로가 한심스럽기까지 했다. 3·1절 합동기념식장 유인물 사건 이후 경찰의 집중적인 감시를 받는 터라 좀 더 경각심을 갖고 조심해야 했는데 하는 자책감에 괴롭기도 했다.

그나마 위안으로 삼은 것은 시위의 진행상황을 알 수 있다는 점이었다. 몸은 밖으로 빠져나갈 수 없었지만, 학생처 직원들이 통화하는 내용을 엿들을 수 있었다. 마침내 시위대가 목적지인 국회의사당 앞으로 진출하여 농성에 돌입했다는 소식을 듣고 나는 주먹을 불끈 쥐었다.

혁명의 도화선

2시 15분 국회의사당 앞에 집결한 고대생 시위대는 김중위(전 국회의원) 조남조(전 국회의원) 독고중훈 등의 지휘로 대오를 정비하고 연좌농성에 들어갔다. 시위대에는 고대생들뿐만 아니라 일반시민도 많이 참여하고 있었다.

시위대는 연행한 학생들을 석방하고 대통령이나 내무부장관이 직접 나와 부정선거를 해명하라고 요구하며, 즉석에서 1) 행정부는 대학의 자유를 보장하라, 2) 행정부는 더 이상 민족의 체면을 망치지 말고 무능정치, 부패정치, 야만정치, 독재정치, 몽둥이 정치, 살인정치를 집어치워라, 3) 행정부는 명실상부한 민주정치를 실현하라, 4) 행정부는 이 이상 우리나라를 세계적 후진국가로 만들지 말라 등 4개항의 대정부 건의문을 결의하였다.

농성이 계속되자 오후 4시 유진오 총장이 시위대 앞에 직접 나와 해산할 것을 호소했다.

"학교의 책임자로서 고대생 제군들이 사회에 편재해 있는 부정에 대해서 항거하는 용기는 높이 살만하다. 학원을 버리고 거리로 나온 것은 유감스러운 일이지만, 지성인답게 이성을 잃지 않은 데모를 한 데 대해서는 기쁘게 생각하고 있다. 그러나 지금 제군들은 여러 시간 동안 치안을 방해하고 있다. 여기서 더 계속할 것 같으면 사태가 악화되는 것을 염려하지 않을 수 없다. 연행된 학생들은 모두 석방하기로 결정되었으니, 일단 평화적으로 학교까지 돌아가 주기를 바란다."

총장으로서 시위현장을 찾아가 격앙된 시위학생들 앞에서 이렇게 발언할 수 있는 사람은 예나 지금이나 별로 없을 것이다. 나는 나중에 이 이야기를 전해들은 뒤 유진오 총장을 다시 보았고 진심으로 존경하게 되었다.

시위대는 총장의 발언 도중에 박수를 보내기도 했지만, 학교로 돌아가라는 말엔 강력하게 반발했다. 총장의 설득으로도 연좌농성이 풀리지 않자 고려대 선배인 이철승 의원이 시위대 앞에 나와서 거듭 해산을 설득했다. 결국 시위대는 연행된 학생들이 내무부장관 홍진기의 특별 지시로 석방되었다는 소식이 들리자 학교로 돌아가기로 결정했다.

오후 6시 40분 시위대는 자진해서 연좌농성을 풀고 경찰 차량의 선도를 따라 귀교 길에 올랐다. 시위대가 을지로 4가에 다다르자 선두의 경찰 차량은 청계천 4가 쪽으로 방향을 바꾸었다.

오후 7시 20분경 청계천 4가 천일백화점 앞에 이르렀을 때 갑자기 도로 옆 골목 안에서 괴한들이 뛰어나와 시위대를 습격하였다. 100여 명의 괴한들은 쇠망치, 몽둥이, 벽돌 등의 흉기로 닥치는 대로 학생들을 난타하기 시작했다. 선두에 있던 학생 수십 명이 순식간에 쓰러졌다. 10분도 채 안 된 사이에 학생 200여 명이 쓰러졌다. 중상자 20여 명이 병원으로 옮겨졌다. 경찰은 이 과정을 코앞에서 멀뚱멀뚱 구경만 했다.

평화적으로 귀교하는 고대생들에게 천인공노할 테러를 저지른 괴한들은 반공청년단 종로구단 동대문 특별단부 소속 조직폭력배들이었다. 반공청년단 종로구단장 임화수는 이날 낮 고려대생이 데모에 나섰다는 소식을 듣고 단원들 300여 명을 중앙청 옆 반공회관에 집결시켰다. 그리고 천일백화점 부근에 대기하고 있다가 귀교 길의 학생들을 습격했던 것이다.

4월 18일 밤 청계천에서 자행된 소위 '정치깡패 고대생 습격사건'은 다음날 조간신문에 사진과 함께 크게 보도됨으로써 역사적인 4·19 혁명의 직접적인 도화선이 되었다.

나는 학교로 돌아온 학우들에 의해 감금상태에서 풀려났다. 모두들 붉게 상기된 표정으로 흥분해 있는 학우들에게서 청계천 테러 사건 이야기를 듣고는 바로 부상당한 학우들의 상태를 살피러 병원을 찾아갔다. 마침 교수 세 분이 학교 지프차를 타고 병원에 간다고 해서 그 차에 편승했다.

몇몇 병원을 거쳐 을지로의 백병원에 도착하자 머리를 심하게 다친 학생 한 명이 누워 있었다. 유난히 어려 보여 몇 학년이냐고 물었더니 간병하던 누나가 올해 입학했다고 대신 대답해주었다. 청운의 꿈을 안고 대학에 입학한 지 불과 며칠 만에 이런 변을 당한 것이었다.

어린 후배의 참혹한 모습에 선뜻 발길을 돌리지 못하는데 옆에 있던 학생의 누나가 사경을 헤매고 있는 동생을 혼자 지키기가 무섭다며 좀 더 있어주기를 애원했다. 그래서 나는 그 병원에서 밤을 새우기로 작정했다. 후배가 밤새 고통을 못 이겨 신음을 내뱉을 때마다 내 가슴도 찢어질 듯 저렸다. 나는 이를 악물며 이 고통을 이대로 헛되게 묻어둘 수는 없다, 내일도 모레도 끝까지 싸우겠다, 수없이 결의를 다지고 또 다졌다. 물론 그 날이 역사적인 4·19혁명의 전야임을 알 리 없었지만.

민주혁명의 깃발

혁명의 아침

나는 새벽녘에야 병원에서 하숙집으로 돌아왔다. 날이 밝자마자 많은 학우가 하숙집으로 찾아왔다. 어제까지만 해도 본격적인 시위를 벌이자는 제안에 다소 소극적이던 학우들조차 하룻밤 사이에 완전히 태도가 변해 있었다.

"이제 우리들에게는 더 이상 물러날 곳이 없다. 이번 기회에 자유당 정권을 무너뜨리지 못하면 앞으로 얼마나 많은 세월을 실의와 좌절 속에서 신음해야 할지 모른다."

나는 격앙된 학우들 앞에서 자신에게 다짐하듯 말했다. 그리고 저마다 말이 없는 가운데 비장한 각오를 하며 학교를 향해 발걸음을 옮겼다.

사실 4·18시위를 모의하고 준비하면서 우리가 독재정권에 맞서 이렇게 싸울 수 있을 것이라고는 생각하지 못했다. 경찰의 총탄에 학생과 시민이 목숨을 잃은 마산사태는 내심 엄청난 두려움이었다. 특히 김주열 군의 처참한 주검은 분노와 함께 더할 수 없는 공포를 주었던 것도 사실이었다. 그러나 마침내 우리가 떨쳐 일어나 한목소리로 외치자 우리의 함성은 두려움의 둑을 무너뜨리고 거대한 물결로 흘러넘치기 시작했다. 4월 19일의 아침, 이미 세상은 바뀌었다. 우리는 예전의 우리가 아니었다.

학교 분위기도 어제와는 딴판이었다. 단순한 동요가 아니라 아예

이 정권과 결판을 내자는 비장함이 느껴졌다. 시위에 참여하지 않았던 학생들까지 정치깡패들의 테러 사실을 듣고는 분노를 억제하지 못했다. 학우들은 강의는 제쳐 두고 교정 곳곳에 모여 웅성거렸다.

아침 일찍 교수님 한 분이 나를 찾아오셨다. 그 교수님도 학생들의 동태가 심상치 않다는 사실을 충분히 감지하고 계신 듯했다.

"이기택 군. 지금 총장님을 만나고 오는 길이네. 이만저만 걱정이 아니시더군. 어제 시위로 정치권에 충격을 준 건 장한 일이지만 적지 않은 부상자가 발생한 것은 참으로 가슴 아픈 일이라고 하셨네. 그런데 오늘 또 시위를 벌였다간 어떤 사태가 벌어질지 모르는 일 아닌가? 총장님께서 지성인인 자네들이 냉철하게 판단하도록 일깨우라는 말씀을 하셨으니까 부디 총장님의 뜻을 참고해주기 바라네."

제자들을 아끼고 걱정하시는 총장님의 심정은 충분히 이해가 되었다. 하지만 투쟁을 멈출 수야 없었다. 나는 교수님께 나의 결의를 말씀드렸다.

"총장님 말씀은 충분히 이해할 수 있습니다. 저도 물론 폭력적인 사태가 벌어지는 것을 원하지 않습니다. 하지만 총장님께서도 지금 우리가 하는 일이 옳다는 것을 잘 알고 계실 것입니다. 폭력이 무서워서 정의를 실천하지 못하면 그것 역시 진정한 지성인의 도리는 아니라고 생각합니다. 어쨌건 총장님의 뜻은 잘 알겠습니다."

지난밤 피습으로 다친 학우들이 학교로 모여들며 자연스레 학생총회가 이뤄졌다. 하나같이 격앙된 학생들은 자유당정권의 폭력을 규탄하며 그날의 시위를 어떻게 전개할 것인가 토론했다.

그런데 10시 30분경 대광고등학교 학생 수백 명이 거리시위에 나섰다가 경찰에게 쫓겨 고려대 교정으로 밀려들어왔다. 어린 학생들이 경찰의 곤봉을 피하려고 이리저리 허둥대는 모습을 본 고대생들은 한층 감정이 격앙되었다.

우리가 교문을 나서자 경찰이 우리를 막아서며 최루탄을 쏘아댔다. 골목길에서 대기하고 있던 소방차에서는 붉은 물감을 탄 세찬 물줄기를 뿌려댔고, 30여발의 공포탄이 발사되기도 했다.

사태가 이렇게 되자, 학생들은 더는 참지 못하고 성난 파도처럼 경찰에 저항하기 시작했고, 경찰은 속수무책으로 후퇴를 거듭했다.

이 날 경찰의 저지선이 쉽게 무너진 것은 시위대의 기세가 워낙 거세기도 했지만, 이미 시내 전역에서 데모가 벌어져 경찰병력이 감당할 수 없었기 때문이기도 했다.

지난밤 청계천에서의 '정치깡패 고대생 습격사건'이 조간신문에 대서특필되자 분노가 폭발한 민심이 일거에 거리로 쏟아져 나왔다. 신설동 로터리에 있는 대광고등학교 학생들이 오전 8시 30분경 로터리를 점거한 후 동대문 쪽으로 행진을 시작한 것을 필두로 서울대학교 문리과대학 학생들이 종로로 진출했다. 바로 이어서 법대와 약대, 의대, 사범대, 상과대 등 거의 모든 단과대학이 합류한데다, 건국대학교, 동국대학교, 성균관대학교 학생들이 각각 수천 명 단위로 몰려나왔다. 그리고 정오가 되자 연세대학교와 중앙대학교 학생들까지 가세하여 학생시위대는 순식간에 10만 명까지 불어나 서울 도심을 가득 메웠다.

피의 화요일

우리 시위대는 거침없이 안암동과 동대문을 지나 시내 중심가로 들어섰다. 손뼉을 치며 격려하거나 대열에 합류하는 시민들이 전날보다도 훨씬 많았다.

시위대가 종로2가 화신백화점 앞에 이르렀을 때 이후 진로를 놓고 의견이 갈라졌다. 나는 원래 계획한 대로 국회의사당으로 가자고 했지만, 시위대의 일부에서 경무대로 바로 가자는 주장이 나왔고, 지도부 중 몇 사람도 이에 동조했다. 자칫 대열이 흐트러질 수 있었다. 나는 '경무대는 지나다니는 행인들도 거의 없는 외진 곳이다. 민의의 전당인 국회의사당으로 가서 우리의 뜻을 전하자'라는 논조로 시위대를 설득했다.

결국 우리 고대생 시위대는 경무대가 아니라 국회의사당으로 진로를 정했다. 나는 지금도 그날의 결정이 원칙적으로 옳았다고 생각한다. '피의 화요일'이라고 일컬어지는 그 날 경무대로 몰려갔던 시위대에게 경무대 경찰이 발포함으로써 많은 이들이 목숨을 잃거나 다쳤다. 결과적으로 국회의사당으로 향했던 고대생들은 4월혁명을 촉발한 장본인이면서도 경찰의 총탄에 쓰러진 희생자는 내지 않았다. 그렇다고 낮게 평가될 일은 절대 아니라고 생각한다. 결과론일 뿐, 저마다 기꺼이 목숨을 내놓겠다는 결연한 의지에는 차이가 없었다.

오후 1시경 우리 고대생 시위대가 국회의사당 앞에 도착했을 때는 이미 태평로 일대가 시위대로 인산인해를 이루고 있었다. 나는 시민들이 두려움 없이 시위대와 합류하는 것을 목격하면서 이승만 정권의 몰락이 눈앞에 다가왔음을 예감할 수 있었다. 이미 시위대의 구호는 '이승만 정권 물러나라'로 집중되어 있었다.

자연스럽게 국회의사당 앞 전체 시위대를 지휘하게 된 나는 운집한 군중 앞에서 목청껏 반독재 구호를 선창했다.

"3·15 부정선거를 다시 하라!"

"이승만 정권은 물러나라!"

태평로를 가득 채운 군중들이 우렁차게 구호를 따라 외쳤다. 그건 바로 누구도 거스를 수 없는 거대한 시대의 물줄기였다.

역사적인 현장의 간두에서 벅찬 감동으로 전율했던 그 날 그 순간의 기억은 지금도 나를 떨리게 한다. 당시 시위 현장에 배포되었던 서울대 문리대 선언문의 감동적인 문구들이 떠오른다.

······ 무릇 모든 민주주의의 정치사는 자유의 투쟁사다. ······ 민주주의를 위장한 백색전제에의 항의를 가장 높은 영광으로 우리는 자부한다. ······ 보라, 우리는 캄캄한 밤의 침묵에 자유의 종을 난타하는 타수임을 자랑한다. ······ 양심은 부끄럽지 않다. 외롭지도 않다. 영원한 민주주의의 사수파는 영광스럽기만 하다. 보라! 현실의 뒷골목에서 용기 없는 자학을 되씹는 자까지 우리의 대열을 따른다. 나가자! 자유의 비밀은 용기일 뿐이다. 우리의 대열은 이성과 양심과 평화, 그리고 자유에의 열렬한 사랑의

대열이다. 모든 법은 우리를 보장한다.

경무대 쪽에서 불길한 총성이 울려온 것은 1시 40분경이었다. 곧이어 경찰의 총탄에 맞은 사람들이 국회의사당 쪽으로 운반되어 왔다. 온몸이 피로 물든 채 운구된 젊은이의 주검을 목격한 시위대는 경악과 함께 걷잡을 수 없는 분노를 터뜨리기 시작했다. 서울이 폭발하는 활화산처럼 '혁명의 도시'로 변하는 순간이었다. 그 순간부터 그 무엇도 폭발하는 시위대를 통제할 수 없었다. 시위의 양상은 통제 불능의 걷잡을 수 없는 지경으로 접어들었다.

나중에 안 사실이지만, 11시 50분경 동국대생들이 주축이 된 시위대가 대통령 관저인 경무대 앞으로 몰려갔다. 시위대에는 다른 대학생들과 동성고를 비롯한 고등학생, 구두닦이와 신문팔이 등 일용노동자들까지 합세해 있었다. 경찰의 강력한 제지에 시위대들은 해무청(지금의 해양수산부) 앞 공사장의 상수도관을 굴리며 효자동 입구로 밀고 들어갔다. 그러자 경무대 경찰서장인 곽영주 경무관의 지시로 시위대를 향한 조준사격이 일제히 이뤄지며 동국대생 노희두를 비롯한 21명이 사망하고 172명이 다쳤다.

시위대는 20만 명으로 늘어났고, 그중 일부는 대법원, 내무부, 서대문의 이기붕 자택 등으로 몰려가며 공격하기 시작했다. 이기붕 일가는 시위대가 국회의장 집으로 몰려들기 직전 6군단사령부로 피신했다. 그리고 일부 과격한 시위대는 시경 무기고를 기습하여 무기 탈취를 기도하는가 하면 경찰 백차와 소방차량을 탈취하여 시위대의 선봉에 내세우기도 했다. 이 과정에서 2시 50분경 중앙청 부근 무기고에서 경찰의 무차별 발사로 또다시 8명이 숨졌다.

이승만 정권은 2시 40분 서울 일원에 경비계엄을 1시로 소급해 선포했다. 1시로 소급했던 이유는 경무대에서의 발포를 합법화하기 위함이었다. 이어서 4시 반에는 부산 대구 광주 대전에도 경비계엄이 선포되었고, 5시에는 서울 등 5개 도시 비상계엄으로 확대 선포되었다.

계엄군은 아직 출동하지 않았지만 계엄령이 선포되자 경찰은 무차별 유혈진압에 나섰다. 경찰의 진압으로 시위가 다소 소강상태에 빠지자 나는 동료들과 의논하여 철수하기로 결정했다. 무모한 유혈충돌이 우려되어서였다. 우리 고대생 시위대는 '계엄령을 철폐하라'는 구호와 함께 미도파-퇴계로-종로5가를 거쳐 학교로 돌아갔다. 학교로 돌아가는 길에 경찰이 보이면 흥분한 학생들이 달려들었다. 나는 학생들을 만류하는 한편 눈앞에 경찰이 얼씬거리면 어서 숨으라고 외치느라 진땀을 흘려야만 했다.

우리 고대생들은 일단 철수했지만, 성난 시민들과 학생들은 5시가 넘어서도 시위를 계속했다. 갈수록 과격해진 시위대 중 일부는 수십 정의 총기를 탈취하고 차량 수십 대를 동원해 파출소를 파괴하고 경찰과 총격전까지 벌였다. 결국 밤 10시에 이르러 서울에 진주한 계엄군의 저지로 해산되었다. 이 과정에서 서울신문사와 반공회관에 불이 치솟는 등 건물 26개소가 파괴되었다.

학교로 돌아오니까 미아리 쪽에서 총성이 들리고 동대문 쪽에서 불길이 솟는 것을 보고 놀랐던 기억이 있다.

4월 19일의 시위는 서울뿐만 아니라 거의 전국적으로 벌어졌다. 부산에서는 경남공고, 데레사여고, 부산상고 등 고교생의 데모가 일어나 시민들과 합세하여 격렬한 시위를 벌였는데, 계엄이 선포된 오후 5시를 전후하여 부산진경찰서와 동부산경찰서에서 발포하여 13명이 목숨을 잃었고, 마산 등지에서도 10명의 사망자가 발생하였다. 광주에서는 광주고생 및 전남대생과 시민들 수천 명이 데모를 벌이다가 밤 9시 25분경 경찰의 발포로 8명이 희생되었다. 대전, 대구, 전주, 청주, 인천 등에서도 데모가 일어났으나 경찰이 발포를 하지 않아 희생자는 생기지 않았다.

그나마 다행이었던 것은 계엄군이 정치적 중립을 지키며 선제발포를 금하는 등 유연하게 대처했다는 점이다. 서울 지역 출동명령을 받은 육군 15사단은 밤 8시에 서울 동쪽에 있는 중랑교 부근에 집결해 10시에 동대문, 종로를 거쳐 중앙청에 들어왔다. 계엄군은 공포탄을 받으면서 발포하지 말라는 지시를 받았다고 한다. 다음날인 20일 계엄사령관 송요찬 장군은 기자회견에서 학생들에 대한 보복행위를 불용하며 평화적 시위자는 폭도가 아니라고 천명하기도 했다.

피말리던 도피생활

학교로 돌아온 우리 고대생 시위대는 해단식을 갖고 해산했다. 하지만 나는 안도의 숨을 돌릴 틈조차 없었다. 하은철이라는 대학 동기가 급히 나를 찾아와 내게 체포령이 떨어졌다며 주동자들은 모두 체포해서 총살하라는 명령도 떨어졌다는 소문도 들었다는 것이었다.

총살이라는 말에 겁이 나지 않을 수 없었다. 그날 낮에 경찰의 발포로 사망한 사람들의 주검을 목격했던 터라 그가 전해준 소문을 믿지 않을 수 없었다. 우선은 피해야 할 것 같았다. 그런데 학교 주위를 경찰이 둘러싸고 있는 상황에서 도피가 여의치 않았다. 급한 김에 나는 학교 측에 도움을 요청했다. 하지만 학교 측은 일언지하에 거절했다. 서운하기는 했지만, 그래도 학교 측의 입장은 이해가 되었다. 계엄령까지 선포된 마당에 수배중인 시위주동자를 피신하도록 도와주었다가 학교가 어떤 일을 당할는지 모르는 상황이었다.

그래도 학교 측은 지프차 한 대를 내주었다. 당시는 지프차를 탄 사람은 특권층으로 여겨서 경찰의 검문을 쉽게 피할 수 있던 시절이었다. 나는 수배대상이 된 동료 몇과 함께 지프차를 타고 학교를 빠져나왔다. 동료들은 여기저기 모두 내려 제 갈 길을 찾아갔는데 막상 나는 갈 곳이 마땅치 않았다. 결국 나는 학교 근처로 되돌아왔다.

고심 끝에 나는 학교 부근에서 입주가정교사를 하는 친구인 김문삼을 찾아가 당분간 여기서 숨어 지내면 안 되겠냐고 부탁했다. 친구가 선뜻 내 부탁을 받아들이며 주인집에 한번 말해보겠다고 했다. 십중팔구 주인이 거절할 거라 생각했는데, 내 사정을 듣고 난 주인이 "권력자들이 죄인이지, 학생들에게 무슨 죄가 있나?" 하며 흔쾌히 허락해주었다. 나중에 어떤 고초를 겪게 되는지도 모르는데 선뜻 도피처를 제공해준 주인이 너무도 고마웠다. 돌이켜보면 당시 그 분의 용기와 인정이 남달랐기도 했지만, 그게 바로 4·19혁명을 바라보는 국민의 마음이었을 것이다.

그 집에 숨어 있던 며칠간 정국은 급박하게 돌아갔다. 대체로 훗날에 알게 된 얘기지만, 우선 이승만을 줄곧 지지해오던 미국이 4·19 시위를 목격하고 태도를 바꾸었다. 4·19 다음날인 20일 미국무부는 민주화를 촉구하는 성명서를 발표했다. 그리고 이어서 21일 메카나기 주한미국대사가 경무대를 방문, 비상계엄령으로 이 사태가 수습되리라고 보지는 않는다며 부정선거 관련자의 해직, 선거법 개선을 위한 초당적 기구의 구성 등의 해결책을 제시했다.

또한 그날 국무위원들과 자유당 당무위원들은 이렇다 할 수습책을 제시하지 못한 채 일괄 사표를 제출하고, 장면 부통령이 '3·15 부정선거를 취소하고 정·부통령 선거를 다시 할 것'을 제시했다. 하지만 이승만 대통령은 모든 책임을 자유당과 이기붕에게 전가하는 데만 급급할 뿐이었다.

그리고 23일 장면 부통령이 사임성명을 발표했다. 이승만 대통령의 하야를 촉구하는 결단이었다. 나는 그때 비로소 4·18 시위가 성공했다고 확신하게 되었다. 자유당독재정권의 몰락이 임박했음을 느꼈던 것이다.

그렇다고 당장 내 일신이 자유로워진 것은 아니었다. 동트기 직전의 어둠이랄까. 붕괴 직전의 독재정권이 무슨 짓을 벌일지 알 수 없었다. 더구나 바깥의 소문은 여전히 흉흉했다. 경찰이 더욱 설치며 돌아다닐 뿐 아니라 시위에 가담했던 사람들이 계속 잡혀가거나 미행당하고 있다는 것이었다.

도피생활이 오래갈지도 모른다는 생각에 나는 피신장소를 부산으로 옮기기로 했다. 때마침 부산의 해양대학교에 다니던 친구가 상경하여 우연히 내가 숨어 있는 집으로 찾아왔기에 그의 교복으로 내가 변장하고 함께 서울역으로 나갔다. 서울역 주변은 계엄군과 경찰로 삼엄했다. 도저히 역사에 접근조차 할 수 없었다. 붙잡히면 죽을지도 모른다는 불안감이 새삼 엄습했다.

당시는 계엄하라 통금이 저녁 6시부터였다. 통금시간이 점점 다가오는데 갈 데가 없었다. 불심검문 때문에 여관엔 갈 수가 없었다. 나는 하는 수 없이 친구와 함께 서울역 뒤편 숙명여대 가는 길목에 있던 김수한 씨(전 국회의장)의 집으로 찾아갔다. 김수한 씨는 고대 법대 다니던 김욱한이라는 친구의 친형으로 전에도 몇 번 그 집에 놀러간 적이 있었다.

놀란 표정으로 대문을 열어준 김수한 씨 부인께 사정을 말하자 일단 안으로 들여보내주었다. 그런데 김수한 씨 부인의 말이 여기도 안전한 곳이 못 된다는 것이었다. 남편인 김수한 씨도 지금 도피중이고, 경찰이 수시로 찾아온다고 했다. 결국 나는 거의 뜬눈으로 밤을 지새우고 통금이 해제되자마자 그 집에서 나와야만 했다.

연세대학교에 다니는 친구의 주선으로 두 명의 이화여대생이 자취

하는 방에 숨어 지낸 적도 있었다. 여대생들은 내게 저녁밥을 지어주
곤 밤이 되면 다른 친구들 집으로 잠을 자러 갔다. 난생처음 처녀들
방에서 먹고 자느라 어색해서 어쩔 줄 몰라 했던 내 모습이 지금도 눈
에 선하다.

몇 해 전인가, 박관용 전 국회의장이 당시 나를 자취방에 숨겨주었
던 여대생 중 한 명을 우연하게 만났다며 한 번 만나보겠냐고 했다.
이제라도 뒤늦게나마 고마웠다는 인사를 하고 싶어 그러겠다고 했는
데, 그분이 쑥스러웠는지 사양해 결국 만나지는 못했다. 지금이야 그
때의 추억을 떠올리며 미소짓지만, 당시로서는 한치 앞을 내다볼 수
없는 긴박한 상황에서 참으로 피말리던 도피생활이었다.

독재정권의 말로

누님과 사업관계로 잘 아는 분의 집에서 숨어 있던 26일, 나는 교
수단 시위 소식을 듣게 되었다.

고려대 이상은 조용만 이종우 이항녕 교수 성균관대 변희용 교
수 등 전국의 대학교수 258명이 26일 오후 서울의대 교수회관에 모여
다음과 같이 14개 항으로 된 시국선언문을 발표했다.

이번 4·19의거는 이 나라 정치적 위기를 극복하기 위한 중대
한 계기다. 이에 대한 철저한 규정 없이는 이 민족의 불행한 운명

을 도저히 만회할 길이 없다. 이 비상시국에 대처하여 우리는 이제 전국 대학 교수들의 양심에 호소하여 아래와 같이 우리의 소신을 선언한다.

1. 마산, 서울 기타 각지의 학생 데모는 주권을 빼앗긴 국민의 울분을 대신하여 궐기한 학생들의 순진한 정의감의 발로이며 부정과 불의에 항거하는 민족정기의 표현이다.
2. 이 데모를 공산당의 조종이나 야당의 사주로 보는 것은 고의의 곡해이며 학생들의 정의감의 모독이다.
3. 평화적이요 합법인 학생 데모에 총탄과 폭력을 기탄없이 남용하여 대량의 유혈, 참극을 빚어낸 경찰은 '민주와 자유'를 기본으로 한 국립 경찰이 아니라 불법과 폭력으로 정권을 유지하려는 일부 정치 집단의 사병이었다.
4. 누적된 부패와 부정과 횡포로서의 민족적 대참극, 대치욕을 초래케 한 대통령을 위시하여 국회의원 및 대법관 등은 그 책임을 지고 물러나지 않으면 국민과 학생의 분노는 가라앉기 힘들 것이다.
5. 3·15선거는 불법 선거이다. 공명선거에 의하여 정 · 부통령 선거를 다시 실시하라.
6. 3·15 부정 선거를 조작한 주모자들은 중형에 처해야 한다.
7. 학생 살상의 만행을 위에서 명령한 자 및 직접 하수자는 즉시 체포 처형하라.
8. 모든 구속 학생은 무조건 석방하라. 그들 중에 파괴 또는 폭행자가 있다 하더라도 그것은 동료 피살에 흥분된 비정상 상태하의 행동이요, 폭행 또는 파괴가 그 본의가 아닌 까

닭이다.

9. 정치적 지위를 이용 또는 권력과 결탁하여 부정 축재한 자는 관·군·민을 막론하고 가차 없이 적발, 처단하여 국가 기강을 세우라.

10. 경찰은 학원의 자유를 보장하라.

11. 학원의 정치 도구화를 배격한다.

12. 곡학아세하는 사이비 학자와 정치 도구화하는 소위 문인, 예술인을 배격한다.

13. 학생 제군은 38선 넘어 호시탐탐하는 공산 괴뢰들이 군들의 의거를 선전에 이용하고 있음을 경계하라. 그리고 이남에서도 반공의 이름을 도용하던 방식으로 군들의 피의 효과를 정치적으로 악이용하려는 불순분자를 조심하라.

14. 시국의 중대성을 인식하고 국가의 장래를 염려하여 학생들은 흥분을 진정하고 이성을 지켜 속히 학업의 본분으로 돌아오라.

내가 교수단 선언문을 여기에 전재한 것은 '이승만 대통령 하야'를 처음으로 직접 요구한 선언문이라는 점에서 매우 큰 의미가 있기 때문이다. 교수단은 성명 발표 후 오후 5시 50분경 '학생의 피에 보답하자'는 플래카드를 앞세우고 국회의사당을 향해 행진하기 시작했다. 교수들이 시위에 나서자 기다렸다는 듯이 학생들이 합류해 종각을 지날 때는 1만여 명으로 늘어났다. 그리고 시위대가 국회의사당 앞에 도착했을 때는 4~5만 명의 인파가 운집했다.

교수단 데모가 끝난 뒤에도 시민, 학생들이 통금 사이렌을 무시하고 시위를 계속했으며 일부는 철야농성까지 벌였다. 이미 자유당 독재정권의 몰락이 시작된 것이다.

다음날인 26일 이승만 정권은 오전 5시를 기해 비상계엄령을 선포하였다. 모든 차량의 운행을 중단시키고 계엄군은 남대문 시청 중앙청 앞에 바리케이드를 쳤다. 그러나 폭발하기 시작한 활화산을 그 무엇이 가로막을 수 있으랴.

통금이 해제되자마자 모이기 시작한 시위 군중들은 오전 7시에 이미 3만 명에 이르렀다. 이윽고 9시경 서대문에 있던 이기붕 부통령의 집이 파괴되고 9시 45분경 파고다 공원에 있는 이승만 대통령 동상이 군중들에 의해 철거되었다.

시위대가 10만이 넘기 시작한 10시경 이들은 '이승만 대통령 하야'를 외치며 경무대로 몰려갔다. 계엄군이 시위대를 막으려 했지만, 오히려 사단장이 시민들에게 포위되고 시민들은 "군인은 우리 편이다"라고 외치면서 탱크에 올라타기까지 했다. 이승만 자유당정권의 생명이 사실상 끝나는 순간이었다.

결국 이승만 대통령은 오전 10시경 시민 학생 대표들에게 하야 의사를 밝혔고, 10시 30분 라디오에서 이승만 대통령의 사임성명이 발표되었다. 그리고 27일 국회에 대통령직 사임서를 제출하고, 28일 경무대를 떠나 이화장으로 옮겨갔다.

한편 경무대 관사 36호실에 피신해 있던 이기붕 부통령 일가는 이날 28일 새벽 5시 40분경 맏아들 이강석의 총격으로 집단 자살함으로써 자유당 독재정권은 우리 현대사에 비극적인 종말을 고했다.

나는 4월 27일 도피생활을 끝내고 학교로 돌아갔다. 학우들과 재회의 기쁨을 나누며 마침내 우리가 해냈다는 감격에 뜨거운 눈물을 흘리기도 했다.

그런데 그 날 나는 기쁨보다는 오히려 뭔지 모를 중압감에 마음이 무거웠던 기억이 앞선다. 내가 천리안을 가진 것도 아닌데 그 이후 전개될 우리 민주주의의 험난한 여정을 예견했을 리는 없다. 엄청난 역사의 대전환 앞에서의 경외였을까. 아니면 앞으로 펼쳐질 새 역사에 대한 기대와 조바심 때문이었을까.

'영원한 활화산'

흔히들 4·19혁명을 '미완의 혁명'이라고 한다. 나도 한때는 자주 이런 표현을 쓰기도 했다. 그런데 곰곰이 생각해보면 이건 매우 잘못된 표현이다. '미완의 혁명'이란 용어 속에는 독재정권을 무너뜨리기는 했지만, 대안을 제시하지 못하고 '자유·정의·평등·통일'이라는 4·19혁명의 이념을 구현하지 못한, '실패한 혁명'이란 의미가 담겨 있다.

4·19혁명은 결코 실패한 것이 아니다. 자유당독재정권을 무너뜨리고 온 나라와 세계만방에 '자유·정의·평등·통일'의 기치를 높이 내세

웠을 때 이미 세계사적으로 유례가 없는 '성공한 혁명'이었다. 또한 우리나라 헌법전문에 '유구한 역사와 전통에 빛나는 우리 대한국민은 3.1운동으로 건립된 대한민국임시정부의 법통과 불의에 항거한 4·19 민주이념을 계승하고'라 명시되어 있듯이 민주주의의 금자탑으로 영원히 '살아 있는 혁명'이다.

군이 표현하자면 5·16군사쿠데타 세력에 의해 일시 '빼앗긴 혁명'이라 할 순 있지만, 그 5·16군사쿠데타 세력조차도 자신을 4·19혁명의 계승자라고 자처할 수밖에 없을 만큼 이미 우리 역사와 민족의 정신에 확고하게 자리 잡은 '성공한 혁명'이다. 결국 4·19혁명이 부활하여 6월항쟁 등을 통해 민주주의를 되찾게 하지 않았는가.

4·19혁명은 우리의 민주주의가 위기에 처할 때는 언제든 다시 폭발하게 될 영원한 활화산이다.

4·19혁명을 통해 새로운 가치관과 사회질서가 정착됨으로써 우리나라가 비로소 근대적 국가로 출범하게 되었다고 나는 생각한다. 다시 말해 4·19혁명은 독재정권을 무너뜨렸다는 정치적 측면보다 오랜 봉건질서와 관념들을 타파하여 민주화와 산업화의 초석이 되었다는, 그럼으로써 현대사회의 문을 열었다는 사회적 경제적 의미가 더 크다.

일제의 식민지 통치에서 벗어나 1948년 근대적인 정부가 수립되긴 했으나 형태만 그러했을 뿐, 사회지도층이나 관료를 비롯한 대부분의 사회구성원들이 봉건적 가치관과 가치체계에서 벗어나지 못했다. 경제체제 또한 전근대적이었다. 농업은 물론이고, 제조업과 상업, 금융업 등의 분야에서 여전히 일제의 식민지수탈 조직과 유사한 방식의 경영방식이 유지되고 있었다. 자유당 정권치하에서 성행하던 정경유착과 특권층에게 제공되던 불로소득 등은 당시의 경제체제가 전근대적인 모습을 벗어나지 못했음을 단적으로 보여준다.

자유당정권으로 대표되는 기성세대에 반발하여 일어난 4·19혁명을 통해 학생과 청년들의 새로운 가치관과 가치체계가 사회 전반에 걸쳐 수용되게 되었고 이는 새로운 질서의 수립으로 이어졌다. 또한 4·19혁명은 봉건적 독점체제를 흔들었고 불공정하던 전근대적 경제체제를 합리적인 근대 자본주의로 변화시켰다.

다시 말해 4·19혁명은 독재정권 뿐만 아니라 구시대의 봉건적 질서와 가치를 타파함으로써 시대적 단절을 이뤄냈고, 그 바탕에서 우리나라를 새로운 현대적 시대로 진입시켰다. 이런 점에서 4·19혁명은 충분히 시대적 사명을 다했다고 생각한다.

한편 4·19혁명은 1960년대를 풍미했던 이른바 '스튜던트 파워'를 선도한 혁명이었다. 즉, 세계사적으로 학생운동사의 기념비 같은 존재인 것이다. 4월혁명은 독재정권을 비폭력저항으로 붕괴시킨 학생혁명의 효시일 뿐만 아니라 전 세계 청년대학생들에게 현실참여와 이를 통한 부조리 및 모순 타파의 동력을 제공했다.

4·19혁명은 바로 멘데레스 독재정권을 타도한 터키 학생혁명을 촉발했다. 당시 터키 학생시위의 구호가 '한국의 대학생을 배우자'였던 사실에서도 확인되듯이 4·19혁명이 터키혁명에 직접적인 도화선이 되었다.

그리고 그 이후 전개되었던 일본 전학련의 안보투쟁, 미국의 스튜던트 파워와 반전운동, 프랑스 대학생들의 5월 혁명, 서베를린 학생운동, 그리고 동남아 학생운동 등이 모두 우리의 4·19혁명으로부터 강력한 동력을 얻었다고 해도 결코 과장이 아니다.

나는 4·19혁명의 주역이란 이름으로 때론 과분한 대접을 받으며 살아왔다. 물론 이에 대해 무한한 자긍심을 느끼며 내 삶의 동력으로 삼아왔지만, 한편으로 무거운 짐이자 빚이었다. 평생 그 빚을 갚는다고 애썼지만 과연 얼마나 갚았는지 생각하면 여전히 마음이 무겁다.

누군가는 4·19혁명을 대표하고 상징하는 자리에 서 있어야 하기에 그 무거운 짐을 져왔지만, 사실 나는 4·19혁명의 주역이란 타이틀이 편치가 않았다. 4·19혁명은 감히 몇몇을 주역으로 특정할 수가 없다. 혁명에 참여한 모든 이들이 주역이었다는 게 가장 옳은 말일 것이다.

4·19혁명을 학생혁명으로 특정하는 것도 꼭 옳은 것만은 아니라는 생각이 든다. 혁명 직후 〈타임스〉 지가 "일제에서 벗어난 첫 번째 해방의 뒤를 이어 한국의 두 번째 해방으로 불리는 4월 혁명은 '젊은이들의 업적'이다"라고 평가했고, 프랑스의 〈르피가로〉 지도 사설에서 "한국 학생들은 이상을 위해 싸웠다. 이승만의 전제적 경찰력에 맞서 순수한 무결점의 민주주의를 세웠다"고 칭송했듯이, 학생들이 혁명의 전위대로 나섰던 것은 틀림없다.

하지만 그 과정에서 시민들의 적극적인 참여가 없었다면 4·19혁명은 결코 성공하지 못했을 것이다. 실제로 '피의 화요일'인 4월 19일

장면 총리가 필동 한국의 집에 각 대학 대표를 초청, 향후 국정 방향을 청취하는 자리

경무대 앞 시위대는 7할이 나이 어린 고등학생이나 일용노동자들이었다. 따라서 희생자도 이들이 많았다.

국립4·19민주묘지 기념탑에 새겨진 조지훈 선생의 '진혼가'를 여기에 옮겨 빚을 다 갚지 못한 나의 무거운 마음을 대신하려 한다.

가슴을 치솟는 불길을 터뜨리니
사무친 그 외침이 강산을 흔들었다
선혈을 뿌리어 우리가 싸워 이긴 것
아! 민주혁명의 깃발이 여기 있다
가시밭을 헤쳐서 우리 세운 제단 앞에
울며 바친 희생들아 거룩한 이름아!

고이 잠들라 조국의 품에 안겨
역사를 지켜보는 젊은 혼은 살아있다

뜨거운 손을 잡고 죽음으로 맹서하던
티 없는 그 정성을 하늘도 흐느꼈다
더운 피를 쏟아내고 네가 죽어 이룬 것
아! 민주혁명의 꽃잎이 만발했다
어둠을 밝혀서 네가 세운 공화국을
못 보고 간 동지들아 꽃다운 넋들아!
고이 잠들라 조국의 품에 안겨
역사를 지켜보는 젊은 혼은 살아있다

국립4·19민주묘지를 참배하고 묘소를 둘러보는 모습

제 3 부 직장인 시절

5·16 군사쿠데타

'생성과 혼돈'의 시기

4·19혁명 이후 부산으로 내려왔다. 대한민주청년회 활동을 하기
위해서였다. 사실 대학 졸업 후 나는 진로에 대한 심각한 고민에 빠
졌었다. 처음 한동안은 취직을 할 것인가, 유학을 갈 것인가 하는 선
택의 고민이었다. 그러면서도 내 마음속 한편에는 정치에 대한 꿈이
자라나고 있었다. 4·19혁명 정신을 직접 정치적으로 구현하고 싶은
욕망이 갈수록 커져갔다. 하지만 험난한 정치인의 길을 선뜻 선택하
긴 어려웠다. 그러던 중 대한민주청년회로부터 참여해달라는 제의가
왔다.

대한민주청년회는 4·19혁명 정신의 정착과 선양을 위해 결성된 청
년단체로, 혁명 후 혼란스러운 사회질서를 안정시키고 공명선거를 준
비하는 데 앞장섰다. 서울에 본부를 두고 나보다 서너 해 윗대 선배들
이 주축을 이뤘는데, 그들 중 최훈(성균관대 학생위원장 출신, 국회
의원 역임) 선배가 대표를 맡았다. 그 선배들이 나에게 대한민주청년
회 부산·경남 지부 결성에 참여해 줄 것을 요청해왔다.

나는 진로에 대한 고민을 묻어두고 일단 4·19혁명 정신을 선양하
고 정착시키는 사업에 동참하기로 마음을 정했다.

부산에 내려가자마자 나는 당시 부산 지역 4·19혁명 주역들인 서
석재(동아대) 박관용(동아대) 윤석순(부산대) 허재홍(수산대)
박영식(서울대) 배광우(외국어대) 등 각 대학 학생위원장이나 활동
가들을 규합해서 조직을 결성해 나갔다.

여기 거명한 이들은 대부분 잘 알려진 분들이다. 특히 박관용 전 국회의장과는 그 후 오랜 세월 함께 정치활동을 해왔다. 나의 비서관으로 정치생활을 시작하긴 했지만, 그 이전에 박 전 의장은 나의 동지이자 벗이었다. 그만큼 냉철하면서도 합리적인 정치인을 주변에서 본 적이 없다. 무엇보다 끊임없이 공부하고 연구하는 모습은 같은 정치인으로서 존경스럽고 부러웠다. 한동안 서로의 정치적 판단과 여건이 달라 여야로 갈라져 있었지만, 박 전 의장에 대한 나의 마음은 조금도 바뀐 적이 없다.

대한민주청년회의 활동이라고 해봐야 거창할 것은 없고, 지프차를 구해서 스피커를 달고 부산 시내를 다니며 질서유지 캠페인을 벌이는 정도였다. 청년들이 조직한 임의단체에 불과했지만, 사무실도 얻고 많은 시민들로부터 호응도 받았다. 4·19혁명 직후여서 대학생들의 공익활동에 시민들과 기업들이 아낌없이 후원을 해주는 분위기였다.

지금도 눈에 선하다. 부산시내 중앙동의 현대극장 건너편 모나코 양과자점이 있던 건물 2층의 대한민주청년회 사무실에는 늘 청년들로 북적였다. 때론 사무실에서 일하는 것도 모자라 근처에 여관방을 잡아놓고 합숙을 하면서까지 열정적으로 활동했었다.

그러다 내가 민주당에 입당한 것은 1960년 7·29 총선거를 통해 장면 정권이 들어설 때였다. 부산 지역 대한민주청년회 회원 100여명과 함께 입당했다. 우리가 이렇게 단체로 민주당에 입당했던 것은 꼭 정치 지향적이었기 때문은 아니었다. 무엇보다 우리 역사에 새롭게 등장하는 민주정권에 대한 기대와 포부가 컸었기 때문이다. 돌이켜봐도 당시 정치인이 되겠다는 목적보다는 민주주의를 정착시키기 위한 당연한 길로 여겼었던 것 같다. 당시 우리 청년들의 입당은 부산의 주요 신문들이 '민주당 고목에 새싹이 튼 격이다' 라며 전면에 대서특필하는 등 많은 격려와 기대를 받았었다.

어찌 됐든 나는 정치인으로서의 첫 발을 내디뎠던 셈이다. 나는 부산시당 청년국장에 임명되었고, 본격적인 정당 활동에 나섰다.

좀 우스운 얘기지만, 당시 내가 했던 정당 활동 중 가장 큰 것은 점심 사는 일이 아니었던가 싶다. 당시 민주당 부산시당 사무실이 광복동의 어느 조그만 빌딩 2층에 자리하고 있었는데, 늘 부산지역 원로 당원들로 북적였었다. 비록 제2공화국 출범과 함께 여당이 되었다곤 하지만 그때까지 야당만 해오던 인사들인지라 주머니 사정이 넉넉할 리가 없었다. 점심때만 되면 끼니를 어떻게 해결할까 서로 눈치만 보는 형편이었다.

당시 부모님께서 내가 하던 청년 활동이나 정당 활동을 적극적으로 만류하시지는 않았지만, 그렇다고 재정적으로 뒷받침을 해주시는 상황도 아니었다. 그럼에도 당사에 나오시는 어르신들께 점심이라도 해결해 주는 것은 나의 몫이었다.

내가 간혹 그때 일을 회고하며 "그 당시 시계 3개, 카메라 2대 날렸다"는 말을 농담 삼아 얘기하곤 하는데, 그건 사실이다. 대학에 다닐 때 작은아버지께서 일본 동경을 오가며 영화 사업을 하고 계셨다. 간혹 서울에 오시게 되면 나를 불러 격려도 해주시고 용돈을 쥐어주시기도 했는데, 몇 차례 일본에서 사오신 시계와 카메라를 선물로 주신 적이 있었다. 내 유일한 재산인 그것들을 전당포에 맡겨 어르신들 점심값을 마련했던 것이다. 시계 하나만 맡겨도 상당 기간 여러 사람이 국수나 간단한 식사를 해결할 수 있었다. 그 덕에 나는 어르신들로부터 꽤나 귀여움을 받았던 것 같다.

우리들의 기대와 포부와는 달리 민주당 정권 출범 이후 시국은 날로 혼란스러워졌다. 제2공화국의 잉태기라 할 수 있는 과도정권하에서는 학생들의 자율적인 사회정화와 질서 확립 운동으로 한동안 사회는 평온하였다. 하지만 제2공화국이 출범하자 지난날 독재치하에서 억압되었던 욕구와 가치들이 끊임없이 표출되며 사회적 혼란이 갈수록 심해졌다.

반면에 민주당 정권은 신·구파분쟁, 노장파와 소장파의 대립 등 당내 파벌 싸움에 휘말려 표류했다. 그로 인해

대한민주청년회의 경남도지부 결성

4·19혁명을 진전시키는 실질적 개혁조치가 어느 것 하나 제대로 이뤄진 것이 없었다.

게다가 민주당 정권이 '경제개발제일주의'를 표방했음에도 불구하고 오히려 경기는 침체되고 국민들의 삶은 더욱 어려워졌다. 당시 자료를 보면, 물가는 38%나 뛰어오르고 실업률은 23.7%에 달했으며, 경제성장률은 인구증가율에도 못 미치는 2.1%로까지 떨어졌으니, 당시 국민들의 고통과 불만이 어떠했겠는가.

모든 불만들이 거리로 쏟아져 나왔다. 9개월밖에 안 되는 제2공화국 기간 동안 거리시위가 2천 건에 연인원 1백만 명에 이르렀으니, '데모만능주의'란 말 그대로의 무질서와 혼란의 시기였다.

더구나 혁신세력과 일부 학생들은 급진적인 통일론을 내세우기 시작했다. 이에 정부가 '반공법'을 제정하여 막으려 하자 전면적인 충돌이 일어나, 횃불데모까지 등장하여 경찰과 유혈충돌을 벌이는 사태까지 빚어졌다.

이렇듯 사회혼란만 가중되는 가운데 민주당 정권은 9개월의 짧은 집권기간 동안 3차례나 전면적인 개각을 단행해야 할 만큼 정국의 혼란상을 드러내며 표류하다가 결국 5·16군사쿠데타를 맞게 되었다.

역사적 패륜

1961년 5월 16일 새벽. 나는 대한청년회 사무실 근처 여관방에서 동료들 몇과 함께 자고 있었다. 회원 한 명이 큰일 났다고 소리치며 여관방으로 뛰어 들어왔다. 쿠데타가 일어났다는 것이다. 무슨 날벼락인가 싶어 벌떡 일어나 라디오를 켰다. 라디오에서 자칭 혁명군의 방송을 귀로 듣기 전까진 그래도 설마 하는 마음이었다.

방송에서 쿠데타세력은 "현 정권과 기성 정치인에게 더 이상 국가의 운명을 맡겨둘 수 없다고 판단하고, 백척간두의 위기에서 방황하는 국가의 운명을 극복하기 위해" 군이 나섰다며 소위 혁명공약 6개항을 발표했다. 그리고 바로 '군사혁명위원회'가 조직되어 입법·사법·행정의 3권을 통합 장악한다고 했다. 군사쿠데타가 일어난 것이 분명했다.

나는 말할 수 없는 충격을 받았다. 항간에 쿠데타설이 파다하게 퍼져 있었고 1961년 들어서는 이른바 '3·4월 위기설'이 나돌긴 했지만, 그래도 나는 군인들이 쿠데타를 하리라곤 꿈에도 생각지 않았다. 그 엄청난 희생을 치르며 4·19혁명을 이룩한 게 겨우 1년 정도 지났고, 새로운 민주정부의 기대를 안고 제2공화국이 출범한 지 아홉 달밖에 되지 않았는데, 감히 어느 누가 헌정을 유린할 수 있다곤 상상조차 할 수 없었다.

4·19혁명의 환희와 새로운 민주국가를 향한 염원이 한순간에 신기루처럼 사라져버렸다. 그때 나는 5·16군사쿠데타세력에 대한 분노

를 느끼기 전에 역사적 허망감에 빠져 망연자실했던 것 같다. 쿠데타 세력은 소위 혁명공약 6개항에서 "양심적인 정치인에게 정권을 이양하고 군은 본연의 임무에 복귀할 것"이라 했지만, 믿기 어려웠다. 총칼로 헌정을 유린한 자들이 순순히 제 손으로 정권을 내놓을 리 만무할 테니.

우리나라와 우리국민이 언제 끝날지 모르는 암흑의 터널 속으로 빠져드는 모습이 눈앞에 선했다. 그 후 나는 오랜 기간 깊은 좌절과 절망의 늪에 빠져 헤어날 수 없었다.

군사쿠데타 소식을 접한 대한민주청년회 회원들은 다들 일단 몸을 피했다. 학생운동을 했던 사람들은 무조건 잡아가는 분위기였기 때문이다. 하지만 나는 집안에만 처박혀 지냈다. 마땅히 몸을 피할 곳도 없었거니와 깊은 허망감에 될 대로 되라는 심정이었는지도 모르겠다.

그런데 별일이 없었다. 경찰이 한두 번 찾아온 적은 있지만, 부모님께서 집에 없다고 돌려보내는 정도로 위기를 넘길 수 있었다. 그때 잡혀갔던 친구들은 보통 두어 달씩 구금되어 고초를 겪었다고 들었다. 나는 최근까지도 대한민주청년회 부산 지역 책임자였던 나는 왜 잡혀가지 않고 다른 친구들만 잡혀갔는지 의문스러워했다. 그러다 얼마 전에야 비로소 그 이유를 알게 되었다.

부산문화방송 사장을 지낸 적이 있는 김성조라는 대학 동기와 오랜만에 만나 이런저런 이야기를 나누다 그 사실을 듣게 되었다. 당시 5·16군사쿠데타세력은 대한민주청년회에 불순분자, 즉 용공세력이 있다는 혐의를 두고 회원들을 연행해 조사했다고 한다. 무슨 연유인지는 몰라도 그들이 나를 표적으로 지목하고 회원들에게 내가 있는 곳을 대라며 닦달했지만, 모두들 한결같이 "이기택은 서울에서 학교 다니다 부산에 내려온 지 얼마 되지 않는 사람이다. 우리들보다 더 모른다. 대한민주청년회에는 용공분자가 있을 수 없다."라며 완강히 부인했다는 것이다.

근 반세기가 지난 지금에서 그 얘기를 듣고 나니 참으로 감격스러웠다. 쿠데타를 일으킨 군인들의 폭압적인 기세에 기가 질렸을 만도 한데 온갖 고초를 겪으면서도 자신들의 대표를 지키려 했던 동지들의 뜨거운 동지애에 새삼 감동했다.

단언컨대, 4·19혁명 정신과 민주국가의 미래를 군홧발로 무참히 짓밟아버린 5·16군사쿠데타는 역사의 패륜이었다. 쿠데타 세력이 이집트의 나세르와 터키혁명의 케말 파샤를 전범으로 삼았다고 하는데, 그들은 외세와 대항했던 민족주의자들이 아니었고, 봉건적 전제를 극복하려 했던 개혁주의자들은 더더욱 아니었다. 오로지 정세의 혼란을 틈타 권력을 탈취했던 반역도였을 뿐이다.

4·19혁명으로 자유당독재정권을 무너뜨리고 우리 역사에 민주주의의 기치를 내세운 지 10년이 지났던가, 아니 3년이 지났던가. 민주정부가 들어선 지 고작 9개월 만에 그들은 쿠데타로 정권을 탈취했다. 제2공화국 출범 이후 정국이 표류하고 사회적 혼란이 계속됐던 것은 사실이지만, 그럴수록 그들은 자신들의 본분인 국방에 전념함으

로써 신생독립국인 우리나라가 민주주의를 탄생시키는 산고를 지켜보고 보호했어야 했다.

오랜 봉건왕조와 일제의 식민지 통치, 그리고 이어진 독재정권 치하에서 억눌려온 욕구와 가치들이 민주정부 출범과 함께 물밀듯이 터져 나왔던 것은 당연하다고도 할 수 있다. 그로 인한 사회적 혼란과 정국의 표류는 신생독립국으로선 아직 미숙할 수밖에 없는 민주주의를 뿌리내리기 위해 거쳐야만 할 산고였다.

우리나라에 갓 뿌리내리기 시작한 민주주의의 어린 싹을 짓밟음으로써 우리 역사는 30여년 이상 암흑기에 처해야 했고, 그 구조적 패악은 여전히 우리 사회 곳곳에 병폐로 남아 있다. 그들의 쿠데타가 성공했고, 혹여 그 이후 그들의 공과가 있다손 치더라도 검은 돌이 흰 돌이 되는 것은 아니다. 5·16군사쿠데타가 우리 헌정사를 유린한 역사적 패륜이란 사실만은 절대 변할 수 없다.

이승만과 박정희

나는 평소 고인이 된 이들에 대해선 될수 있으면 비평을 삼갔다. 망자에 대한 예의이기도 했고, 굳이 고인이 된 사람의 이름을 거론하면서까지 내 주장을 펴고 싶지 않아서였다. 이승만과 박정희, 두 인물에 대해서도 마찬가지였다. 역사상 인물에 대한 평가라는 측면에서 그들에 대한 비평이 문제될 것은 없지만, 비극적인 최후를 맞이했던 두 사람에게 비판을 덧붙이는 건 내 성격상 맘이 내키지 않았다.

　그런데 내가 여기에 짧게나마 두 인물에 대한 평을 붙이려는 것은, 이미 두 인물에 대한 역사적 평가가 내려져 있음에도 이를 뒤흔들려하는 불순한 기도가 우려되어서이다. 이는 어두웠던 지난 역사를 딛고 민주화와 산업화를 이룬 뒤 선진국가로 나가는 우리에게 백해무익한 분탕질일 뿐이다. 아마도 내 생각엔, 저승에서 이를 바라보는 두 사람에게도 그리 반가운 일은 아닐 것 같다.

　독립운동가로서의 이승만에 대해선 별다른 이의를 달고 싶지 않다. 여러 가지 주장이 있지만 우리나라의 초대 대통령이 진정한 독립운동가였다는 사실마저도 부정되는 것은 보고 싶지 않은 게 솔직한 내 심정이다. 그리고 그가 비록 남한만의 단독정부였지만 대한민국의 초대 대통령이란 건 틀림없는 사실이다.

　하지만 이승만을 자유민주주의자로 미화하려는 일부 인사들의 작태에 대해선 결코 용납할 수가 없다. 이들은 이승만의 반공노선을 자유민주주의의 신봉과 동일시하는데, 천만부당한 발상이다. 이승만은 취임 초기부터 자신에 대한 정치적 비판을 용공노선으로 몰아 탄압했다는 사실을 잊으면 안 된다. 정부 수립으로 자유민주주의와 시장경제체제가 도입되었지만, 정착도 되기 전에 정작 이승만 대통령 스스로가 고사시켰다. 이승만의 반민주독재정권이 4·19혁명으로 종식됨으로써 비로소 자유민주주의의 꽃망울이 터지기 시작했던 게 아닌가. 우리나라 헌법전문에 '불의에 항거한 4·19 민주이념을 계승하고' 라고 적시해놓고 이승만을 자유민주주의자로 칭하는 건 그야말로 형용모순이다.

나는 보수주의자이고 보수정치인이다. 이러한 나의 정체성에 단 한 번도 회의한 적이 없다. 보수주의자인 내가 판단하는 이승만의 가장 큰 죄과는 건국 초기에 왜곡되고 손상된 보수주의를 심어놨다는 점이다. 일제부역자를 등용하고 부패관리를 양산하고 부정한 독점자본을 용인함으로써 대대로 지켜야하고 존경받아야 할 가치인 보수주의가 불의와 부도덕으로 얼룩진 채 오늘날까지 이어지게 한 장본인이란 비판을 면할 수 없다.

박정희에 대해선 긴 설명이 필요 없을 것이다. 4·19혁명과 헌정을 유린한 군사쿠데타의 주범이고 박정희·전두환·노태우 정권으로 이어지는 30여년 군사독재를 시작한 독재자다. 여기서 군사독재가 끼친 정치 사회적 해악을 열거하자면 끝이 없고 아직도 우리 사회 곳곳에 그로 인한 고통이 남아 있는 터에 굳이 언급하지는 않겠다.

아직도 박정희를 신봉하는 이들조차 그가 독재자였다는 사실만은 부정하지 못하고 있다. 그래서 만들어진 게 아마도 '개발독재'라는 용어가 아닌가 싶다. 나는 이 용어만큼 위험하고 불순한 게 없다고 생각한다. 어떤 목적을 위해 독재를 당연시하는 이 발상만큼 반민주적인 것이 없기 때문이다. 그리고 이 발상은 민주화가 이뤄졌다고 하는 오늘날에도 언제든지 현재진행형으로 나타날 수 있기에 더욱 위험한 것이다.

설마 우리나라에 독재가 다시 재현되겠는가 하는 생각은 매우 안이한 사고이다. 독재정권이란 게 꼭 총칼로만 이뤄지는 건 아니다. '개발독재'란 용어가 상당한 설득력을 지니고 사람들의 입에 오르는 것을 볼 때마다 나는 수없는 희생을 치르며 쟁취한 우리 민주주의의 밑천이 이것밖에 안 되는가 하는 생각이 들며 허망해지기도 한다.

경제가 어려울 때마다 소위 '박정희 신드롬'이란 게 나타난다. 박정희가 없었으면 아직도 우리가 보릿고개 넘고 있을 거라는 생각이 신화처럼 우리 사회 곳곳에 남아 있는 건 사실이다. 물론 경제개발에 있어 박정희의 공로가 없는 것은 아니다. 하지만 오늘날의 산업화는 그 무엇보다 세계 어디에서도 찾아볼 수 없는 우리 국민의 높은 교육열, 특유의 근면성과 창의성, 저임금구조를 견뎌낸 피와 땀이 이뤄낸 것이다.

먹고살기 힘들고 미래가 불안한 시절엔 언제나 미신이 창궐하는 법이다. 세상이 안정되면 언제 그런 게 있었느냐는 듯이 사라져버린다. 나는 '박정희 신드롬'이란 것도 이와 비슷한 것이 아닌가 생각한다. 문제는 이것이 경제난국의 올바른 해법을 찾는 데 큰 장애를 초래한다는 것이다.

오늘의 박근혜 정부는 '박정희 신드롬'에 힘입어 탄생하였다고 해도 과언은 아니다. 나로선 정서적으로 받아들이기 쉽지 않았던 게 사실이지만, 독재자의 딸이 대통령이 될 수 있는 것도 민주국가이기 때문에 가능하다. 누구도 박근혜 대통령을 부인할 수는 없다. 왠지 불안한 심정이 떨쳐지진 않지만 박근혜 정부가 성공한 정권이 되길 바라는 마음 나도 간절하다.

그런데 참으로 안타까운 게 한 가지 있다. 박근혜 정부가 박정희 군사독재의 과오를 묻어버리고 자꾸만 미화하려는 움직임을 보이는 점이다. 비극적인 최후를 맞이했던 선친에 대한 자식으로서의 정리가 이해되지 않는 것은 아니지만, 그럴수록 지난 시대의 과오를 인정하고 올바른 국정을 펴나감으로써 진정한 역사적 화해와 용서를 이끌어내야 하지 않을까. 그 누구도 아닌 박근혜 대통령이기에 가능한 일일 것이다.

팔순이 다 된 나이까지 살아보니, 참으로 세월은 빠르고 시류 또한 끊임없이 변한다는 사실을 깨닫게 된다. 어느 것도 영원한 것은 없다. 일시적인 시류에 편승해 오만해진 정권은 결국 역사에 성공한 정권으로 남을 수 없는 법이다.

회사원 생활

'태광산업' 입사

정권을 탈취한 5·16군사쿠데타 세력은 자신들의 야욕을 일사천리로 실행해나갔다. 국회와 지방의회, 정당과 사회단체를 모두 해산하고 정치활동을 일절 금지한 그들은 군사혁명위원회를 국가재건회의로 바꾸어 본격적인 군정에 나섰다.

국가재건최고회의는 내각을 조직하고, 내각 수반에 장도영 의장을 겸임시켰다. 그러나 실권은 부의장인 박정희 씨에게 있었다. 결국 박정희 씨는 장도영 의장을 '반혁명사건'으로 실각시키고 군부 내의 반대세력을 차례로 제거해 나감으로써 명실상부한 군사정부의 실권자가 되었다.

군사쿠데타 세력은 1961년 7월 '반공법'을 제정하여 반공 이데올로기를 강화하면서 정치적 억압체제를 구축했고, 1962년 3월 '정치활동정화법'을 제정하여 구정치인의 정치활동을 금지하였다. 또한 그들은 김종필 씨 주도로 중앙정보부를 발족시켜 본격적인 정보정치, 공작정치에 착수했다.

애초부터 쿠데타 세력들은 민정이양의 의사가 없었다. 아마도 수십 년 이상의 군정을 끌고나갈 생각이었을 것이다. 그러나 미국의 압력과 국내 정치세력의 반발로 민정이양 일정을 발표할 수밖에 없었다. 결국 1962년 12월 17일 국가재건최고회의는 국민투표를 통해 헌법을 개정하여 권력구조를 대통령제로 바꾼 뒤, 1963년 10월 15일 제5대 대통령 선거를 실시하였다.

선거 준비를 주도한 것은 중앙정보부였다. 이 과정에서 중앙정보부는 '증권파동'이라 불리는 주가조작사건을 통해 막대한 선거자금을 조성해 커다란 사회적 물의를 일으키기도 했다. 이뿐만 아니라 파친코 사건, 워커힐 사건, 새나라 자동차 사건 등 이른바 4대 의혹사건이 불거져 구악을 대신해 신악이 나타났다는 비난을 받게 되었다.

결국 민주공화당 대통령 후보로 나선 박정희 씨가 윤보선 후보와의 대결에서 근소한 차로 승리함으로써 제3공화국이 시작되었다.

당시 대통령선거에 열성적으로 뛰어들었던 나는 또다시 쓰라린 좌절감을 맛보았다. 적어도 우리 국민이 쿠데타 세력을 지지하지는 않을 것이라고 믿었는데, 결과는 그 반대였다. 이런 와중에서도 나는 대통령선거 한 달 뒤에 치러진 제6대 국회의원선거 출마를 진지하게 고민하기도 했었다. 하지만 당시 공화당의 조직력과 자금력을 당해낼 도리가 없다고 판단해 스스로 포기하고 말았다. 그리고 집안 어른들의 설득을 받아들여 매형이 경영하던 '태광산업'에 입사하게 되었다.

민주당 부산시당 청년국장을 사임하고 회사에 취직하긴 했어도 정치를 해보고 싶다는 포부를 완전히 버린 것은 아니었다. 제6대 국회의원 선거기간엔 낮에는 회사에서 일하다가 퇴근하고 나서는 비상금을 털어 담배나 음료수를 사들고 민주당 선거사무실마다 찾아다니며 응원을 하곤 했다.

아무튼 나는 4년여 기간 회사원이라는, 내 인생에선 특별한 경험을 하게 되었다. 결과적으로 나의 회사원 생활은 내가 세상을 좀 더 폭넓게 이해하고 성숙해지는 데 크게 도움이 되었던 소중한 기회였다.

수출산업 현장으로

'태광산업'은 누님이 경영하시던 포목상을 모태로 설립된 섬유업체다. 내가 입사했을 때는 '태광산업'이 이른바 '수출 주도 공업화'를 선도하며 비약적으로 성장하던 시기였다.

섬유공업은 1963년의 경우 제조업 전 취업자(40만)의 27%(11만), 생산액의 23%, 부가가치의 20%를 차지하는 제1의 산업으로, 노동력이 풍부한 우리나라의 경제여건에 비추어 수출신장 가능성이 가장 큰 산업이었다. 1960년대 초 경제개발 계획이 본격적으로 추진되면서부터 아크릴 스웨터 수출을 시작으로 내수산업에서 수출산업으로 전환 이후 섬유제품 수출이 계속 증가하여 1970년에는 전체 수출의 40.8%를 차지할 만큼 성장을 거듭했다.

입사해 보니 회사는 전쟁터였다. 너나할 것 없이 눈코 뜰 새 없이 일에 매달려야만 했다. 전국의 판매상들이 회사 앞 여관에 진을 치고 서로 물건을 달라 아우성치고 있는 판이었으니, 그야말로 단내가 진동할 만큼 바빴다. 더구나 당시는 부산항에서 유럽으로 가는 배가 일년에 몇 차례 없을 때라 매번 수출 납기를 맞추느라 피를 말려야만 했었다. 모두들 미친 듯이 일했다.

입사 초기엔 공장의 생산 책임자로 일했다. 한순간도 쉬지 않고 24

시간 가동되는 공장에서 나는 거의 노동자들과 숙식을 함께 하며 일해야만 했었다. 지금 생각해도 진저리가 쳐질 만큼 바쁘고 힘들었는데, 그땐 그게 그렇게 재미있었다. 물론 보람도 느꼈고, 생산제품인 스웨터의 품질을 개선하기 위해 동료 직원들과 함께 요꼬 기계(횡편직 기계) 앞에 매달리다 보면 시간 가는 줄 몰랐다.

섬유산업이 급팽창하던 시절이라 숙련된 생산직 노동자를 확보하는 게 무엇보다 가장 큰 일이었다. 서로들 임금을 더 주고라도 숙련공을 빼가지 못해 안달이 났었다. 나는 당시 스웨터 가내공장들이 밀집되어 있던 서울 마포까지 올라와 간신히 숙련공들을 모아 부산공장에 데려가기까지 했었다. 생산직 노동자뿐만 아니라 경험 많고 실력 있는 관리자를 구하는 것은 더더욱 경쟁이 치열했다. 그때 업계에서 인정을 받고 있던 마산방직 전영우 공장장과 경남모직 김남석 생산과장을 어렵게 스카우트하는 데 성공해 매형과 누님에게서 칭찬을 받았던 기억이 새롭다.

회사원 생활 중 기억에 남는 에피소드가 하나 있다. 내가 다니던 '태광산업'은 당시에도 직원이 1,500명이 넘는 큰 회사였다. 물론 나도 다른 직원들과 마찬가지로 평상임금을 받았다. 그런데 후배들도 좀 도와주고 야당 정치인 후원도 해야 하는데 그 월급으로는 턱없이 부족했다. 회사의 판매대금을 수금하는 업무도 했던 영업과장 때였다. 나는 고심 끝에 매형과 담판을 지었다.

"수금한 금액에서 제가 얼마간 떼고 드려도 모르시죠?"

"모르지. 그러니까 너에게 맡겼지."

태광산업 총무과장 재직 시 한 운동회에서

"그렇다면 제 월급의 두 배를 주십시오. 제가 이것저것 활동이 많아서 돈 쓸 데가 많습니다. 그런데 제 월급으로는 턱도 없습니다. 그렇다고 제가 회삿돈에 손을 댈 수야 없지 않습니까? 틀림없이 정직하게 할 테니 두 배로 주십시오."

지금 생각해보면 말도 안 되는 막무가내 공갈이었던 셈이다. 그런데 내 말을 듣고 곰곰이 생각에 잠겼던 매형이 두말하지 않고 그렇게 해주겠다 말씀을 하셨다. 물론 내가 처남이니까 가능했던 일이겠지만, 어쨌든 배짱으로 협상을 성공시킨 셈이었다. 그로 인해 나는 어느 정도 경제적 여유를 가지고 회사생활과 사회활동을 병행할 수 있었다.

1960년대와 70년대 노동집약적인 섬유산업이 발전할 수 있었던 것은 무엇보다 우리나라의 저임금구조 덕이었다. 당시 여공들은 대부분 빈한한 시골 출신의 스무 살 안팎의 어린 처녀들이었다. 월급을 받아봐야 겨우 한 달 먹고살기 빠듯했다. 어쩌다 고향에 급히 다녀올 일이라도 생기면 차비조차 여의치 않은 형편들이었다. 하소연할 데라곤 회사밖에 없는데, 회사로선 여공들에게 가불을 해줄 수 없었다. 숙련공들이 부족해 서로 업체에서 빼가는 상황이었던 터라, 언제 다른 회사로 옮길지도 모르는데 함부로 가불을 해줄 수가 없었던 것이다.

그럴 때 간혹 여공들이 내게 답답한 사정을 토로하면, 그나마 여유가 있던 나로서는 외면할 수가 없어 사비로 가불 아닌 가불을 해주곤 했었다. 그리고 계속된 철야작업 끝에 납품을 마친 날엔 가끔 차를 빌려 여공들을 태우고 불국사 등지로 야유회를 가곤 했었다. 그러니 여공들이 나를 좋아하지 않을 수 없었다. 꽤나 인기 많은 총각 과장님이었다.

힘들긴 했어도 나의 회사원 생활은 매우 즐거웠고 행복했었다. 그리고 정말 열심히 일했었다. 겨우 몇 년 일하고 그만둔 터에 감히 60년대 섬유 수출에 기여했다고 말하긴 부끄럽지만, 나름대로 일은 잘했던 것 같다.

1967년 제7대 국회의원 총선거를 앞두고 민주당의 영입 제안이 없었다면, 나는 회사원 생활을 계속했을 것이다. 그리고 '태광산업'에 그대로 있든 아니면 독립을 했든 기업인으로 성장했을 것이다. 어찌 생각해보면 정치인보다 기업인이 내 체질에 더 잘 맞는 것 같다. 내가 기업인의 길로 나갔으면 아주 잘해냈을 것 같다는 싱거운 생각이 들기도 한다. 물론 가보지 않은 길 누군들 알랴마는.

'태광'과 나

많은 사람들이, 나를 제법 안다고 하는 사람들조차도 내가 돈이 많은 사람인줄 안다. 그럴 만도 하다. 오래 전에 돌아가셨지만, 굴지의 대기업인 '태광그룹'의 오너가 매형이었으니 그리 생각할 수도 있을 것이다. 그런데 내 재산이라곤 사는 집과 백 평이 채 안 되는 작고 낡은 건물 하나가 전부다. 그것도 아버지로부터 물려받은 유산이다.

돈 문제에 관해서 매형은 매우 엄격했다. 그런 매형이었지만 4년에 한 번 선거 때만은 나를 불러 선거는 치러야 할 것 아니냐며 선거자금을 대주었다. 사실 그것만으로도 크게 덕을 본 게 사실이다. 내가 그래도 깨끗하게 정치를 해올 수 있었던 것은 매형 덕이라고도 할 수 있다. 예전 선거제도 하에서 검은 돈의 유혹을 뿌리치고 정치를 계속하기란 거의 불가능에 가까웠기 때문이다.

지금이야 선거제도가 많이 개선되어 돈을 들이지 않고도 선거를 치를 수 있다고 하는데, 예전엔 '4당5락'이란 말도 있듯이 선거자금이 엄청 들었다. 상대방인 여당 후보가 쏟아붓는 자금에 비해서는 몇 분의 일도 안 되지만, 그것도 내게는 감당하기 힘든 엄청난 액수이었다. 하루 종일 유세를 다니고 파김치가 되어 밤늦게 숙소로 돌아오면 선거운동원들이 진을 치고 앉아 돈 없어서 선거운동 못하겠다며 아우성을 치는 게 다반사였다.

아무튼 나는 매형에게 큰 도움을 받아왔다. 그럼에도 나는 매형이 경영하는 '태광'에 도움이 된 적이 없다. 앞으로 이에 관한 이야기를 다시 하게 되겠지만, 오히려 나 때문에 '태광'이 여러 차례 심각한 곤경에 처하곤 했었다. 만약 매형과 누님이 가족의 연을 끊자고 했어도 나는 아무 할 말이 없었을 정도였다. 재계에서도 '태광그룹'이 은둔적 경영스타일을 갖게 된 것은 야당 정치인인 처남 때문이라고 얘기한다고 한다. 그럼에도 내 정치적 소신과 행보를 묵묵히 지켜봐준 매형과 누님이 항상 고마웠고 진심으로 존경해왔다.

나는 매형으로서만이 아니라 기업인으로서도 고 이임용 선대회장을 존경한다. 우리나라 기업사에 한 획을 그은 인물로 평가될 만큼 뛰어난 경영성과를 이루기도 했지만, 내가 무엇보다 존경하는 것은 매형의 애국심과 고집스러운 경영철학이다.

매형은 '제조업제일주의'를 천명하고, 회사 경영을 통한 이익 외에는 어떠한 것에도 눈을 돌리지 않았다. 대부분의 대기업들이 부동산 투기로 몸집을 몇 배씩 불리고 있을 때도 부동산 투기는 경제를 망치는 병폐라며 철저하게 배격했다. 또한 매형은 '남의 돈을 빌리지 않고, 번만큼 투자한다.'는 철학이 확고한 분이었다. 잘 알려져 있듯이 '태광산업'은 유보율 2만6,000%로 국내 기업 중에서 재무적으로 가장 안정적인 기업으로 유명했다. 한편 기술개발에도 힘써 국내 최초로 탄소섬유를 생산하는 등 '태광산업'을 세계 제2위의 스판덱스 제조회사로 키워냈다. 내실과 기술개발을 강조하는 매형의 경영철학 아래 '태광산업'은 자기자본비율이 100%에 가까운 탄탄한 재무구조를 갖게 되었다.

매형은 평소 '정도'와 '신의'를 강조했던 오너였다. 1973년 '흥국생명'을 인수하면서 매형은 "보험회사 재산은 보험 가입자 자산이므로 '흥국생명' 돈을 '태광'에 가져다 쓰는 일은 없을 것"이라는 약속을 했고 끝까지 그 약속을 지켰던 일은 경제계에선 유명한 일화이다. 그리고 직원들에 대해선 '종신고용' 원칙을 내세웠고, 근래는 어떤지 모르겠지만, 줄곧 그 원칙을 지켰던 것으로 알고 있다.

그리고 매형은 장학 사업에 심혈을 기울였다. 내가 알기로 매형이 세운 '일주학술문화재단'이 지금까지 수여한 장학금 총액이 300억 원이 넘는다. 누님 또한 육영사업에 평생 헌신하셨다.

매형과 누님은 누구보다 강렬하고 끊임없는 열정으로 인생을 사신 분들이다. 비록 누님이 말년에 고초를 겪긴 했어도, 두 분 모두 후회 없는 삶을 사셨다고 나는 믿는다.

제 4 부　청년정치인

정계입문

유진오 선생의 부름을 받다

회사원으로 한창 바쁘게 일하던 1967년의 어느 날이었다. 현민 유진오 선생의 비서로 일하는 박찬세가 불쑥 회사로 찾아왔다. 그는 4월혁명 당시 〈고대신문〉 편집장으로 4·18 고대생 데모의 선언문을 쓴 대학 동기다. 유진오 선생이 고려대학교 총장에서 퇴임하고 정계로 진출하여 통합야당인 신민당 대표위원이 된 지 얼마 되지 않아서였다.

"평생을 교단에 몸담고 계셨던 분이 전쟁터나 다름없는 정치판에서 역량을 발휘하실 수 있을까?"

"그러니까 우리처럼 젊은 사람들이 잘 모셔야지."

나는 오랜만에 만난 친구와 밤늦도록 술상을 마주하고 이야기를 나누었고, 그대로 헤어지기 아쉬워 다음날 얼굴 한 번 더 보기로 했다.

다음날 오후 일을 마치고 올라가려한다는 그의 연락을 받고 부산역 앞 다방에서 다시 만났다. 일은 잘 보았냐는 내 질문에 그는 별말 없이 미소만 지었다. 그땐 잘 몰랐지만 얼마 후 나는 그 미소의 의미를 알게 되었다. 그때 그는 유진오 선생의 특명을 받고 '쓸 만한 정치 재목감'을 찾으러 다니는 중이었다.

유진오 선생은 대표위원 몫으로 1인을 비례대표로 추천할 수 있는 권한이 생기자 다방면으로 인재를 물색했다고 한다. 주위에서 추천받은 다수의 인물을 놓고 사전조사를 거쳐 합당한 인물을 선정하고자 했고, 그중 하나였던 나를 조사하기 위해 부산으로 그가 내려왔던 것이다.

박찬세는 부산 지역의 고려대학교 선후배, 야당 인사 등을 두루 만나며 나에 대해 알아본 뒤 유진오 선생께 추천하기로 마음먹었다고 한다. 대인관계가 원만하다는 주위의 평판, 부산 지역에 기반을 잡고 있었던 집안 형편, 대학 시절부터 다양한 활동을 통해 정치 감각을 익혀왔다는 사실, 그리고 결정적으로 4·19혁명을 주도했다는 점에서 유진오 선생이 원하는 정치재목감으로서의 조건을 갖췄다고 판단했던 것 같다.

나중에 들은 이야기지만, 비례대표로 나와 마지막까지 경합했던 인물이 있었다. 일본 유학을 다녀온 의사로 동래온천장의 대저택에 살았던 그는 경력과 재력이 나와는 비교가 안 될 만큼 막강한 사람이었다. 더구나 그와 전부터 잘 아는 사이였던 유진오 선생 사모님이 그를 적극 지지했던 터라 유진오 선생이 최종적으로 나를 결정하는데 고충이 많았다고 한다.

그런데 당시 공화당은 젊은 인물들이 포진해 있었던 반면에, 야당은 전통적으로 정당정치를 해왔던 고령 정치인들이 대부분이었다. 그러다 보니 세대교체가 야당의 안팎에서 제기되어 패기 있는 젊은 정치인이 필요했다. 아마도 이런 상황이었기에 박찬세가 나를 강력하게 추천할 수 있었고, 김영삼 최영근 의원까지 나서서 나를 거들자 유진오 선생이 결단을 내렸던 것이 아닐까 생각한다.

특히 나를 두고 당내에서 논의가 진행될 때 "4·19혁명을 촉발한 고대생의 리더인 이기택 씨 같은 젊은이가 국회로 들어와야 이 나라 정치가 발전할 수 있다."며 김영삼 의원이 내 편을 들어준 것이 큰 힘이 되었다고 들었다. 그리고 그 얼마 전 김영삼 의원과의 작은 인연도 조금은 도움이 되었을 것이다.

내가 비례대표 후보로 선정되기 한참 전의 일이다. 4·19혁명 직후 대한민주청년회에서 함께 활동한 이후 허물없이 지내는 사이였던 서석재가 나에게 고민을 토로했다. 제7대 국회의원선거를 앞두고 민주공화당이 김영삼 의원의 선거구에 동아대 출신이며 모교에서 교수를 했던 박규상 전국구 의원을 공천했는데, 박 의원이 자신의 제자였던 서석재에게 선거참모로 일해 달라고 요청했다는 것이다. 사제지간의 정리를 모른 척 할 수도 없고, 그렇다고 5·16군사쿠데타 세력인 민주공화당 후보 선거운동을 할 수도 없어 고민이라는 것이었다.

그의 얘기를 듣고 나는 단호하게 말했다.

"아무리 은사라 하더라도 4·19혁명을 한 우리가 쿠데타로 권력을 쥔 군사정권을 지원할 수야 없지 않겠어? 그럴 바에야 차라리 김영삼 의원을 찾아가서 선거운동을 하자."

당시 서석재는 경제적으로 좀 어려운 편이었다. 나는 김영삼 의원의 선거사무소를 세 번이나 찾아가, 당선되면 서석재를 정식 비서관으로 채용할 것을 간곡히 요청해 결국 약속을 받아냈다. 서석재는 그때부터 김영삼 의원과 인연을 맺게 되어 평생을 YS의 둘도 없는 참모로 살았다.

때론 당을 달리하며 대립하기도 했지만, 그가 작고하기 전까지 평

1967년 국회 본회의장에서 유진오 선생과 나란히 앉아

생 친구로 지내왔다. 인간의 삶에서 꼭 같은 자리에 있어야만 동반자
가 되는 것은 아닐 것이다. 가슴 뜨거운 청년으로 만나 평생 정치판에
서 얽히며 결과적으로 서로의 발전을 도모해준 우리는 어쩌면 인생의
동반자였는지도 모른다.

6·8 부정선거

　내가 신민당 비례대표 후보 14번으로 입후보한 제7대 국회의원선
거는 이승만 정권의 3·15 부정선거가 무색할 만큼 타락하고 부패한
선거였다.

　우리나라 정치사에 '6·8 부정선거'라는 오명으로 남아 있는 당시
선거는 중앙정보부가 전면에 나서서 선거 전반을 지휘한 노골적인 관
권선거였다. 대통령이 전남 목포에 내려가 국무회의를 여는 등 대통
령과 장관들이 나서서 개발공약을 남발했고, 말단 공무원들까지 선
거운동에 총동원되었다.

　당시 중앙정보부가 동원한 부정선거 수법은 상상을 초월했다. 주
민 동원과 금품 살포는 기본이고, 중복투표, 대리투표, 강제 공개투
표, 올빼미표, 투개표 조작 등 전대미문의 수법이 동원됐다. 그야말
로 3·15 부정선거를 방불케 했다.

　나는 선거 당일 참관인석에 있으면서 투표함에서 무더기표가 쏟
아져 나오는 것을 두 눈으로 똑똑히 목격했다. 더욱 기가 막히는 것

은 한 달 전인 5월에 치러진 대통령선거의 유권자 수가 13,935,093명이었다고 발표되었는데, 6월 8일 제7대 국회의원선거의 유권자 수가 14,717,354명으로 발표된 것이다. 불과 한 달 만에 유권자 수가 74만 명 이상 늘어난 것이다. 당시 인구성장률이 아무리 높았다 해도 관이 개입된 조직적인 부정선거가 아니라면 도저히 있을 수 없는 일이었다.

당시 박정희 정권이 제7대 국회의원선거를 이토록 노골적인 부정선거로 치러야 했던 이유가 있었다. 재선에 성공한 박정희 대통령은 중임제한에 걸려 당시 헌법으로는 더 이상 출마가 불가능한 상태였다. 또다시 집권하려면 헌법 개정이 반드시 필요했고, 이를 위해 국회 의석 2/3를 여당인 공화당이 장악해야만 했다. 3선 개헌에 필요한 의석 2/3를 확보하기 위해 감행한 것이 바로 '6·8 부정선거'였다.

선거기간중 나는 비례대표 후보인 까닭에 다른 후보들의 유세를 지원했다. 특히 두 지역을 집중적으로 지원했는데, 그중 한 군데가 경기도 제6지역구(포천·연천·가평)에서 출마한 홍익표 후보를 돕는 일이었다. 홍익표 후보는 6선 의원을 역임한 분으로 장면 내각에서 내무부장관을 지내기도 했다. 여야를 막론하고 누구나 인정하는 인격자였는데, 막 정치에 입문하는 나를 매우 아껴주셨다. 나는 그분을 모시고 다니면서 정말로 열심히 지원유세를 했지만, 결국 공화당 공천을 받아 출마한 오치성 후보에게 패배하고 말았다. 물론 부정선거로 인한 패배였다.

또 한 군데는 경상남도 제12지역구(울산·울주)에서 출마한 최영근 후보였다. 당시 재선의원이었던 최영근 후보는 지역에서 신망 또한 높았다. 그런 최영근 후보를 공화당에 영입하려고 당시 정권의 실세로 주목받던 이후락 대통령비서실장이 여러 차례 접촉을 시도했었다. 하지만 최영근 후보는 같은 지역 출신으로 이전부터 알고 지내던 이후락 실장의 제안을 단호하게 뿌리치고 야당으로 출마했다. 나는 최영근 후보를 도와 찬조연설은 물론이고, 투표 당일에는 개표참관인으로도 참여했다. 하지만 최영근 후보 또한 부정선거로 인해 공화당 후보에게 패배하고 말았다.

개표 결과 전체 의석에서 여당이 차지하는 비중이 헌정 이래 가장 높았다. 지역구에서 공화당은 무려 103석, 신민당은 겨우 27석, 대중당은 1석을 확보했다. 전국구에서는 공화당이 27석, 신민당이 17석을 차지했다. 이를 합하면 공화당 130석, 신민당 44석으로 개헌선인 117석보다 무려 13석이나 더 공화당이 얻었다. 3선 개헌을 위해 온갖 무리수를 강행하다 보니 필요한 의석보다 지나치게 많은 의석을 차지했던 것이다. 선거 다음 날인 9일, 공화당의 김종필 의장이 "이렇게 많은 의석을 차지함으로써 사실상 원내에서 여야 세력 균형이 깨진 건 사실"이라며 적정선을 넘은 과다 의석 확보를 우려하는 발언을 할 정도였다.

아무튼 나는 제7대 국회의원선거에서 국회의원으로 당선되었다. 그것도 29살 최연소 국회의원이 된 것이다. 하지만 당선의 기쁨을 한순간도 누릴 수 없었다. 곧바로 선거무효화 투쟁이라는 격랑 속으로 정국이 휩쓸렸기 때문이다.

29세 최연소 국회의원

'6·8선거' 직후 신민당은 '선거무효화투쟁위원회'를 구성하고 부정선거의 사과, 6·8선거의 전면 무효화 및 전면 재선거, 선거부정 관련 공무원의 문책, 부정선거 재발을 막기 위한 제도적 보장 등 4가지 요구사항을 내걸고 데모와 궐기대회 등 정치투쟁을 시작했고, 동시에 당선자들은 국회 등록 거부를 하여 정국은 혼돈에 빠지게 되었다.

한편 전국의 대학생들도 선거일 다음날인 6월 9일 연세대의 부정선거규탄을 시작으로 대대적인 투쟁에 돌입했다. 13일에는 고려대 등 시내 8개 대학, 15일에는 전국 21개 고교와 5개 대학이 시위를 벌였고, 3개 대학이 단식투쟁에 들어갔다. 이에 정부는 14일 시내 11개 대학에 휴교령을 내린 데 이어 16일에는 전국 28개 대학과 219개 고교로 휴교령을 확대하였으나, 학생들의 투쟁은 멈추지 않고 계속되어 21일 서울대 고려대 연세대 성대 건대 등의 학생대표들이 모여 '부정부패일소 전학생투쟁위원회'를 결성하고 부정선거규탄 성토대회를 열기에 이르렀다.

부정선거규탄 시위는 7월 3일 절정에 이르러, 서울 시내 14개 대학 1만 6천 명이 시위에 참여했다. 그러나 이날부터 서울시내 고교가 무기한 휴교에 들어가고 4일부터는 각 대학이 조기방학을 실시함으로써 시위는 서서히 힘을 잃게 되었다.

그리고 박정희 정권은 1967년 7월 8일, 소위 '동백림사건'이라고 하는 조작된 간첩단 사건을 발표하여 '6·8 부정선거' 규탄 열기에 결정적인 찬물을 끼얹었었다.

당시 중앙정보부는 대한민국에서 독일과 프랑스로 건너간, 194명에 이르는 유학생과 교민 등이 동베를린의 북한 대사관과 평양을 드나들고 간첩교육을 받으며 대남적화활동을 하였다고 주장하였다. 중앙정보부가 간첩으로 지목한 인물 중에는 유럽에서 활동하고 있던 작곡가 윤이상과 화가 이응로가 포함되어 있었으며, 천상병 시인도 동백림사건에 연루되어 고문을 당하였다.

간첩으로 지명된 교민과 유학생은 서독에서 중앙정보부 요원들에 의해 납치되어 강제로 대한민국으로 송환되었다. 이 때문에 대한민국은 당시 서독 정부와 외교문제를 빚기도 했다. 1967년 12월 3일 선고공판에서 관련자 중 34명에게 유죄판결이 내려졌으나, 대법원 최종심에서는 간첩혐의로 유죄판결을 받은 자는 없었다.

야당과 국민들의 거센 저항에 부딪히게 되자 공화당 총재이기도 한 박정희 대통령이 국민적 저항을 누그러뜨릴 심산으로 공화당 의석 하나를 신민당에 넘겨 줄 것을 지시했다. 또한 8명의 공화당 당선자를 부정선거의 책임을 물어 당에서 제명조치하기도 했다.

그럼에도 불구하고 신민당 소속 당선자들은 5개월간 등원을 거부하며 투쟁을 계속하였다. 그러다 연말이 가까워지자 무작정 국회를

제7대 국회의원으로 첫 의정단상에

비워둔다면 국민으로부터 무책임하다는 비판을 받게 될 것이라는 공감대가 형성되어 기나긴 선거무효화 투쟁을 마무리 짓기로 했다. 결국 13차에 걸친 여야 전권대표자회담에서 '6·8선거 부정조사 특별위원회' 설치 등 14개 항의 의정서에 서명함으로써 그해 11월 27일 의원등록을 하게 되었다.

천신만고 끝에 이루어진 제7대 국회의원 등록과 함께 나의 의정활동이 시작되었다. 청년정치인으로서의 첫걸음을 힘겹게 내디뎠던 것이다.

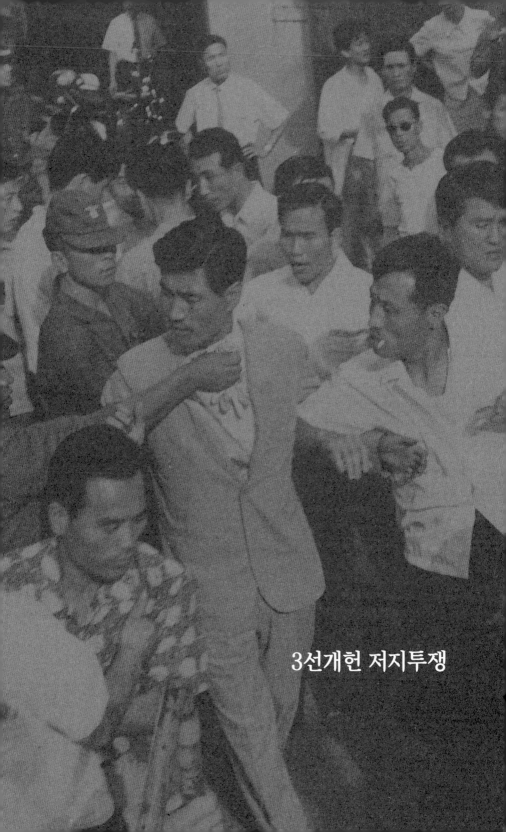

3선개헌 저지투쟁

야당의 막내로 투쟁의 최전선에

1968년 들어 1·21사태와 북한의 미국 푸에블로호 납치사건, 울진 삼척 무장공비사건이 일어났다. 그리고 7월 20일에는 중앙정보부에서 김종태 등 청년지식인들이 북한 대남사업총국장의 지령을 받고 통일혁명당을 결성, 혁신계 정당으로 위장하여 반정부 반미 데모를 전개하는 등 대정부공격과 반정부적 소요를 유발하려 했다는 소위 '통일혁명당 사건'을 발표하면서 158명을 체포하였다.

이로 인해 6·8 부정선거를 자행한 정권을 규탄하는 목소리가 잦아들며, 전반적인 사회분위기가 '안보우선'으로 반전되었다. 반공과 반북 정서가 압도하게 되면서 정부와 여당의 반민주적 행태에 대해서 비판하는 것조차 수월치 않은 상황이 되어버린 것이다. 그러자 공화당정권은 이 같은 정세를 악용하여 장기집권 음모를 서서히 드러내기 시작했다.

먼저 이후락 윤치영이 3선개헌의 연기를 피우기 시작했다. 이에 신민당에서는 국회의원 중심으로 지역유세반을 조직해 대응했다. 나는 이재형 김응주 조일환 우홍구 의원과 함께 경북 대구 지역을 맡아 5일간 개헌 반대 유세를 강행했다.

결국 1969년 연두기자회견에서 박정희 대통령이 개헌에 대해 운을 뗐다.

"임기 중에 개헌할 의사가 없으나, 꼭 필요하다면 연말이나 내년 초에 해도 늦지 않을 것이다."

국민들은 '개헌할 의사가 없으나' 보다는 '꼭 필요하다면 연말이나 내년 초에 해도 늦지 않을 것이다'에 더 비중을 두고 받아들였다. 실제로는 '반드시 개헌을 하겠다'는 의지를 표현한 것에 지나지 않았다.

신민당은 즉각 당 체제를 정비하고 3선개헌 저지투쟁을 위한 준비작업에 착수했다. 1월 14일 김의택 조영규 정현주 고흥문 김영삼 의원으로 '5인대책위원회'를 구성했고, 2월 5일에는 '3선개헌 저지투쟁위원회'의 인선을 마무리했다.

3선개헌 저지투쟁체제를 갖춘 신민당은 바로 지방유세를 통한 개헌저지운동을 확산시켜 나갔다. 유진오 총재는 지방유세에서 "3선개헌은 민주주의의 돌아오지 않는 다리이며 누구도 이를 건너려 하지 않는데 독재하려는 사람만이 이를 건너려 하고 있다."라고 주장하며 3선개헌 저지에 국민들이 적극적으로 참여해줄 것을 호소했다.

그리고 여야의 대립이 날카로워져 있는 가운데 6월 20일 밤 신민당 김영삼 원내총무의 초산병 피습사건이 불거져 정국을 긴장시키기도 했다. 당시 3선개헌을 강렬하게 비난해온 김영삼 의원은 박정희 정권엔 눈엣가시와도 같은 존재였다.

대학생들도 가만있지 않았다. 서울대, 고려대, 연세대생들의 3선개헌 반대데모가 시작되고 7월 들어 전국 대학에 파급되었다. 이에 신민당은 재야세력과 연계하여 3선개헌 저지투쟁을 확산시켜 나갔다.

신민당은 7월 19일 서울 효창운동장에서 3선개헌 저지 강연회를 갖고 "3선개헌은 대통령의 단순한 3선을 위한 것이 아니고 비상대권 또는 전시 하에 선거 없는 임기 연장 등을 골자로 한 영구집권 음모"라고 비난한 뒤, 군산, 대구, 충주, 광주 등 전국적으로 3선개헌 저지투쟁을 전개해나갔다.

야당의 막내 의원인 나는 당연히 투쟁의 최전선에 나섰다. 원내 활동은 물론 장외투쟁에도 적극적으로 나섰다. 그리고 나는 4·19세대와 6·3세대의 청년들을 규합하여 3선개헌 저지투쟁의 전위대인 '4·19 6·3 범청년민주수호투쟁위원회'을 결성했다. 그때 최형우 씨를 사무총장으로 임명하여 원내 활동으로 인한 위원장의 공백을 메우도록 했었다.

당시 나는 아예 등사기를 집에 갖다놓고 밤을 새워가며 3선개헌의 부당성을 폭로하는 전단을 만들었다. 그리고 시위 장소는 물론 사람들이 많이 모이는 곳엔 어디든 살포했다. 새벽녘에 동지들과 함께 버스 정류장 등에 전단을 몰래 뿌리고 도망쳤던 기억이 새롭다.

조홍규 김덕규 유광언 등 우리 '4·19 6·3 범청년민주수호투쟁위원회'의 청년들은 집회가 열리는 곳이면 어디든지 쫓아가서 앞장서 '3선개헌 결사반대' 구호를 외쳐댔다. 그 과정에서 경찰과의 몸싸움으로 상처를 입기도 하고 시위에 앞장서다 숱하게 연행되기도 했었다. 지금 생각해봐도 그땐 정말 물불 안 가리고 싸웠던 것 같다. 3선개헌 자체가 박정희 대통령의 영구집권을 의미하는 것이라고 확신했기 때문에 우리 청년들은 죽기 살기로 투쟁에 나섰다.

정치공작의 마수

그러나 공화당정권은 3선개헌을 관철하려는 의지를 조금도 굽히지 않았다. 7월 29일 박정희 대통령이 3선개헌 국민투표의 결과로 정부 신임을 묻겠다고 선언함으로써 3선개헌을 표면화시킨 뒤, 8월 7일 결국 국회에 개헌안이 정식 제출되었다.

그런데 이 개헌안에는 공화당 의원 108명(정구영 제외), 정우회 의원 11명(1명 제외) 외에 신민당 의원 3명이 서명하였다. 당시 개헌안 발의에 필요한 의석 3분의 2에서 아슬아슬하게 의석수가 모자랐던 공화당은 중앙정보부의 정치공작을 통해 야당 의원인 조흥만 성낙현 연주흠 3인을 변절시켰던 것이다.

자기 당 소속 의원 3인이 변절하여 3선개헌안에 서명하자 신민당은 발칵 뒤집혔다. 변절자에 대한 분노는 물론이거니와, 수단과 방법을 가리지 않고 야당 의원의 약점을 잡아 회유와 협박을 한 중앙정보부의 악랄한 정치공작에 대해 치를 떨었다.

그런데 그 정치공작의 마수는 당시 내게도 뻗쳐왔다.

당시 매형이 경영하던 기업인 '태광'에서 신청한 '일본 차관 도입' 건이 아무런 하자가 없어 곧 정부의 승인을 받기로 되어 있었다. 그런데도 김형욱 중앙정보부장이 이를 빌미로 나를 회유하려 했다.

김형욱 부장으로부터 만나자는 전갈이 빗발치는데 처음엔 코웃음을 쳤다. 그야말로 하룻강아지 범 무서운 줄 모르는 형국이었다. 결국 하도 조르는 바람에 마지못해 만나기로 약속을 했다. 그리고 혹시 신변이 어찌될지 몰라 유진오 당수를 찾아가 보고를 드렸더니, 몇 번이나 괜찮겠냐고 물으며 걱정을 하셨다.

만나겠다고는 했지만 선뜻 내키지 않아 약속장소인 남산의 중앙정보부장실에는 한참이나 늦게 도착했다. 그런데 남산이 어디인가? 나는 새도 떨어뜨린다는 권력의 심장부이자 한 번 불려 가면 쥐도 새도 모르게 사라질 수도 있는, 그야말로 염라대왕의 지옥과 같은 곳이 아닌가? 중앙정보부 직원의 안내를 받아 중앙정보부장실로 가는데 오금이 저리지 않을 수 없었다.

내가 나타나자 김형욱 부장은 좌불안석으로 앉아 있다가 얼굴을 활짝 펴고 달려 나오며 다짜고짜 손목을 잡아끌었다.

"이 의원, 각하께서 기다리고 계십니다."

나는 김형욱 부장의 손길을 뿌리치며 쏘아붙였다.

"나는 각하를 만날 일도 없거니와 그런 약속도 없었습니다. 오늘은 김 부장께서 하도 여러 차례 연락을 하셨기에 잠시 만나러 왔을 뿐입니다."

"이 의원, 왜 이러십니까? 계속 개헌을 반대하다가는 '태광'이 어떤 봉변을 당할지 모르십니까?"

누님과 매형께는 미안한 일이었지만 나라의 운명이 달린 문제를 사사로운 인연에 얽매여 처리할 수는 없었다.

"그건 당신네들 특기이니까 알아서 할 일이고, 내 일은 내가 알아서 할 거요."

나는 김형욱 중앙정보부장의 협박을 일언지하에 거절해 버렸다. 결국 호기를 부리고 중앙정보부장실에서 나오긴 했지만 뒷골이 서늘해지는 것은 어쩔 수 없었다.

역사의 수레바퀴

신민당은 개헌안 국회통과를 저지하기 위한 방편으로 당을 해체하는 극단적인 조치를 취하기까지 했다. 조흥만 등 변절의원 세 명을 제외한 나머지 소속 의원 44명을 전원 제명한 뒤 9월 7일 임시전당대회를 열어 당을 해체했다. 이로써 세 변절의원들은 헌법의 규정에 따라 의원직을 상실하게 되었고, 나머지 소속 의원들은 무소속으로 원내에 남게 되었다. 무소속이 된 44명의 의원은 '신민회'라는 원내교섭단체를 만들어 등록한 뒤 곧바로 당 재건작업에 들어갔다.

동서고금을 통틀어 어느 의정사에서도 볼 수 없는 일일 것이다. 박정희 대통령의 영구집권으로 이어질 3선개헌을 반드시 저지해야 한다는 신민당 의원들의 엄중한 시대인식과 결연한 투쟁의지가 이렇듯 극단적인 조치까지 마다하지 않게 했다.

그럼에도 끝내 3선개헌을 저지할 수 없었다.

공화당은 1969년 9월 14일 새벽, 야당의원들이 농성하고 있는 본회의장이 아닌 국회 제3별관에서 변칙으로 개헌안을 처리하였다. 3

선개헌을 끝까지 반대한 우리 신민회 소속 의원들과 공화당의 정구영 무소속의 예춘호 양순직 김달수 서민호 의원을 제외한 122명의 찬성으로 개헌안이 국회를 통과한 것이다.

3선개헌안이 변칙 통과되었다는 소리를 듣고 나는 거의 이성을 잃을 만큼 분노가 치밀었다. 김상현 의원과 함께 국회의장실로 쳐부술 듯 달려갔지만, 국회의장은 자리에 없었다. 나는 분노를 이기지 못하고 의장실 서가에 꽂혀 있던 책들을 마구 창밖으로 집어던지며 고래고래 고함을 질렀다.

"한갓 독재정권의 하수인에 불과한 국회의장이 책은 무슨 놈의 책이냐!"

내 기세에 놀랐던지 의장실 직원들은 말릴 엄두를 내지 못하고 그저 엉거주춤 구경만 했다.

한참을 미친 사람처럼 몸부림치다 문득 밖을 내다보니 겉보기에는 평화롭기만 한 태평로의 모습이 한눈에 들어왔다. 9년 전인 1960년 4월 19일. 이승만 정권의 몰락을 예고했던 바로 그 거리 그 풍경이었다. 나는 문득 행동을 멈추고 쓰디쓴 회한의 늪으로 빠져들었다.

그때나 지금이나 세상은 조금도 변하지 않았구나. 아니, 독재의 수단은 더욱 교묘해지고 벽은 훨씬 더 높아져 있다. 내가 오늘까지 해온 것은 무엇인가? 앞으로는 또 어떻게 해야 할 것인가? 끊임없이 배반당하며 수렁에 빠지면서도 언제까지나 역사의 수레바퀴를 밀고나가야 하는 게 어쩌면 우리 인간의 숙명인지도 모른다. 솟구쳐 올랐던 분노는 어느새 좌절과 허탈감으로 이어졌고, 나는 한동안 깊은 고뇌에 빠져 지내야만 했다.

국회에서 변칙 처리된 3선개헌안은 한 달 후인 10월 17일 국민투표
에서 65.1%의 찬성투표로 확정되었다. 3선개헌이 확정됨에 따라 박
정희 대통령에겐 영구집권의 길이 열렸고, 결국 유신체제로까지 연결
되는 한국 현대사의 비극을 낳게 되었다.

4·19 6·3 범청년민주수호투쟁위원회의 3선개헌 반대 투쟁

야당의 세대교체

'40대 기수론'

3선개헌이 확정되자 유진오 박사는 책임을 지고 신민당 당수직에서 물러날 뜻을 밝혔다. 당시 그는 건강마저 극도로 악화되어 있었다. 나는 사모님과 사위인 한만년 일조각 사장과 함께 유진오 박사를 모시고 일본으로 건너가 자혜병원에 입원하게 해드렸다.

병상에서 유진오 박사를 지키며 문득 부산에서 직장 생활을 할 때 나를 만나러 왔던 박찬세와의 대화가 떠올랐다. 그때 우리는 평생 학자로 살아오신 유진오 박사의 정치행로를 진지하게 걱정한 바 있다. 유진오 박사를 병원에 모셔놓고 보니 그때의 불길했던 예감이 고스란히 현실화되고 말았다는 생각에 괴로움을 떨칠 수 없었다.

결국 유진오 박사는 1970년 1월 7일 도쿄의 병석에서 기자회견을 통해 당수직 사퇴를 공식 발표했다. 그리고 1970년 1월 26일 새로운 당수를 선출하기 위한 신민당 전당대회가 소집되었다.

모두가 예상했던 대로 전당대회에서 유진산 씨가 정일형 이재형 씨를 제치고 대표최고위원으로 당선되었다. 이른바 '진산시대'의 막이 열린 것이다. 당내 지지 세력이 확고하고 카리스마 넘치는 정치스타일의 유진산 대표최고위원은 그 어느 때보다도 강력한 당수였던 것은 사실이지만, 대중적인 지지기반이 취약하다는 치명적인 한계를 가지고 있었다. 이 틈새를 비집고 등장한 것이 '40대 기수론'이다.

'40대 기수론'은 김영삼 씨가 1년여 앞으로 다가온 제7대 대통령 후보 지명전에 나서겠다는 의중을 비치면서 들고 나온 명분이었다.

이어서 김대중 씨와 이철승 씨가 각각 대통령후보 지명전에 나서겠다고 선언하자, '40대 기수론'은 40대 3파전의 양상으로 굳어졌다. 상대적으로 유진산 대표의 입지가 크게 좁아진 것은 말할 것도 없다.

'40대 기수론'은 일종의 세대교체론인 셈인데, 세대교체론은 이미 박정희 씨가 5·16 군사쿠데타를 일으킨 후 소위 혁명주체세력을 구정치인과 구분하려는 의도로 사용한 적이 있었다. 물론 범주의 차이는 있을망정 새로운 정치지도층의 부상을 예고했다는 점에서는 어느 정도 통한다고도 할 수 있다.

선배 정치인들의 기세를 꺾겠다는 의도로 선수를 치고나온 김영삼 씨의 '40대 기수론'은 세상에 나오자마자 정가뿐만 아니라 국민의 정서에도 엄청난 파급효과를 불러일으켰다. 김영삼 씨에 뒤이어 김대중 씨와 이철승 씨라는 쟁쟁한 젊은 정치인들이 맞장구를 치며 올라와 3파전의 양상으로 확대되자, 유진산 대표를 비롯한 선배 원로 정치인들은 점차 구세대 정치인으로 몰리며 뒷방에 밀려버리게 되었다.

'40대 기수론'은 결과적으로 정권교체에 실패했음에도 불구하고 야권의 세대교체를 가속했다. 양김 씨가 대권후보 경선을 벌인 후 선배 정치인들의 퇴조는 어쩔 수 없는 일이 되고 만 것이다. 당시 나는 '40대 기수론'이 피할 수 없는 시대적 요구라고 생각하며 받아들였지만, 급격한 세대교체로 정치의 조로早老 현상이 일어나 원로들의 풍부한 경험을 야당의 정치역량으로 흡수해내지 못했던 점만은 못내 아쉬웠었다.

유진산 대표는 이미 대세로 자리 잡은 '40대 기수론'에 밀려 혈기 방자한 40대 3인방과 정면으로 맞서 승부를 가릴 만한 힘이 없었다. '구상유취'니 '정치적 미성년자'니 하는 말을 동원해 가며 '40대 기수론'을 강하게 비난하며 맞서기도 했지만, 결국 당권을 장악하고도 대권 후보를 포기해야 하는 상황에 몰리고 말았다.

한때나마 유진산 대표는 "당이 나에게 대통령 후보가 될 것을 명한 다면 내 일신의 안일을 위해 당의 명령을 거부할 입장에 있지 않다." 라며 출마를 시사해보기도 했다. 하지만 40대 3인방이 조금도 물러설 기미를 보이지 않자 결국 유 대표는 자신의 불출마를 전제로 지명권을 행사하겠다고 한발 후퇴했다.

김영삼 씨와 이철승 씨 두 사람은 유진산 대표의 지명권 행사를 받아들이겠다는 태도를 취한 반면, 김대중 씨는 끝까지 경선을 통한 후보 지명을 고집했다. 대통령후보 지명대회 하루 전날, 유진산 대표최고위원은 중앙상무위원회에서 이철승 씨를 탈락시키고 김영삼 씨를 추천했다. 결국 신민당의 대통령후보는 김영삼 씨와 김대중 씨의 경선을 통해 가려지게 된 것이다.

신민당 대통령 후보 지명대회는 1970년 9월 29일과 30일 이틀에 걸쳐 열렸다. 대다수의 사람들이 당수의 지명을 받은 김영삼 씨 쪽으로 대세가 기울었다고 생각했지만, 역시 경선은 경선이었다. 김영삼 씨는 당수의 지명을 받고 나서 이미 결판이 난 것처럼 느긋한 태도를 보인 반면, 김대중 씨는 자신의 역량을 총동원하여 바닥을 훑으며 대의원들을 장악해 나가기 시작했다.

1차 투표의 개표 결과는 예상대로 김영삼 씨가 421표를 얻어 382표에 그친 김대중 씨를 앞섰다. 그러나 두 사람 모두 전체 대의원 884명의 과반수 득표를 하지 못했기 때문에 결선투표를 하게 되었다. 김대중 씨는 2차 투표에서 458표를 얻어 410표를 얻은 김영삼 씨에게 극적인 역전승을 거두고 대통령후보가 되었다. 적극적인 공세로 불리한 형세를 일순간에 뒤집은 것이다. 여기엔 유진산 대표최고위원의 지명을 받지 못한 이철승 씨가 김대중 씨를 밀어준 것도 한몫했을 것이다.

"김대중 후보를 위해 전국을 누비겠다."

김영삼 씨는 표결 결과에 깨끗이 승복하고 선거지원을 약속하여 대의원들의 우레와 같은 박수를 받았다. 그러자 김대중 씨는 명승부전의 경쟁자에게 '감사와 위로'로서 화답했다. 한때 '40대 기수론'을 맹렬히 비난하다 결국은 김영삼 씨를 지명하여 경선에 내보내는 것으로 만족해야 했던 유진산 대표최고위원도 김대중 후보에 대한 호칭을 '김대중 선생'으로 바꾸며 적극적인 지지를 약속했다.

나는 그날의 신민당 대통령후보 지명 전당대회를 지켜보며 내내 감격에 잠겨 있었다. 그야말로 민주주의를 신봉하는 정통야당다운 면모였다. 그날의 대통령 후보 지명대회는 '승자의 위로'와 '패자의 승복'이라는 미덕을 갖춘 한판의 명승부였다는 사실과 함께 결과와 관계없이 정통야당의 저력을 과시했다는 점에서 우리 정치사에 오래도록 자랑스럽게 기록될 것이다.

당시 특별하게 기억나는 일이 있다. 김영삼 씨를 지지했던 나는 지명대회가 끝난 후 광화문에 있던 김영삼 씨 사무실을 위로차 방문했었다. 그때 김영삼 씨가 내 옆구리를 찌르며 인사동 어느 밥집으로 오라는 거였다. 그래서 나중에 갔더니 김영삼 씨가 조윤형 의원 최병렬 조선일보 기자와 함께 술을 마시고 있었다. 당시 김영삼 씨와 가까웠던 최병렬 기자가 울분을 토해내며 술을 밑도 끝도 없이 마셔대더니 갑자기 김영삼 씨에게 "여태껏 요정정치나 해왔으니 이런 꼴을 보게 된 것 아니냐"라며 입에 담지 못할 욕을 퍼부었다. 나는 그의 거침없는 기개가 놀라웠고, 그때부터 그를 남다른 눈으로 바라보게 되었다.

제7대 대통령선거

대통령 후보 지명대회에서 김대중 씨를 정권도전자로 선출한 신민당은 10월 24일 대전을 기점으로 지방유세를 벌이면서 조기 선거 붐을 일으켜 국민들의 지지를 호소하고 나섰다. 이 첫 유세에는 유진산 대표최고위원을 비롯해 김영삼 이철승 의원 등 당 중진들이 대거 참석, 김대중 후보의 지지를 호소했다.

김대중 대통령 후보는 약 1개월간의 유세기간에 부산과 광주에서 가장 큰 지지를 얻었으며 기타 도시에서도 열렬한 지지를 받아 신민당의 조기 선거 붐 조성은 일단 성공적이라는 평가를 받았다. 특히 김대중 후보의 유세 내용은 종전의 인신공격이나 정부 비난 위주가 아닌 정책 제시에 중점을 두어 정책대결의 양상으로 전개되었다.

선거가 종반전에 접어들면서 여야의 접전은 더욱 열기를 뿜었으며 신민당에 대한 국민의 지지가 예상외로 높아지자 공화당은 당황하기 시작했다. 그리하여 정부와 공화당은 관권과 금권을 동원한 부정선거를 더욱 강화하였으며, 특히 영남지역에서는 지역감정을 유발하는 등 온갖 수법을 동원, 장기집권의 음모를 획책해 나갔다.

결국 1971년 4월 27일 실시된 제7대 대통령 선거는 공화당정권의 조직적인 관권선거와 부정으로 신민당이 패배를 당하지 않을 수 없었다. 투표 결과 김대중 후보는 539만 표를 얻었으나 634만 표를 차지한 박정희 후보에게 94만여 표의 차이로 석패하고 말았다.

박정희 정권은 원천적인 부정선거에도 불구하고 불안한 승리를 얻어낸 셈이었다. 위기의식을 느낀 박정희 대통령은 초대 중앙정보부장을 지낸 김종필 씨를 국무총리로 임명하고 새로운 내각을 구성한 다음, 1971년 7월 1일 제7대 대통령으로 취임했다.

겁 없는 초선의원

한편 내 얘기로 돌아오면, 초선이었던 제7대 국회 전반기에 교통체신위원회 소속으로 상임위원회 활동을 했다. 국정감사가 돌아오면 각종 비리와 부정을 폭로하고 고발했지만, 돌아오지 않는 메아리처럼 그 무엇 하나 제대로 해결되는 게 없었다. 나를 더욱 안타깝게 한 것은 같은 야당의 선배들조차 그런 나를 격려하기보다는 이상한 듯이 바라본다는 사실이었다.

"저 친구 초선이라 아직 뭘 몰라서 저렇게 날뛰는 모양인데, 이제 곧 정신 차리겠지."

그저 황당할 따름이었다. 이미 자기도 모르는 사이에 독재정치의 울타리에 갇혀 패배주의에 물들어 있었다. 그들에겐 정권교체는 실현 가능한 목표로서의 의미가 이미 상실되었고, 남은 것이라곤 오로지 국회의원으로서 살아남는 것뿐이었다.

나는 정치인에게 권력의지는 반드시 필요하다고 생각한다. 민주 정치라는 것이 원래 서로의 권력의지를 통한 경쟁으로 이뤄진다는 점에서 권력의지는 정치인의 덕목임이 분명하다. 따라서 권력의지가 없는 사람은 진정한 의미의 정치인이 아니다. 인간을 '정치적 동물'이라고 정의한다면 권력의지는 고차원의 세계관을 실현하려는 가치기준인 것이다.

권력의지는 어차피 경쟁을 통해 실현할 수밖에 없다. 하지만 가혹한 독재정권 하에서는 권력의지가 정상적으로 발휘될 수 있는 통로가 차단되어 버린다. 권력의지의 실현을 위해서는 올바른 정치를 불가능하게 만드는 독재정권을 먼저 깨뜨려야 한다.

결국 독재정권에 정면으로 도전할만한 용기를 가지지 못한 야당 정치인은 불타오르는 권력욕은 있을지라도 진정한 권력의지는 없는 셈이다. 자기 자신도 모르게 권력의지는 상실한 채 조직 내부로 눈을 돌려 정치적 생존에만 급급하게 되는 것이다. 바로 이것이 계보와 파벌 다툼으로 우리 야당사가 얼룩진 이유 가운데 하나가 아닐까 생각한다.

나는 유진산 당수 체제에서 초선의원으로는 드물게 원내부총무라는 직책을 맡게 되었다. 겁 없이 부정과 비리를 파헤쳤던 의정활동의 능력과 함께 그동안 3선개헌 저지투쟁에 앞장섰던 활동력을 인정받은 셈이었다.

한편으로 나는 1971년 5월 25일의 제8대 국회의원 선거를 앞두고 지역구로 진출하기를 희망했다. 정치인으로서는 당연한 욕심이지만, 결코 쉬운 문제는 아니었다. 그런데 문제는 뜻밖에도 너무나 쉽게 해결되었다.

하루는 당시 원내총무였던 정해영 의원의 방에 볼일이 있어 문을 열고 들어갔더니, 정해영 총무와 유진산 대표최고위원이 심각한 얼굴로 이야기를 나누고 있었다. 얼떨결에 도로 문을 닫고 나오려는데, 유 대표가 점심이나 같이 하자며 나를 불러 세웠다.

엉거주춤 그들을 따라간 태평로 어느 식당에서 식사를 하는 도중에 유진산 대표가 단도직입으로 말문을 열었다.

"지금 공석중인 동래을구 위원장을 놓고 경쟁이 치열하다는 건 알고 있겠지? 많은 사람들이 나한테 몰려와서 서로 지구당 내주라고 아우성이야. 지연으로 보나 부총무라는 직함으로 보나 자네도 충분히 자격이 있는 사람인데, 왜 여태껏 아무런 얘기가 없는 거지?"

유진산 대표의 말에 정해영 총무는 못 들은 척 반응이 없었다. 유

대표의 말은 결코 과장이 아니었다. 당시 그곳은 임갑수 의원이 여당으로 변절해 가는 바람에 위원장 자리가 공석으로 남아 있었다. 더구나 '여촌야도'의 성향이 짙어진 당시 상황에서 당선확률 또한 대단히 높았다. 내심 욕심은 났지만 힘 있는 사람 찾아다니며 아쉬운 소리 하는 데는 선천적으로 소질이 없어 잠자코 기회만 엿보는 중이었다. 뭐라 대답할 말이 없어 우물거리고 있는데, 유진산 대표가 별일 아니라는 듯이 툭, 하고 말을 던졌다.

"자네가 그 지역구를 맡도록 하게."

물론 나는 몹시 놀랐다. 뜻밖의 행운이었다. 아마도 지역구 공천을 이런 식으로 받은 사람은 전무후무하지 않을까 한다.

나는 당시에도 특정 계파에 얽매이지 않은 자유로운 행보를 해나갔기 때문에 '진산계'라고는 할 수 없었다. 오히려 유진산 대표와 대립관계였던 유진오 전 당수가 발탁했던 처지였다. 예나 지금이나 한 정당의 지역구 공천에는 복잡하기 짝이 없는 각종 역학관계가 작용한다. 공천하는 입장에서는 당선가능성은 물론이거니와 전체적인 세력 판도까지 세심하게 신경을 쓰게 마련이고, 공천받으려는 사람도 더러는 엄청난 이권까지 제시할 정도로 안간힘을 다한다. 특히 당시 신민당은 1967년 민중당과의 통합으로 지역구 분배 문제가 복잡하게 얽혀 있었다.

동래을 지구당을 맡으라는 유 대표의 말을 듣고 나는 직접 계파 관계가 없는 사람에게 아무런 조건도 달지 않고 선뜻 지역구를 내줄 수 있는 정치인 진산의 대인다운 풍모를 느꼈다. 그에 대한 여러 가지 비판적인 평가가 있음에도 불구하고 내가 진산을 대인으로 기억하고 있는 것은 바로 이렇듯 공과 사를 구분하는, 사심 없는 태도 때문일 것이다.

그리고 나는 초선의원으로서 3선개헌 저지투쟁과 대정부 공세에 앞장서왔던 그동안의 활동이 보답을 받는 것 같아 커다란 자부심을 느꼈다.

1971년 5월 24일의 제8대 국회의원 선거는 '진산파동'이라는 선거 직전의 분란으로 현상유지조차 힘들 것이라는 세간의 전망에도 불구하고 신민당이 커다란 승리를 이끌어냈다. 집권여당인 공화당이 서울의 17개 선거구에서 단 1석을 건지는 데 그치는 등 악전고투를 하며 86명의 지역구 당선자를 낸 데 비해, 신민당이 65석을 차지한 것이다.

나도 부산의 동래을 선거구에서 압도적인 지지로 당선되어 '전국구 초선의원'이라는 정치초년생 티를 완전히 벗어버리고 한층 성숙한 의정활동을 펼쳐나갈 수 있는 발판을 마련하게 되었다. 사실 그제야 나는 어디에라도 정치하는 사람이란 소리를 할 수 있게 된 것이다.

제8대 국회의원 동래을 선거에서 당선되고

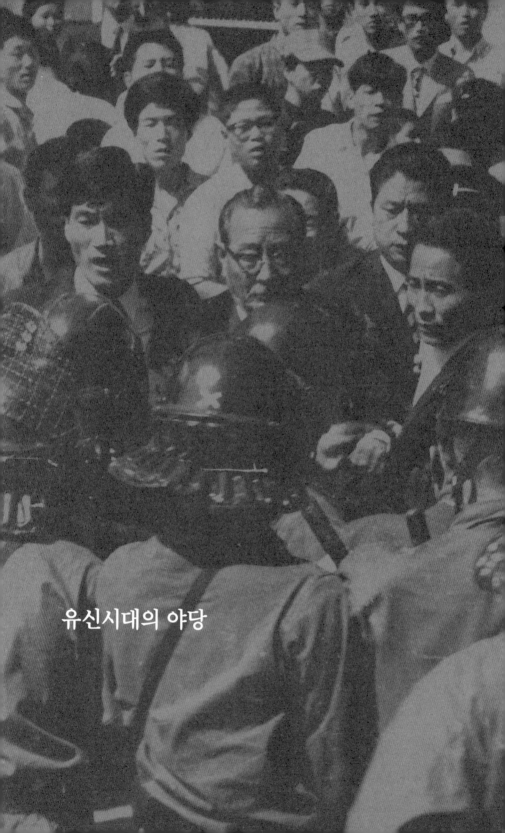

유신시대의 야당

'10월유신'

1972년 10월 17일, 박정희 대통령은 '특별선언'을 발표하고 국회를 해산한 후 정당 및 정치활동의 중지 등 헌법의 일부 기능을 정지시키고, 전국에 비상계엄령을 선포하였다. 이에 따라 계엄사령부가 설치되었고, 계엄사령부는 포고를 통하여 정치활동 목적의 옥내외 집회 및 시위를 일절 금지하고 언론, 출판, 보도 및 방송은 사전 검열을 받도록 하며, 대학들을 휴교시켰다.

한순간에 헌정이 중단되고 극한의 독재체제 하에서 대한민국 전체가 동토의 암흑기로 빠져든 것이다. 군사쿠데타로 집권한 군사정권의 속성상 이는 이미 예정된 수순이었다고 보는 게 옳을 것이다. 군사독재의 체제적 모순과 한계가 각 부문에서 드러나면서 정상적인 체제로는 국가 경영이 어려워졌고 정권 차원에서는 집권 자체가 불가능해졌기 때문이다.

5·16 군사쿠데타 세력은 산업화의 급격한 추진을 통한 경제 발전으로 자신들의 정당성을 확보하고자 했다. 하지만 무분별한 외자도입 정책과 수출 진흥 정책이 외채상환 압박과 자금난으로 이어지며 심각한 경제위기에 처하게 되었다. 또한 저곡가 저임금 정책을 바탕으로 산업화를 추진함으로써 1970년대 초에 접어들며 전태일 분신, 광주대단지 폭동 등 집단적 저항이 이어지며 사회적 위기에도 봉착했다.

결국 박정희 정권은 3선개헌을 통해 정권을 유지하려 했다. 하지만 전면적이고 대대적인 부정선거였음에도 1971년 대통령 선거와 국회의원 선거에서 간신히 간발의 우위를 차지하는데 그쳐 심각한 위기의식을 갖게 되었다. 더구나 재야 및 학생들의 반독재민주화운동이 더욱 치열해지자 '10월유신'이라는 극단적 조치로 영구집권을 꾀하게 된다.

10월 17일 그 날 나는 제주도로 국정감사차 출장을 다녀왔다. 아내가 차려주는 밥상을 받고 앉아 텔레비전을 켜는 순간 믿을 수 없는 일이 벌어졌다. 화면에 큰 글씨로 '국회해산'이라는 자막이 나오는 것이었다.

순간 망치로 머리를 맞은 듯 충격을 받은 나는 허둥지둥 옷을 갈아입고 무교동으로 향했다. 당시 그곳에는 뜻 맞는 동지들이 종종 모이던 사무실이 있었다. 나처럼 놀라서 달려 나온 몇몇 동지들과 상황을 파악해본 뒤, 일단 그들의 권유대로 몸을 피하기로 했다.

한 친구의 도움으로 정치와는 무관한 그의 친척집에 몸을 피하고 사태의 추이를 지켜보았다. 보도나 소문에 따르면 야당의 국회의원들이 속속 체포되고 있었다. 상도동계, 동교동계 할 것 없이 나름 활동적이었던 정치인들은 줄줄이 잡혀가 고문을 당했다. 그리고 재야 민주화운동 진영의 상황은 참혹하단 말로도 다할 수 없는 지경이었다.

한동안 지속되던 대대적인 검거가 점차 주춤해지자 나는 당으로 복귀했다. 하지만 할 수 있는 건 아무것도 없었다. 유신의 광풍으로 대한민국의 정치가 순식간에 사라져 버렸던 것이다.

식물국회 무력한 야당

이른바 유신헌법안이 '대통령 특별선언'에 따라 국회의 권한을 대행하게 한 비상국무회의에서 10월 27일에 의결되었고, 11월 21일에 국민투표에 부쳐져 투표율 91.9%, 찬성 91.5%로 확정되어 12월 27일에 공포되었다.

유신헌법안이 국민투표로 통과한 1주 후인 11월 28일, 박정희 정권은 대학에 대한 휴교조치를 해제하였으며, 12월 14일 0시를 기하여 계엄령을 해제하였다. 비상계엄을 해제한 다음날인 12월 15일에 통일주체국민회의 대의원 선거가 실시되어 2,359명의 대의원이 선출되었고, 12월 23일 박정희 씨가 단독 입후보한 가운데 대통령선거를 실시하여 찬성 2,357표, 무효 2표로 임기 6년의 제8대 대통령에 박정희 씨가 선출되었다.

유신헌법 공포와 박정희 씨의 제8대 대통령 취임 이후부터 정치활동이 허용되었으나, 이미 유신압제하에서 야당이 할 수 있는 정치의 영역은 극히 좁았다. 정치적 소용돌이 속에서 신민당이 한 일이라곤 당면한 1973년 2월 8일의 제9대 국회의원 선거를 준비하기 위한 선거대책기구를 구성하는 것밖에 없었다.

유진산 당수가 사퇴함에 따라 정일형 당수권한대행체제로 치러진 제9대 국회의원 선거에서 신민당은 나를 포함해 52석의 당선자를 내었다. 반면에 공화당은 73석을 얻은 데다 3월 7일 통일주체국민회의에서 유신정우회 의원 73명을 선출함으로써 여당은 모두 146석을 확보하였다. 야당의 길이 완전히 봉쇄되어 버린 제9대 국회는 사실상 식물국회나 다름없게 된 것이다.

제9대 국회의원 선거 후 당수로 복귀한 유진산 씨는 그해 5월의 전당대회에서 단일지도체제로 당헌을 개정하고 총재로 추대되었다. 당체제를 주로 자신의 측근세력들로 구축한 유진산 총재는 '참여하의 부정'이라는 지도노선을 설정, 여당과의 동반관계를 유지하려 했다. 그 일환으로 73년 6월 21일 청와대에서 박정희와 여야영수회담을 하기도 했다.

이와 같은 유진산 총재의 대여 타협과 화합 노선은 세간으로부터 '사쿠라'라는 비난을 받았다. 물론 유진산 총재의 자세에도 문제가 없었던 것은 아니나, 당시 유 총재를 비난하면서도 누구도 치고 나서지 못했던 점에서 보이듯이 야당으로선 꼼짝달싹할 여지조차 없었다.

이러한 와중에 '김대중 납치 사건'이 터져 국내는 물론 일본, 미국 등 전 세계에 충격을 주었다. 1973년 8월 8일 오후 1시경 김대중 전 대통령후보가 일본 도쿄 그랜드팰리스 호텔에서 중앙정보부 요원에 의해 납치되어, 8월 13일 서울 자택 앞에서 발견된 것이다.

10월유신 직전 일본을 순방 중이던 김대중 씨는 비상계엄령과 동시에 10월유신이 선포되자 미국으로 망명을 택했었다. 그리고 일본과 미국을 오가며 외신을 통해 유신체제를 비판, 규탄하였고, 1973년 7월 6일 미국 워싱턴에서 한국민주회복통일촉진국민회의(한민통)라는 단체를 조직하여 초대의장으로 취임해 교포사회를 중심으로 반정부 투쟁을 벌여왔었다.

'김대중 납치사건' 이후 학원가에서는 유신 반대와 '김대중 사건'의 진상규명을 요구하는 데모를 벌여 휴교하는 사태가 발생했으며, 언론계에서도 사실보도를 다짐하는 선언이 잇따랐다. 그리고 1973년 12월 4일 장준하, 백기완 등 재야인사 3,009명이 중심이 되어 '개헌청원 100만인 서명운동'이 전개되었다. 바야흐로 민주화 투쟁의 중심이 야당에서 재야 민주화운동세력 및 학생들에게 넘어가기 시작했던 것이다.

YS독단과 '각목대회'

1974년은 '긴급조치의 해'라고 할 수 있을 정도로 수난이 이어졌다. 대통령 긴급조치 1·2·3·4호는 정치 경제 사회 문화 모든 부문에서 국민생활 전반을 통제했고, 위반자는 가차 없이 처단되었다. 8·15 대통령저격사건을 계기로 8월 23일 긴급조치 1호와 4호가 해제될 때까지 사실상 국내정치는 중단되었다.

이렇듯 긴급조치로 정치활동이 침체되어 있던 1974년 4월 28일, 유진산 총재가 결장암으로 서거했다. 이로써 이른바 '진산시대'가 막을 내리고 그해 8월 23일 전당대회에서 김영삼 씨가 총재로 당선되었다.

김영삼 총재는 취임과 동시에 선명야당 구축을 통한 대여투쟁을 선언했다. 그 일환으로 민주회복을 위한 개헌투쟁을 선언했으며, 부정부패 색출규탄운동을 전개하며 대여 투쟁을 강화해 나갔다.

김영삼 총재의 대여투쟁은 해가 바뀌어도 수그러들지 않았다. 1975년 2월 조윤형 최형우 김상현 씨 등 8대 국회의원 13명은 1972년 유신 직후 정보부 등에 끌려가 물고문과 전기고문을 받았다고 폭로했다. 이어 김영삼 총재를 중심으로 '고문정치의 종식을 위한 선언'을 발표하며 박정희 정권을 압박해 들어갔다.

그런데 1975년 5월 21일 박정희 대통령과의 여야영수회담 직후 김영삼 총재의 대여투쟁이 이해할 수 없을 만큼 갑자기 약화되었다. 이때문에 두 사람간의 밀약설이 돌기도 했다. 먼 훗날 이 밀약설은 김영삼 회고록과 이택돈 당시 대변인의 증언을 통해 사실이었음이 밝혀졌지만.

당연히 당내에서는 비주류들의 반발이 거셌다. 고흥문 씨의 그랜드계, 신도환 씨의 신우회, 정일형 씨의 화요회, 이철승계, 김대중계 등이 비주류 연대 움직임을 가시화하며 김영삼 총재를 압박했다. 특히 1975년 10월 8일 김옥선 의원이 대정부질의에서 인도차이나반도의 공산화 이후 전국적으로 파급된 반공 안보 결의대회를 관제데모로 규정함으로써 발생한 '김옥선 파동'에 대한 김영삼 총재의 미온적인 대처로 비주류의 반발과 공세는 극에 달했다.

더구나 김영삼 총재는 재야 영입 케이스로 남겨 두었던 2명의 청무위원에 자파 인사를 임명한 데 이어 당외 인사 30명을 입당시켜 중앙상무위원으로 기용하는 등 자파세력 확장을 위해 당을 독선적으로 운영했다.

나도 당시 비주류의 대변인 역할을 맡아 김영삼 총재의 당 지도노선에 극력 반대했었다. 그 까닭은 어느 때보다도 총력을 기울여 유신독재와 맞서 싸워야 할 시점에서 당을 독단으로 운영하는 것도 그렇고, 여야영수회담 이후의 태도변화도 도저히 이해할 수 없었기 때문이다.

결국 주류와 비주류 간의 극심한 대립 속에 치러진 1976년 5월 25일의 전당대회는 흔히 '각목대회' '반당대회' 등의 오명과 더불어 세간의 지탄을 받았으며 정통야당의 역사에 커다란 오점을 남기고 말았다.

주류 측이 먼저 대회장인 시민회관 별관을 장악하여 전당대회를 강행하려 하자 비주류 청년당원들이 대회장을 점거하기 위해 몰려들었다. 이 과정에서 양측이 동원한 폭력배들 사이에 각목전이 벌어졌던 것이다.

결국 비주류는 시민회관 별관에서 집단지도체제 당헌을 채택하고 10인 전형위원을 선출하여 최고위원과 대표최고위원을 뽑도록 위임했고, 주류 측은 중앙당사에서 따로 전당대회를 열어 단일지도체제의 당헌을 채택한 다음 김영삼 씨를 만장일치로 총재에 추대했다.

각각 별도의 전당대회를 치른 주류와 비주류는 제각기 중앙선거관리위원회에 당대표 변경등록 신청서를 제출했다. 주류 측의 김영삼 씨와 비주류 측의 김원만 씨가 동시에 당대표로 등록되는 일이 벌어졌던 것이다. 야당 정치인으로서 한동안 차마 머리를 들고 다닐 수 없었을 만큼 부끄럽고 참담한 일이었다.

중앙선거관리위원회에서는 양측의 대표등록을 모두 각하했다. 이어서 '매2년에 1회, 5월 중에 정기 전당대회를 소집한다.' 라는 신민당 당헌 제48조의 규정에 따라 대표의 임기는 5월 말이 지나면 소멸

하기 때문에 그 후에는 권한을 행사할 수 없다고 유권해석을 내렸다. 이렇게 되자 김영삼 씨가 1976년 5월 11일 총재직을 사퇴하고 이충환 전당대회 의장이 총재권한대행을 맡는 과도체제를 거쳐 9월 15일과 16일 이틀간 수습전당대회가 열렸다.

결국 당헌이 집단지도체제로 결정되어 대표최고위원 경선에 나선 김영삼 이철승 정일형 후보 세 사람이 치열한 각축을 벌인 끝에 2차 투표에서 정일형 후보가 '이철승 지지'를 선언함으로써 389표를 얻은 이철승 씨가 364표를 얻은 김영삼 씨를 누르고 당권을 장악했다.

최연소 사무총장

1976년 9월의 수습전당대회를 통해 출범한 이철승 대표 체제에서 나는 사무총장으로 임명되었다. 개인적으로 제7대 국회의 최연소 의원이란 타이틀과 함께 제1야당의 최연소 사무총장의 기록을 갖게 되었다.

대표가 당의 얼굴이고 원내총무가 야전사령관이라면 사무총장은 사무국을 장악하여 당의 살림을 도

맡는 안방마님과 같은 존재다. 서른아홉의 젊은 나이에 이토록 중책을 맡을 수 있었던 것은 이미 3선의원으로서 나름대로 정치력을 발휘했기 때문이었다. 김영삼 체제에서 비주류의 대변인을 맡아 당수의 독단적인 당 운영을 비판하는데 앞장섰던 경륜과 열정을 인정받았던 것이다.

서른아홉 살에 사무총장이 되다보니 국장들을 비롯한 사무국의 간부급 부하직원들이 대부분 나보다 나이가 많아서 여간 조심스럽지 않았다. 하지만 주류와 비주류의 알력이 심각한 가운데서도 모든 업무를 원칙에 입각하여 합리적으로 처리했기 때문에 나이 많은 당직자들까지 나를 믿고 따랐다.

나의 계보로 알려진 '민주사상연구회'를 할 수 있었던 것도 사무총장으로서의 내 능력에 대한 사무국 안팎의 호평에 힘입은 바 컸다. '민주사상연구회'에는 박관용 정재문 장충준 반형식 송천영 안동선 같은 원외인사들도 함께 참여했다.

나는 사무총장 재임 중에 서울 마포구 도화동에 지하 1층, 지상 5층, 연건평 900평 규모로 당사를 신축하여 야당의 '마포시대'를 열기도 했다.

'중도통합론' 파문

이철승 대표는 당수에 선임된 후 '중도통합론'을 지도노선으로 내세웠다. '중도통합론'은 한마디로 "남북대치상황에서 국가의 안보와 자유는 대립적 개념이 아닌 상호보완적인 조화의 개념이며, 전부 아니면 전무라는 흑백논리나 선명론이 우리 헌정사를 후퇴시켜 왔다."라는 주장이다. 따라서 "국내정치는 서로 경쟁하되, 정치적으로 협력할 것이 있다면 협력을 하고 외교 안보 문제는 초당적으로 협력해야 한다."라고 주장하였다. 실제로 이철승 대표는 유신체제에 대한 도전보다는 국민생활과 직결된 민생문제에 대해 대정부공세를 집중했다.

특히 이철승 대표는 1977년 2월 해외순방 중 일본 동경 외신기자 클럽에서 안보문제에 언급하면서 "야당은 자유를 신장해 나가되 안보와 균형을 맞추어 나가야 하는 한국적 특수사정상 당을 초월한 안보일체감의 조성이 긴요하다."라고 말한 데 이어 "한국의 자유는 '유무'의 문제가 아니라 '레벨'의 문제이다."라고 발언했다. 그리고 미국에서는 반정부활동을 하는 인사들을 통렬히 비난하는 발언을 함으로써 충격을 던졌다.

이 같은 이철승 대표의 해외발언은 '중도통합론' 시비와 함께 당내에 큰 파문을 일으켰고, 한때 비주류 측에서 이와 관련 당권적 차원에서 주류 측에 정치공세를 강화하여 전당대회 소집론까지 발전되는 등 분위기가 고조되었다.

결국 이철승 대표의 '중도통합론'에 반기를 들고 '선명야당의 재건'을 표방한 비주류의 김영삼　이충환　고흥문　김재광　정해영 계의 중앙상무위원급 이상 중견당원 33명이 1977년 4월 18일 '야당성회복 투쟁동지회'를 결성하여 본격적인 당내투쟁에 돌입하기에 이르렀다.

　당시 나는 당대표를 보필하는 사무총장으로서 이철승 대표의 '중도통합론'에 줄곧 곤혹스러움을 느꼈다. 지금도 이철승 씨를 정치선배로서 존경하지만, 정치적 소신까지 추종할 수는 없었다. 정통야당으로서의 선택기준은 어디까지나 '민주화'에 대한 기여도가 되어야 한다고 믿었기 때문이다. 유신독재의 칼날을 휘둘러 반대세력을 무자비하게 탄압하고 있는 마당에 '참여하의 개혁'이 가능하단 말인지, 제1야당 대표의 주장으로선 너무나 어처구니없다는 생각이었다.

　언제가 이철승 대표의 지시에 반발하여 대립했던 것도 나의 이런 입장 때문이었다.

　"이 총장, 당권에 도전하는 행위를 삼가 달라는 내용으로 경고문을 작성해서 당원들에게 발송해 주시오."

　주류와 비주류의 대립이 심해졌던 무렵 이철승 대표가 나에게 이런 지시를 내렸다. 물론 나는 그의 내심을 충분히 짐작할 수 있었지만, 그가 원하는 대로 작성할 순 없었다. 나중에 내가 작성한 문서를 읽어 내려가던 이철승 대표가 갑자기 서류를 집어던지며 버럭 고함을 지르기까지 하였다.

'1.1% 승리'

1978년 12월 12일에 실시된 제10대 국회의원선거에서 신민당은 여당을 누르고 승리했다. 특히 사무총장인 나로서는 나이 많은 국장들을 지휘하여 역사상 처음으로 야당의 승리를 일궈낸 것이기에 내심 자부심도 느꼈고 사실 칭송도 많이 받았다.

신민당은 이 선거를 '유신체제 6년의 공과를 심판할 기회'로 간주하고 박정희 정권의 '10대 비정'을 집중적으로 공략했다. 선거 결과 신민당은 총 유효투표의 32.8%를 얻어 31.7%를 얻는 데 그친 공화당을 누르고 이른바 '1.1% 승리'를 거뒀다. 야당이 여당보다 득표율이 높았던 것은 선거사상 초유의 쾌거였다.

한편 나는 사무총장 재임 말기에 호된 구설수를 겪기도 했다.

제10대 국회의원 선거에서 1.1%의 승리를 이룬 뒤 2주 후인 1978년 12월 27일, 제9대 대통령 취임식이 있었다. 제1야당 사무총장이었던 나에게도 초청장이 날아왔지만 나는 참석하지 않았다. 유신체제의 터무니없는 선거를 비꼬는 유행어로 '체육관 대통령'이란 말이 사람들 입에 오르내리는 판인데 내가 갈 리 만무했다.

다음날 신민당 출입기자들이 야당 지도부가 거의 참석했던 취임식에 빠진 이유를 말해달라고 졸랐다.

"말해봤자 기사로 쓰지도 못 할걸 뭐하러 묻는 거요?"

"무슨 말씀이십니까? 우리 목을 내놓더라도 반드시 기사로 싣겠습니다.”

내가 시큰둥한 반응을 보이자 동아일보의 황재홍 기자를 비롯한 몇
몇이 까치발을 하고 나섰다. 그래서 나는 이렇게 대답해주었다.

“대통령 취임식은 온 국민이 축제 분위기에서 치르는 경사스럽고
영광스러운 행사가 되어야 합니다. 하지만 지금 혼자 출마해서 당선
된 대통령의 취임을 진심으로 축하하는 국민이 몇이나 됩니까? 그런
취임식에 들러리나 서는 것은 야당 정치인의 양심상 도저히 할 수 없
는 것입니다.”

다음날 나의 발언은 기자들이 장담한 대로 몇몇 신문에 가십으로
게재되었다. 그러잖아도 3선개헌 저지투쟁 때부터 미움받던 처지에
대통령 취임식 불참뿐만 아니라 불경스럽게도 대통령을 모독하는 발
언까지 했으니 결과는 뻔했다.

나 자신이 온갖 협박을 당한 것은 물론이고, 친인척들까지 극심한
시련을 당했다. 심지어 박정희 대통령이 내 이름 밑에 빨간 줄을 긋고
“뜨거운 맛을 보여 주겠다”라며 별렀다는 이야기를 나중에 중앙정보
부의 한 간부에게 전해 듣기도 했다.

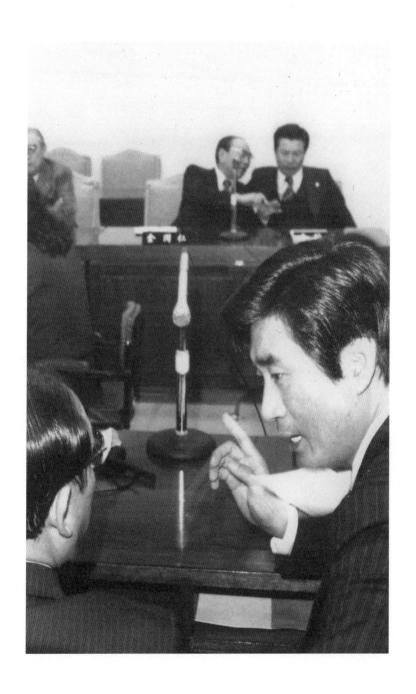

제 5 부 5·30 전당대회

야당다운 야당

최고위원 경선 도전

1979년 5월 30일의 신민당 정기 전당대회를 앞두고 한동안 나는 깊은 고뇌에 빠졌다. 당 지도부인 최고위원 경선에 출마할 것인지 최종 결심을 해야 했기 때문이다.

당시의 집단지도체제에서 최고위원이 된다는 것은 당권에 참여하는 것을 의미했다. 다시 말해 유신체제라는 극한적인 상황에서 당의 진로를 결정하고 국민에게 그에 대한 책임을 져야 하는 자리이다. 결코 욕심만 갖고 대들 문제는 아니었다. 당 지도부 일원에 걸맞은 정치경륜을 갖춰야 함은 물론이고, 유신체제를 극복하고 민주화 시대로 나갈 수 있는 실천적인 비전을 국민과 당원에게 제시할 수 있어야만 했다.

나이 갓 마흔을 넘긴 당시 나이로 제1야당의 최고위원에 도전하는 것은 좀 이른 감이 있는 것이 사실이었다. 그러나 그건 그리 큰 문제라고 생각지는 않았다. 오래 전에 이미 '40대 기수론'이 시대적으로 받아들여졌던 데다, 제1야당 사무총장과 4선 의원이라는 정치적 중량감으로 나이 문제는 얼마든지 극복할 수 있다는 생각이 들었다.

당선 가능성 유무는 사실 고민이 되었다. 기왕 출마할 거면 반드시 당선되어야만 했다. 4선의 중진 의원이 아니면 말고 식의 가벼운 행보를 할 수는 없었다. 그건 내 성격상으로도 생각조차 할 수 없는 일이었다.

그런데 조직적인 측면에서 나는 매우 취약한 편이었다. 대의원들

대부분 기존 계파에 소속되어 있었고, '민주사상연구회'라는 조직을 태동시키긴 했지만 초기 단계라 세력이 미미했다. 결국 타 계보에 소속된 대의원들을 설득하여 얼마나 내 쪽으로 끌어올 수 있느냐가 관건이었다. 그러기 위해선 무엇보다 나 스스로 유신체제를 돌파할 제1야당의 비전을 찾고 그에 대한 나의 각오를 확인하는 게 중요했다.

최고위원 출마 여부에 대한 고뇌는 바로 동시대에 대한 깊은 성찰로 이어졌고, 나는 두 가지 결론에 이르렀다. 첫째는 야당을 야당답게 바로 세우자. '중도통합론'이라는 체제 내 무기력한 야당에서 벗어나 반유신 투쟁의 중심지로서 야당을 복원시켜야겠다는 것이다. 둘째는 고질적인 계파 싸움으로 만신창이가 된 야당에 새바람을 불러일으키자. 더 이상 선배들에게만 맡길 것이 아니라 젊은 세대가 전면에 나서서 야당의 체질을 개선해야겠다는 것이다.

그리고 나는 이 두 가지 목표를 위해 내 모든 것을 던지기로 결심했다. 4·19 세대인 내가 최고위원 경선에 도전함으로써 야당에 새바람을 불어넣기로 한 것이다.

내가 최고위원 경선에 출마하겠다는 뜻을 밝히자 기자들만큼이나 중앙정보부에서 빨리 반응을 보였다. 경선에 나가더라도 온건파가 당권을 잡게 해달라며 말도 안 되는 협박을 해왔다. 물론 나는 귓등으로도 듣지 않았지만, 제10대 국회의원 선거 직후부터 매형의 '태광'이 세무사찰이랍시고 회사의 장부란 장부는 모조리 압수당하는 바람에 업무가 마비될 지경이었던 터라 마음은 편치 않았다.

아무튼 나는 전국 방방곡곡의 대의원들을 찾아다니며 내 나름의 비전을 제시하며 지지를 호소했다. 그런데 생각보다 많은 대의원들이 내게 호감을 나타냈다. 중앙당의 끊임없는 계파 싸움에 지친데다 정통야당의 자부심마저 잃게 된 당원들 상당수가 자신의 계파를 떠나 4·19 대표주자인 나에게 새로운 기대와 지지를 표명했다.

그런데 전당대회 직전에 돌발적인 변수가 나타났다. 갑작스럽게 단일지도체제가 채택되어버린 것이다. 이철승 씨와 김영삼 씨가 서로 자신의 승리를 확신한 나머지 일종의 막후합의를 거쳐 내놓은 결정이었다.

이 결정으로 최고위원 경선은 전혀 다른 양상으로 전개되었다. 집단지도체제의 최고위원 출마는 당권에 참여하겠다는 의미이지만, 단일지도체제의 총재 출마는 당권 자체에 도전하는 것을 의미한다. 전혀 차원이 다른 얘기이다.

단일지도체제 전환 결정에 따라 이철승 씨와 김영삼 씨를 제외한 애당초 최고위원을 지향했던 주자들은 고민에 빠질 수밖에 없었다. 결국 고흥문 유치송 이충환 씨 등은 자진해서 출마를 포기해 버렸다. 김재광 박영록 조윤형 씨 등도 당시 망명생활을 청산하고 돌아와 자택연금 상태에서 김영삼 후보를 지지했던 김대중 씨의 설득에 따라 뒤로 물러섰다.

나 역시 어찌해야 할 것인가 고민하지 않을 수 없었다. 나름 4선의 사무총장이라는 경륜을 쌓긴 했으나, 계파정치가 만연한 상황에서 총재 경선은 무리였다. 나이도 나이거니와 제대로 된 조직을 갖추지 않앉던 나에게 최고위원이라면 몰라도 총재 경선에서의 당선 확률은 제로라는 건 명약관화했기 때문이었다.

하지만 나는 결국 총재 출마를 강행하기로 했다. 최고위원 출마를 결심하면서 야당에 새바람을 일으키겠다고 했던 나 자신과의 약속을 지키는 것이 내가 가야 할 길이었다. 누군가에게는 당선만이 유일한 목표일 수 있겠지만, 나에게는 야당을 바로 세워 유신독재정권에 맞서게 하는 것이 당면한 목표였기 때문이다.

캐스팅 보트

전당대회 하루 전날, 전국에서 올라온 150여 명의 대의원들과 함께 저녁식사를 하면서 끝까지 뜻을 하나로 모아 소기의 성과를 달성하자고 결의했다. 나를 지지하는 대의원들은 그야말로 외인부대였다. 이철승 씨와 김영삼 씨가 서로 계파 줄 세우기를 하는 풍토에서 상당기간 동안 공을 들여 차분히 만나오면서 설득하고 모아낸 사람들이었다. 애당초 이기택의 계파란 있을 수 없고 있지도 않았으니 이들은 모두 이철승 씨나 김영삼 씨 쪽 사람들이었다. 다만 전당대회를 앞두고 내 뜻에 동조하여 함께하고자 한 사람들 뿐이었다.

나는 저녁식사를 마친 후 숙소로 돌아왔다. 잠자리에 눕자마자 마치 중요한 시험을 앞둔 입시생처럼 마음이 설레었다. 어떻게 보면 정치에 입문한 후 가장 무거운 정치적 결단의 시간이기도 했고, 중견 정치인으로서 자신의 역량과 위상을 시험하는 자리였기 때문이기도 했다. 하지만 더욱 절실한 것은 엄혹한 시대에 칼날 같은 투쟁의 길에 다시 투신한다는 긴장감이었고, 그 묵직한 책임감을 실감하고 있었기 때문이 아니었나 싶다.

1979년 5월 30일. 별로 깊은 잠을 잔 것 같지는 않은데 깨어나자 몸이 가뿐하고 상쾌했다. 홀가분한 마음으로 창문을 여는 순간 불덩어리 같은 붉은 해가 서서히 떠오르고 있었다. 서울 도심의 새벽에 스카이라인을 가르며 치솟던 웅장한 일출 장면은 지금도 생생하다.

아침에 김영삼 씨와 조찬 약속이 되어 있었지만, 그보다 일찍 선배 정치인 정해영 씨가 대의원들을 혜화동 자택에 모아놓았다고 연락을 해오는 바람에 부랴부랴 찾아가서 지지를 부탁하고 돌아왔다.

호텔로 돌아오니 이미 김영삼 씨가 와서 기다리고 있었다. 그는 에둘러 말하지 않았다.

"오늘 1차 투표에서는 누구도 과반수를 얻지 못할 것이오. 이 의원, 2차 결선투표 때 나를 꼭 좀 도와주시오."

사실 나는 둘 중의 한 사람을 선택해야 한다면 김영삼 씨의 손을 들어주기로 이미 마음을 굳히고 있었다. 지난 2년 반 동안 이철승 대표 체제의 사무총장을 해오며 당의 무기력함을 통감했던 것이다.

이철승 대표가 중도통합론을 내세워 온건노선을 걷는 동안 여야관계는 겉보기에 모처럼 원만한 관계를 유지하고 있는 듯했다. 하지만 겉으로 보이는 정치적 안정의 이면에는 사회적 갈등이 극단으로 치닫고 있었다. 그럼에도 불구하고 야당은 군사정권과의 투쟁은 고사하고 최소한의 견제기능조차 제대로 수행하지 못했던 것은 사실이었다.

내 마음은 이미 정해져 있지만, 그날 아침 나는 김영삼 씨에게 일언반구 속마음을 보여주지 않았다. 그저 듣고 있었을 뿐이었다. 이철승 씨 역시 나를 찾아왔지만 마찬가지로 진심을 모르고 돌아갈 수밖에 없었다. 내가 절대 표정을 드러내지 않고 이른바 '포커페이스'를 유지했기 때문이다. 당연한 일이었다. 게임을 시작하기도 전에 내 패를 내놓을 수는 없는 일 아닌가? 그들뿐만 아니라 나의 최측근인 박관용 씨조차도 모를 만큼 마지막 순간까지 철저하게 내 의중을 감추었다.

마포 새 당사의 전당대회장은 야당 역사상 유례를 찾아볼 수 없을 정도로 뜨거운 열기로 가득했다. 대회장 안에는 당직자와 대의원들 1,000여명이 가득 차 있었고, 대회장 밖에는 그보다 훨씬 많은 당원과 시민들이 각종 구호와 후보자들의 이름을 연호하며 운집해 있었다. 정치권 사람들은 물론 일반 국민들까지도 그날 전당대회의 중요성을 너무나 잘 알고 있었다. 이러한 국민적 관심을 반영하듯 라디오 방송국에서 실황중계까지 할 정도였다.

이윽고 내외신 기자들의 치열한 취재경쟁 속에서 총재 경선이 시작되었고, 오후 3시 20분경 투표가 완료되었다. 취재진과 당원들이 지켜보는 가운데 곧바로 개표가 진행되었다. 개표 결과는 이철승 292표, 김영삼 267표, 이기택 92표, 신도환 87표, 김옥선 11표, 무효 2표로 집계되었다. 예상대로 과반수를 득표한 후보는 없었다.

나는 내심 쾌재를 불렀다. 내가 예상하고 원했던 최상의 그림이 그려진 것이다. 사람들은 내가 만만찮은 규모의 계파를 거느리고 있는 신도환 씨보다 더 많은 표를 얻자 이변이라고 술렁댔지만, 야당의 새 바람이 결코 이변으로 치부될 수는 없었다. 그것은 변화를 바라는 국민들의 마음과 당원들의 의지가 현실화된 것에 다름 아니었고, 내가 노심초사하며 바라던 최선의 상황이었다. 1차 투표의 결과 나는 당권의 향방을 결정지을 결정적인 캐스팅 보트를 갖게 되었다.

1차 투표 결과가 발표되자 아침부터 당사 부근에 모여 "김영삼!"을 연호하던 청년들의 구호가 자연스럽게 "이기택!"으로 바뀌었다. 결선 투표의 결과는 내 손에 달려 있다는 것을 모든 이들이 알고 있었다. 그 시점에서 나는 이미 모든 것을 이룬 것이나 다름없었다. 하지만 아직 완전히 끝난 것은 아니었다.

나는 1차 투표 결과가 발표된 후 나를 지지해준 대의원들과 함께 조그만 회의실에 들어가 문을 걸어 잠그고 회의를 시작했다.

"여러분도 아시다시피 1차 투표 결과에 따라 나는 이제 결선투표에는 나설 수 없게 되었습니다. 하지만, 우리는 지금 우리가 누구를 지지하느냐에 따라 총재가 바뀌는 결정적인 힘을 가지고 있습니다. 우리가 행동통일을 하지 못해 표가 분산된다면 그 힘은 결코 발휘될 수가 없습니다. 이것은 나 혼자 결정할 문제가 아니므로 여러분의 의견을 기탄없이 밝혀주시기 바랍니다."

생각했던 대로 두 사람에 대한 지지가 팽팽하게 맞서는 바람에 좀처럼 결론이 날 것 같지 않았다. 우리가 회의하는 동안 김영삼 씨와 이철승 씨 쪽에서 번갈아 문을 두드리며 지지를 호소했지만, 나는 문을 굳게 걸어 잠근 채 열어주지 않았다.

그러는 사이 시간도 많이 지나가고 대회장에서 빨리 입장해 달라고 전갈이 오는 등 긴박한 상황이 이어졌다. 나는 그런 바깥 동정은 모르는 체 하고 입을 닫은 채 계속 회의를 진행했다. 이윽고 일부 대의원들 사이에서 이런 요구가 나오기 시작했다.

"이제 시간도 없고 더 이상 얘기해봤자 결론도 나오지 않을 것 같습니다. 우리는 무조건 이 총장 결정을 따르겠으니 결단을 내려주십시오."

바로 내가 바라던 그때가 온 것이었다. 나는 그제야 입을 열었다.

"우리가 지금 여기서 분열한다면 모든 것은 수포로 돌아갑니다. 여기서 모든 것을 멈추고 끝내야 합니다. 그러나 우리가 살 길이 딱 하나 있습니다. 힘을 모으는 겁니다. 나의 결정에 여러분들이 이견 없이 하나가 되어 따라준다면 그것이 우리가 살 길이고 야당이 살 길이 될 것입니다. 여러분들이 하나가 될 것을 약속해주신다면 나 역시 결단을 내릴 것이고 책임을 질 것입니다. 그렇게 해주시겠습니까?"

그제야 그 자리의 모든 이들이 내가 결정하는 대로 무조건 행동 통일하겠다고 약속했다.

드디어 회의장의 문이 열렸고, 나는 대의원들과 함께 당당하게 대회장으로 향했다. 대회장 입구에는 김영삼 씨가 나와서 나를 기다리고 있었다. 잠시 주위를 물리고 둘이 창가로 가서 짧은 대화를 나누었다.

창밖에는 이미 엄청난 군중들이 운집해 있었다. 우리 두 사람이 나란히 창가에 다가서자 누가 먼저라 할 것 없이 폭풍 같은 함성과 함께 "김영삼! 이기택!" 연호가 터져 나왔다. 우리는 길게 이야기할 것조차 없었다.

나는 결선투표에서 김영삼 씨에 대한 확고한 지지를 표시했고, 결과는 당연히 그의 승리로 귀결되었다. 단 한 번도 김영삼 씨에 대한 공개적인 지지를 언급한 적이 없었던 나의 결단은 그대로 결선투표 결과에 반영되었다. 김영삼 씨가 378표를 얻어 총재가 됨으로써 선명야당의 기치를 내걸 수 있었다.

역사를 들어 올린 작은 지렛대

내가 만약 처음부터 두 사람에 대한 지지가 반반으로 갈려 있는 대의원들에게 '김영삼 씨를 지지하라'고 강력하게 요구했다면 어떠했을까? 이철승 씨를 염두에 두고 있던 대의원들은 오히려 반발심으로 계속 이철승 씨를 지지했을지 모른다. 무기명 비밀투표로 뽑는 선거에서 정치적 입장이 다른 이들을 대상으로 행동 통일을 이끌어낸다는 것은 결코 쉬운 일이 아니다.

내가 대의원들을 한 자리에 모아놓고 장시간 회의를 진행한 것은 내 나름의 '캐스팅 보트 성공 작전'이었다고 할 수 있다. 나는 대의

5·30 전당대회 결선투표 직전 김영삼 후보와 당사 밖에 운집한 군중을 내려다보며

원들이 갑론을박을 통해 지금 우리에게 필요한 답이 무엇인지 스스로 깨닫게 될 것을 믿었다. 그리고 나의 내심을 감추고 끈질기게 의견이 모이기를 기다렸다. 그리고 그것이 충분히 이루어졌을 때 최종적인 결단을 내리고 단호하게 실천해나가는 것이 리더의 힘이라고 생각했다.

나는 지금도 그때 리더로서의 가장 현명한 태도를 취했으며, 가장 올바른 판단과 결정을 이끌어냈다고 자부한다.

이날 작은 에피소드가 하나 있었다. 총재 당선이 확정된 김영삼 씨와 함께 단상에 올라 환호하는 대의원들에게 손을 흔들고 내려오니, 한 동지가 급히 내게 달려와 아내가 보내준 것이라며 약통을 하나 내밀었다. 당시 나는 건강에 아무 이상이 없어 약 먹을 일이 없는 터라 영문을 몰라 하며 받아들었는데, 밑바닥에 작은 쪽지가 한 장 들어 있었다.

그것은 김대중 씨가 '김영삼 씨를 지지해 달라'고 간곡하게 당부하는 내용이 적힌 메모였다. 때를 놓치고 늦게 도착하긴 했어도 어쨌든 기분 좋은 메모여서 나도 모르게 미소를 지었다. 이미 김영삼 씨의 당선이 확정된 다음이라 그 메모가 내 결심에 아무런 영향을 미치지 못했지만, 선명야당을 바라는 마음이 통한다는 사실, 그리고 내가 올바른 결정을 내렸다는 사실을 확인한 것 같아 뿌듯했다.

이렇게 나는 5·30 전당대회에서 김영삼 총재 체제의 선명야당을 탄생시키는데 결정적인 역할을 함으로써, 마흔둘의 나이에 기라성 같은 선배들을 제치고 제1야당의 부총재에 오르게 되었다. 제7대 국회 최연소 국회의원과 제1야당의 최연소 사무총장에 이어 또 한 번의 최연소 기록을 세운 셈이었다. 솔직히 그때는 뛸 듯이 기뻤고 세상 전부를 차지한 듯한 기분이었다.

하지만 그건 내 개인적인 영광이었을 뿐이고, 5·30 전당대회에서의 나의 역할이 가지는 역사적 의미는, 나의 캐스팅 보트를 통해 김영삼 총재 체제가 출범되었고, 그로 인해 결국 유신정권의 종말을 이끌어냈다는 점이다. 무기력하기만 했던 야당을 선명야당으로 변모시키는 데 결정적으로 이바지함으로써 전 국민적인 반독재 투쟁의 불을 지폈고, 그 결과 부마사태와 10·26으로 이어지게 되었다는 사실은 누구도 부인하지 못할 것이다.

물론 유신체제를 종식시킨 전 국민적인 투쟁에 비하면 나의 역할은 작은 지렛대에 불과했었는지도 모른다. 하지만 결코 꿈쩍도 하지 않을 것 같았던 거대한 유신정권을 들어 올리는 데 나의 지렛대 역할이 기여했다는 사실만으로도 나는 더할 나위 없이 자랑스럽고, 또한 길고도 험난했던 시대를 극복한 정치인으로서의 자부심을 느낀다.

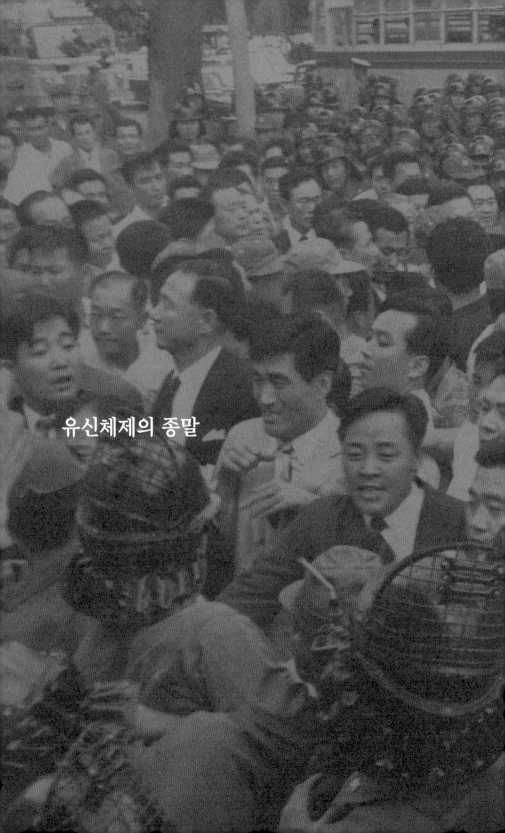

유신체제의 종말

유신정권의 조종을 울린 연쇄적 사건들

5·30전당대회로 선명노선을 회복한 신민당이 유신체제를 정면으로 부정함으로써 정국은 극도로 경색되었고, 한치 앞도 내다볼 수 없는 여야 대치국면이 지속되었다. 그리고 정국의 뇌관을 때리는 충격적인 사건들이 잇따르며 유신정권의 몰락이 가파르게 진행되었다.

김영삼 총재 체제가 출범한 지 몇 달 뒤인 1979년 8월 11일 이른바 'YH사건'이 터졌다.

사건 발생 3일 전인 8일, 가발수출업체인 YH무역 여성 노동자 172명이 회사폐업조치에 항의하여 우리 신민당사로 들어와 농성을 벌였다. 그런데 경찰은 신민당의 반대에도 불구하고 8월 11일 새벽 2시경 방패와 곤봉으로 무장한 경찰기동대 2천여 명을 투입, 20여분 만에 강제해산시켰다. 의원들과 당직자들이 처절한 몸싸움을 벌였지만 역부족이었고, YH무역 노동자들은 모두 강제 연행되었다.

경찰의 연행을 피해 건물옥상에 올라간 노동자들 중 김경숙(당시 21세) 씨가 추락하여 사망하고 김영삼 총재는 경찰에 의해 상도동 집으로 강제로 끌려나갔다. 이 과정에서 여성 근로자 10여명, 신민당원 30여명, 취재기자 12명이 다쳤다. 국회의원들도 무차별 구타당하며 나를 포함해 모두들 경찰 버스에 실려 남대문 경찰서로 연행되었다. 그야말로 정당정치 자체가 근본적으로 부정되는 천인공노할 만행이었다.

신민당은 다음날 비상대책위원회를 열고 정부 측에 항의함과 동시에 무기한 농성에 들어갔다.

YH사건으로 정국이 팽팽하게 긴장된 상태에서, 1978년 8월 13일 유기준 씨 등 3명의 신민당 지구당위원장이 김영삼 총재 등 신민당 총재단 전원에 대한 직무집행정지 가처분 신청을 서울민사지법에 제기했다. 이들은 당원 자격과 대의원 자격이 없는 조윤형 김한수 조연하 황명수 씨 등 25명이 5·30 전당대회에 참석하여 투표에 참가했다며, 김영삼 씨의 총재 당선은 이들 무자격 대의원의 투표 참가로 이루어진 것이므로 무효이며, 따라서 김영삼 씨가 임명한 부총재 4명도 모두 자격이 없는 총재로부터 지명된 것이므로 부총재 자격이 없다고 주장했다.

김영삼 총재에게 날을 세우던 비주류도 한때 이들의 가처분신청을 '정신 나간 짓'이라고 비난하기도 했으나, 막상 일은 이상한 방향으로 진행되었다. 유신독재 하의 사법부가 이 가처분신청을 받아들였던 것이다. 9월 8일 서울민사지법 합의16부는 "총재 선출의 무효 확인 등 본안 소송 판결확정까지 김영삼은 신민당 총재의 권한을, 이민우 박영록 이기택 조윤형은 부총재의 권한을 행사해서는 안 되며, 이 기간 중 정운갑을 신민당 총재직무대행으로 선임한다."라고 가처분 결정을 내림으로써 정국은 걷잡을 수 없는 소용돌이에 휩쓸리고 말았다.

김영삼 총재를 비롯한 우리 총재단은 당연히 즉각적인 불복 선언을 했지만, 비주류의 정운갑 전당대회 의장은 당의 난관을 수습한다는 명분으로 총재권한대행 직을 수락했다. 9월 17일 주류 측은 소속의원 과반수인 36명이 참석한 가운데 의원총회를 열고 권한대행체제를 거부하기로 결의했으나, 비주류 측이 권한대행체제를 인정한다고 공식 선언함으로써 신민당은 사실상 두 쪽으로 갈라져버렸다.

엎친 데 덮친 격으로 9월 15일 〈뉴욕타임스〉의 헨리 스콧스톡 기자와 김영삼 총재의 단독 인터뷰 내용이 보도되면서 또 한 차례 파문이 일어났다.

한국 정부에 대한 거리낌 없는 반대로 체포 직전의 상태에 있는 야당 지도자가 카터 행정부에게 박정희에 대한 지지를 중단하라고 요구했다.

공화당과 유정회는 기다렸다는 듯이 이를 '헌정을 부정하고 사대주의 발언을 했다' 라고 비판하며 사과와 해명을 요구했다. 그리고 이어서 9월 22일 공화당과 유정회는 소속 국회의원 160명 전원의 이름으로 국회에 김영삼 총재에 대한 '징계동의안' 을 제출했다. 징계사유는 '김일성 면담용의' 를 표명해 국론 분열 획책, 총재직 가처분에 불복하고 법원 모독, 유신헌법을 부인해 국권과 국민주권 모독, 헌법질서를 파괴하는 선동행위, 국가원수 모독 발언 등 5개 항이었다.

1979년 10월 4일 공화당과 유신회는 국회에서 여당 단독으로 김영삼 총재의 의원직 박탈을 의결했다. 신민당 의원들이 국회 본회의장을 점거하자, 여당의원들은 여당 의원 총회장으로 사용되는 146호실에서 김영삼 의원의 제명을 가결했다. 이로 인해 김영삼 총재는 신민당 총재직과 국회의원직에서 강제로 제명되었고, 이어 가택 연금되었다.

10월 13일 신민당 소속 의원 66명과 민주통일당 의원들은 집단사퇴서를 제출하며 반발했다. 그런데 공화당과 유정회 합동조정회의에서 '사퇴서 선별수리론'이 제기됨으로써 국민을 경악하게 했다. 그리고 유신독재와 야당 탄압에 대한 국민의 분노는 바로 4·19혁명 이후 최대 규모의 반독재 민주항쟁인 부마항쟁으로 이어졌다.

부마항쟁

1979년 10월 16일 오전 부산대학교 학생 5,000여 명은 "유신정권 물러가라", "정치탄압 중단하라"는 등의 구호를 외치며 교내에서 반정부 시위를 벌였고, 저녁에는 부산시청 앞에 집결하여 부산시내 중심가까지 진출, 애국가 등을 부르고 반정부 구호를 외치며 격렬한 시위를 벌였다. 수많은 시민들은 시위에 직접 나서지는 못하더라도 시위대에게 응원의 박수를 보내거나 먹을 것을 나눠주며 격려했고, 진압경찰에게는 야유를 보내거나 재떨이와 병 등을 던져 진압을 방해했다. 저녁이 되자 수만에 이르는 시민과 학생들이 시위대에 참여하여 거대한 물결을 이루었다.

유신선포일이기도 한 10월 17일 부산대에는 휴교조치가 내려졌지만, 시위는 더욱 확산되고 격화되어 충무파출소, 한국방송공사(KBS), 서구청, 부산세무서 등이 파괴되고 경찰차량도 전소 또는 파손되었다. 경찰력만으로 진압이 어렵다고 판단한 유신정권은 10월 18일 0시를 기해 부산에 비상계엄령을 선포하고 계엄군을 투입하여 1,058명을 연행하고 66명을 군사재판에 회부했다.

계엄군에 의해 부산 시민과 학생들의 시위는 진압되었으나, 인근 지역으로 확산되어 마산지역에서 마산대학교와 경남대학교 학생들을 선두로 민주공화당사, 파출소, 방송국을 파괴하는 등 격렬한 시위가 전개되었다. 10월 19일에는 마산수출자유지역의 근로자와 고등학생들까지 합세하여 시위는 더욱 격렬해졌고, 마산시내는 한때 치안부재의 상태가 되기도 했다.

10월 20일 유신정권은 마산 및 창원 일원에 위수령을 발동하여 505명을 연행하고 59명을 군사재판에 회부하는 등의 강경책을 전개했다. 하지만 학생들의 민주화운동은 부마항쟁을 통해 전국적인 규모의 시위로 확산됨으로써 유신체제가 무너지는 결정적인 요인이 되었다.

유신독재 무너지다

1979년 10월 26일 오후 7시 40분, 서울 종로구 궁정동 안가에서 유신독재의 종말을 고하는 총성이 울려 퍼졌다. 박정희 대통령이

KBS 당진 송신소 개소식과 삽교천 방조제 준공식에 참석한 후 궁정동 안가에서 차지철 경호실장, 김계원 비서실장, 김재규 중앙정보부장과 함께 연회를 갖던 중 김재규 부장의 총에 의해 차지철 실장과 함께 살해되는 충격적인 사건이 발생했던 것이다. 이로 인해 유신독재체제는 일거에 무너져버리고 말았다.

이날 김재규의 행위가 우발적인 살인이었느냐 아니면 계획적인 거사였느냐 하는 논란이 아직까지도 분분한데, 나는 그것이 중요한 문제라고 생각하지 않는다. 10·26을 단순히 김재규의 개인적 행위로 보는 것은 10·26이 가진 정치적 사회적 의미를 무시하는 것이다. 역사를 바꾸는 한 개인의 행동은 그것이 아무리 개인적 요인에만 의한 것처럼 보이더라도, 실은 그 행동이 나타나기까지 많은 정치적 사회적 요소가 영향을 미쳤다는 사실을 결코 간과해서는 안 된다.

국내적으로 박정희 유신정권은 1979년에 매우 혼란스러운 상황이었다. 2차 석유파동으로 경제적 위기에 처했었고, 수출이 줄어든 상황에서 재벌이 감당해야 할 비용과 손실을 중산층과 노동자 그리고 서민에게 전가함으로써 박정희 정권에 대한 노동자와 서민의 반발이 거세진 상태였다.

또한 대외적으로는 카터 행정부가 등장한 이래 미국과의 불화가 심해지고 있었다. 카터 행정부가 인권 문제로 압박을 가하며 주한미군 철수까지 언급되는 상황이었다. 그런데 그 이면에는 박정희 정권이 극비리에 핵 개발을 준비함으로써 미국과의 갈등이 극한상황으로 치달았던 것으로 나는 알고 있다. 어쨌든 군사독재정권인 박정희 정권으로선 미국과의 불화는 정권의 존립 자체를 위협하는 것이었다.

그런데 무엇보다 10·26이 일어나게 된 가장 큰 요인은 당시의 정치 상황이었다고 나는 생각한다. 5·30 전당대회에서 선명야당의 기치를 내세운 김영삼 총재체제가 출범함으로써 유신정권에 대한 전면적인 투쟁이 시작되었고, 이런 배경 하에서 YH사태나 부마항쟁이 발생했다. 이로 인한 정권의 위기상황이 이미 곪기 시작한 유신정권의 내부적 모순을 터지게 하여 10·26이 발생했다고 보는 것이 타당할 것이다.

동서고금을 통틀어 의롭지 못했던 모든 권력은 이렇듯 추악한 민낯을 드러내며 한순간에 자멸해버리고 말았다. 언제까지라도 영원할 듯 국민 위에 오만하게 군림했던 박정희 유신정권이 처참하게 무너지며 대한민국은 새로운 역사와 마주치게 되었다.

서울의 봄

12·12 군사 쿠데타

10·26 사태 이후 정국은 그야말로 혼미 그 자체였다. 정치권은 물론 국민 모두가 한동안 10·26의 충격에서 벗어나지 못하고 공황상태라 할 만큼 정신적 혼돈에 빠졌다. 물론 유신독재정권이 하루아침에 무너짐에 따라 민주화가 이뤄질 것이라는 기대는 있었지만, 그 과정이 어떻게 이뤄질지는 아무도 예측할 수 없었다. 게다가 최규하 대통령권한대행의 과도정부는 시종일관 모호한 태도를 취하여 장래의 정치일정에 대한 불안을 가중했다.

한치 앞도 내다볼 수 없는 '안개정국' 속에서 김영삼 김대중 김종필 등 3김 씨는 공백상태의 권좌를 노리며 본능적으로 움직이긴 했지만, 누구도 선뜻 구체적이고 실질적인 행보를 내보이진 않았다. 그야말로 암중모색의 시기였다.

물론 정치권의 움직임이 전혀 없었던 것은 아니다. 10·26사태로 총재직무 집행정지 가처분결정이 사실상 정치적으로 효력이 없어져 총재의 권한이 원상 복구된 김영삼 씨는 11월 5일 성명을 발표했다. 그는 유신헌법이 이미 의미가 없어졌기 때문에 최규하 과도정부에게 3개월 이내에 헌법을 개정한 후 2개월 이내에 신헌법에 따른 직접선거로 대통령을 선출할 것을 요구했다. 하지만 최규하 대통령권한대행은 11월 10일 특별담화를 발표하여, 유신헌법에 규정된 시일 내에 국법이 정하는 절차에 따라 대통령선거를 실시하여 새로 선출되는 대통령에게 정부를 이양하겠다고 밝혔다.

그렇다고 야당이 특별히 반발했던 것은 아니다. 결국 1979년 12월 6일 최규하 씨가 통일주체국민회의에서 제10대 대통령으로 선출되었는데, 신민당은 유신헌법에 의한 대통령선거였음에도 반대하지 않았다. 이제 민주화는 불가역의 대세라고 확신하는 낙관론이 지배적이었기 때문이다. 심지어 이러한 낙관론은 12·12 사태가 발생하여 민주화에 대한 심각한 우려가 대두되었음에도 여전히 야당 내부를 지배했다.

그렇게 당해왔으면서도 순진하기만 했던 당시 야당의 모습이 지금 생각하면 기가 막힌다. 어쩌면 서로들 김칫국부터 마시느라 경계심을 허물어뜨렸던 것은 아닐까 하는 생각도 든다.

최규하 대통령은 12월 8일 대통령 긴급조치 제9호를 해제했고, 이에 따라 문익환 목사 등 긴급조치위반자 68명이 석방되었다. 그리고 김대중 씨의 자택연금도 해제되었다. 유신독재로 인해 오랜 세월 얼어붙었던 동토의 땅 서울에 드디어 봄이 찾아오는 듯했다.

핵심적인 정치권력의 공백 사태를 예의주시하며 권좌를 노린 것은 김영삼 김대중 김종필 3김 씨뿐이 아니었다. 그때까지 우리가 주시하지 못했지만, 소위 '하나회'를 중심으로 한 신군부 또한 호시탐탐 기회를 엿보고 있었다.

1979년 12월 12일 밤 전두환 보안사령관을 중심으로 노태우 육군 제9사단장 등의 신군부가 상관인 정승화 육군참모총장 겸 계엄사령관을 체포, 연행하고 이에 반대하는 육군 수뇌부를 수천 명의 무장병력을 동원해 무력으로 제압하는 사태가 벌어졌다. 이른바 '하극상에 의한 군사쿠데타'이다. 이로 인해 10·26으로 유신체제가 붕괴되며 사회 전반에 걸쳐 민주화 열망이 거세게 일어나고 있었던 우리 현대사의 흐름이 바뀌게 되었다.

군권을 장악한 반란 세력은 이후 5·17 비상계엄 확대조치와 5·18 민주화운동 강제진압, 국가보위비상대책위원회 설치, 최규하 대통령 하야 등의 정권 탈취 과정을 거쳐 전두환 군사정권을 수립하게 된다.

놓쳐버린 '골든타임'

한편 12·12 사태 얼마 전 미국 버클리 대학의 동아시아문제연구소 장이었던 스칼라피노 교수가 나를 초청했다. 아마도 10·26 이후 한국이란 나라가 어디로 흘러가는지 나를 통해 알아보고 싶었던 것 같다. 스칼라피노 교수는 당시 미국정부의 대한정책 결정에 지대한 영향력을 끼쳤던 대표적인 친한파 학자였다. 서울을 자주 방문했던 그는 그때마다 잊지 않고 나를 찾아주었고, 내가 미국에 가면 샌프란시스코 자택에 초대해 환담을 나누기도 했었다.

나는 스칼라피노 교수의 초청을 받아들이기로 했다. 안갯 속에 빠진 정국을 분석하고 전망하는데 한국문제에 깊은 관심을 가진 석학과 허심탄회한 대화를 나누는 것이 유익할 것이란 생각 때문이었다. 게다가 그는 12월 14일 샌프란시스코를 방문하기로 되어 있는 지미

카터 미국 대통령과 만날 기회를 주선해주겠다고 해
귀가 솔깃해지기도 했다. 그런데 출국예정일인 12월
12일에 일어난 신군부의 쿠데타로 나는 미국행을 취
소해야만 했다.

그러자 크게 실망한 스칼라피노 교수가 다시 일정
을 잡아주길 바란다는 연락을 수시로 보내왔다. 결
국 나는 해가 바뀐 1980년 1월 3일에야 박관용 조
중연 의원과 함께 미국으로 갈 수 있었다.

샌프란시스코에 도착하자마자 스칼라피노 교수
를 비롯한 각계 인사들을 만나 의견을 나누고 워싱
턴, 필라델피아, 로스앤젤레스 시 등을 순방하며 19
일 동안 30여 차례 연설하는 강행군으로 방문일정
을 보냈다. 그쪽 사람들이 가장 궁금해 하는 것은
10·26이 일어나게 된 배경과 그 과정이었다. 나는
연설을 통해 1978년의 제10대 국회의원선거부터
1979년 YH사건과 김영삼 총재 제명 사건, 부마항
쟁의 원인과 전개 과정, 김재규와 차지철의 알력 등
을 소상히 설명해 주었다.

미국 방문에서 가장 인상적이었던 것은 제2차 세
계대전 이후 초대 주일대사를 지냈던 라이샤워 교수
와의 만남이었다. 애초의 일정에는 그를 만날 계획

스칼라피노 교수와 함께

이 없었다. 필라델피아에서 연설을 마치고 로스앤젤레스로 날아가려 할 즈음 갑자기 하버드대학의 라이샤워 교수로부터 연락이 왔다. 내가 빡빡한 일정 때문에 난색을 표명했는데도 하도 간곡하게 부탁하는 바람에 하는 수 없이 하버드대학을 방문했다.

라이샤워 교수와는 초면이었지만, 그는 처음 만나는 나를 오랜 친구처럼 반갑게 맞으며 자신의 집으로 초대해 주었다. 나는 두 시간이 넘게 대화를 나누는 동안 노 교수의 풍부한 식견과 인간미 넘치는 분위기에 깊은 인상을 받았다.

그는 한국 군부의 움직임을 주목하고 있다면서 5·16 군사쿠데타 직전 민주당 시절의 분위기와 흡사한 점이 많다고 지적했다. 그리고는 다음과 같은 의견을 조심스럽게 내비쳤다.

"지금 군부의 움직임이 걱정거리입니다. 만일 민주화 세력이 김영삼 씨와 김대중 씨로 분열될 경우 군부가 등장할 가능성은 매우 크다고 할 수 있습니다."

"결코 그렇게 되면 안 됩니다. 두 사람도 그 점을 잘 알고 있으니까 어리석은 행동을 하지 않을 것입니다. 그렇더라도 군이 개입하는 것은 우리 야당의 힘만으로는 어쩔 수가 없으니까 우방국들이 영향력을 발휘해야 합니다."

"대단히 유감스럽게도 지금 카터 대통령은 자신의 선거 때문에 관심을 가질 여유가 없는 것이 문제입니다."

나는 일말의 불안감에도 불구하고 나의 바람까지 실어 의견을 말했지만, 별다른 결론 없이 헤어질 수밖에 없었다. 왠지 그의 우려가 귀국 후에도 내내 뇌리를 떠나지 않았다.

나는 귀국하자마자 상도동과 동교동을 번갈아 방문하여 양김 씨에게 당시 정국에 대한 미국 조야의 우려를 자세하게 전해주었다. 특히 두 사람이 단결하지 않으면 민주화를 이룩할 수 없다는 점을 누누이 강조했다. 하지만 결국 그것은 '쇠귀에 경 읽기'로 끝나고 말았다.

신민당 총재로 복귀한 김영삼 씨는 1980년 2월 28일 관훈 클럽 초청 연설에서 김대중 씨를 만나 신민당의 대통령 후보단일화를 허심탄회하게 논의하겠다고 밝혔다. 이때만 해도 라이샤워 교수의 걱정은 한낱 기우로 끝나는 듯했다.

하지만 그 다음 날, 정부가 김대중 씨를 윤보선 함석헌 지학순 씨 등 긴급조치 위반자들과 함께 복권하는 조치를 단행하자 후보단일화 문제가 구체적으로 거론되면서 양대 추종세력 간에 암투가 벌어지기 시작했다. 김대중 씨는 유신체제 하에서 각종 탄압에 묶여 정치활동을 제대로 하지 못한 반면, 김영삼 씨는 신민당 총재로서 당내에 유리한 위치를 선점하고 있었다. 그런 상황에서 뒤늦게 정치일선에 복귀한 김대중 씨는 선뜻 신민당에 발을 들여놓으려고 하지 않았다. 섣불리 입당했다가는 대통령 후보 경쟁에서 승산이 없다고 판단했던 것이다.

그 와중에 3월 6일 두 사람이 단독회담을 가졌다. 한창 논란이 분분한 헌법 개정 문제의 향방이 드러날 때까지 지나친 대통령 후보 경쟁을 삼가고, 대신 민주세력의 단합과 민생의 안정에 주력하자는 합의가 발표되었다. 하지만 재야인사 영입을 위한 당헌개정 문제로 두 사람은 바로 등을 돌리고 말았다. 결국 김대중 씨는 신민당 입당을 포기한 채 재야세력을 규합하여 본격적인 대권경쟁에 돌입했다. 라이샤워 교수의 우려가 현실로 드러나고 말았다.

나는 야권의 분열을 막기 위해 서명 작업까지 추진해보았으나 역부족이었다. '춘래불사춘 春來不似春'이라고 했던가. 봄이 와도 봄 같지 않건만 한 송이 꽃이 핀 것으로 성급하게 봄을 예감해버린 정치인들은 나의 간절한 호소를 귀담아 들어주지 않았다.

돌이켜보면 그때가 전두환 군사정권의 등장을 저지하고 민주정부를 세울 수 있는 마지막 '골든타임'이었다. 양김 씨 중 한 사람만이라도 정권욕보다 민주화 의지를 앞세워 분열되지만 않았다면, 신군부가 감히 나설 수 없었을 것이라고 나는 확신한다.

5·17 이후 양김 씨는 신군부에 의해 박해를 받은 피해자이지만, 어찌 보면 우리 국민으로부터 민주정부를 이룩할 기회를 빼앗은 가해자이기도 하다. 지금도 그때 일만 생각하면 안타까운 한숨이 절로 나온다.

광주항쟁

1980년 봄이 되면서 민주화 요구는 사회 곳곳에서 분출되었다. 그 열기는 제일 먼저 대학가에 불어 닥쳤다. 대학생들은 3월초 신학기가 되면서 학생회가 부활하자 처음에는 재단비리 척결 등 학내민주화 투쟁과 병영집체훈련 반대운동 등을 전개했다. 그러나 5월 1일 서울대학교 총학생회가 '계엄령 즉각 해제', '전두환 퇴진' 등의 구호를 내걸면서 정치투쟁으로 확산되기 시작했다.

간헐적으로 시위를 하던 대학생들은 5월 13일부터 15일까지 3일 동안 서울시내 중심가에서 연합 거리시위를 했다. 특히 5월 15일에는 서울역 앞 광장에 10만여 명의 대학생들이 대규모 거리시위를 벌여 절정을 이루었고, 이로 인해 시내의 교통이 마비되고 일부 상가는 철시하기도 했다. 대학생들의 시위는 서울뿐만 아니라 부산, 대구, 인천, 광주 등 지방에서도 일어나 경찰과 충돌했다.

1980년 봄의 민주화 요구는 노동계에도 불어 닥쳤다. 노동자들은 생존권 보장 등을 요구하며 여러 곳에서 농성과 파업 등을 벌였다.

특히 강원도 정선군 사북읍 동원탄광에서는 광부들이 '임금인상'과 '어용노조지부장 사퇴' 등을 요구하며 농성을 벌이던 중 4월 21일 이를 해산시키려는 경찰과 충돌하여 유혈사태가 일어났다. 이에 흥분한 광부 2천여 명이 광업소 사무실과 사북지서 등을 부수고 사북읍 전체를 점거하는 일이 벌어지기도 했다.

이처럼 1980년 서울의 봄은 정치권의 분열과 대학생들의 대규모 시위, 노동자들의 농성과 파업 등으로 매우 혼란스러웠다. 이는 12·12 군사반란으로 군권을 장악한 후 정치에 개입할 구실과 시기를 찾고 있던 신군부세력에게 명분을 주게 되고, 결국 '5·17 비상계엄 전국 확대 조치'로 이어졌다.'

1980년 4월 14일 전두환 보안사령관이 중앙정보부장 서리에 겸직으로 임명되었다. 이로써 대한민국 내의 정보기관을 모두 장악한 신군부는 정국 운영에 방해가 되는 세력들을 제거하기 위해 집권 시나리오에 따라 5월 17일 24시 비상계엄을 전국으로 확대했다. 그리고 계엄 포고령 10호를 선포하여 정치활동 금지령, 휴교령, 언론 보도 검열 강화 등의 조치를 내렸다. 또한 김대중 김영삼 김종필 등을 포함한 정치인과 재야인사들 수천 명을 감금하고 군 병력으로 국회를 봉쇄했다.

그러자 5월 18일 광주 지역 대학생들은 김대중 석방, 전두환 퇴진, 비상계엄 해제 등의 구호를 외치며 시위를 일으켰다. 신군부는 부마민주항쟁 때처럼 광주의 민주화 요구 시위도 강경 진압하면 잠잠해질 것으로 판단하고, 공수부대 등의 계엄군을 동원해 진압에 나섰다.

5월 18일 16시 이후 광주 시내에 투입된 공수부대원이 운동권 대학생뿐만 아니라 시위에 참여하지 않은 무고한 시민까지 닥치는 대로 살상하는 것을 목격한 광주시민들은 극도로 분노했다. 이에 중장년층뿐만 아니라 10대 청소년까지 거리로 나서 죽음을 무릅쓰고 시위에 참여하게 되면서 5·18 광주민주화운동은 걷잡을 수 없이 도시 전체로 번졌다.

광주 시민들의 격렬한 저항에 부딪힌 계엄군은 5월 21일 13시경 전남대학교와 전남도청 앞에서 집단 발포를 한 후 철수했다. 그리고 일단 이날 저녁 광주시 외곽으로 철수한 계엄군은 광주 외곽도로 봉쇄 작전을 펼쳤으며, 이 과정에서 차량 통행자나 지역 주민들의 희생이 발생했다. 그리고 계엄군은 5월 27일 0시를 기해 시위대를 학살하며 전남도청을 점령함으로써 광주민주화운동을 진압했다.

사망자 166명, 행방불명자 54명, 상이 후유증 사망자 376명, 부상자 3,139명 등에 달하는 엄청난 인명피해가 발생한 한국현대사의 대참사가 일어나고 말았다.

5·17 조치 3일 후인 5월 20일에는 원래 임시국회가 열리기로 공고되어 있었다. 나는 그날 국회로 갔으나 소총에 대검까지 꽂은 병력이 의사당을 봉쇄하고 있었다. 하는 수 없이 우리 신민당 의원들은 국회 건너편에 있었던 의원회관 식당에서 긴급 임시의원총회를 열었다.

"지금 상황에서 우리가 취할 수 있는 방법은 의원직 사퇴밖에 없습니다. 이것만이 국회를 강점하고 출입조차 금지한 저들의 만행에 항거하는 유일한 길입니다."

총재가 연금 상태였기 때문에 나는 부총재로서 의원들을 향해 이렇게 역설했고, 분개한 의원들은 앞다투어 사퇴서를 썼다. 나는 바로 의원들의 사퇴서를 받아들고 황명수 총무와 함께 상도동으로 찾아갔다. 하지만 김영삼 총재가 "나에게 맡겨 달라." 하는 바람에 결론을 내리지 못했다. 그나마 쿠데타 세력이 국회를 해산해 버렸기 때문에 결국 사퇴서를 낸 의원들은 의사표시조차 하지 못하고 말았다.

이렇게 서울의 봄은 너무도 짧게 지나가 버렸다. 그리고 대한민국은 또다시 전례 없는 정치적 암흑기로 내쳐지고 말았다. 유신독재치하보다도 몇 배 악독한 전두환 군사정권 시대로 빠져들었던 것이다.

제6부 양김시대의 독자노선

정통야당의 재건

강제된 정치방학

전두환 보안사령관을 위시한 신군부는 5·17 쿠데타로 정권을 장악하자마자 우리 사회를 극도의 공포 속에 몰아넣으며 자신들의 집권 시나리오를 거침없이 실행에 옮겼다. 1980년 5월 21일 내각 총사퇴, 5월 30일 국가보위비상대책위원회 설치, 8월 4일 삼청계획 발표, 8월 16일 최규하 대통령 하야, 9월 1일 유신헌법에 따른 전두환 제11대 대통령 취임, 10월 27일 제5공화국 헌법 공포 및 국가보위입법회의 설치, 11월 14일 언론통폐합 조치, 1981년 3월 3일 새 헌법에 따른 전두환 제12대 대통령 취임 등의 순서를 거쳐 군사독재정권을 수립했다.

신군부가 가장 먼저 착수한 것은 인위적인 정계개편이었다. 그들은 첫 단계로 3김 씨부터 제거했다. 5월 17일 김대중 씨를 '사회혼란 및 학생과 노조 배후조종 혐의'로 20여 명과 함께 전격 연행한 뒤 소위 '김대중 내란음모 사건'을 조작해 결국 사형선고를 내렸다. 그리고 김영삼 씨를 오전 10시에 가택 연금했고, 김종필 씨는 보안사령부에 감금했다. 다음날인 18일 김종필 씨는 이후락 씨 등 공화당 거물 10여 명과 함께 유신시대의 부정축재자로 발표되었고, 신군부의 협박 앞에 재산을 모두 헌납하고 9월 정계를 은퇴했다. 단 하루 만에 모든 정적들을 제거한 것이다.

그 다음 신군부는 자신들의 집권여당은 물론 야당까지 포함하여 관제정당 조직에 나섰다. 그리고 이를 위한 사전조치로 1980년 11월 5일에 국가보위입법회의가 제정한 〈정치풍토쇄신을 위한 특별조치법〉

을 공포했다. 그리고 이 법에 따라 11월 12일 국가보위입법회의는 정치인 835명을 정치규제 대상자로 발표했다. 이들 가운데 569명이 재심을 청구했고 그 가운데 268명이 구제됐다. 정치인들이 재심을 청구해 규제대상에서 풀린다는 건 5공화국에 대한 협조를 전제로 하는 것이었다. 이로써 신군부는 관제야당 창당의 토대를 마련했다.

이때 정치활동이 금지된 사람 중에는 나를 포함해 3김 씨와 이후락 정일권 백남억 이철승 고흥문 신도환 김재광 이민우 김명윤 이효상 박준규 조윤형 박경원 황낙주 김영배 박용만 김동영 권노갑 김상현 김용환 김현옥 양택식 정대철 최형우 한화갑 김덕룡 한완상 김지하 장을병 문익환 씨 등 정계뿐 아니라 우리 사회 각 부문의 중진인사들이 대거 포함되었다. 한마디로 신군부의 권력기반 구축에 장애가 될 만한 사람들은 제12대 대통령선거와 제11대 국회의원 선거를 앞두고 사전에 모두 제거했던 것이다.

이미 정치규제에 묶일 것으로 예측했던 터라 특별히 놀랄 것도 없었다. 못된 송아지 엉덩이에 뿔난다고 5·16 군사쿠데타를 일으켜 권력을 장악했던 박정희 군사정권의 집권방식을 그대로 답습하던 신군부의 '집권 로드맵'이 훤히 들여다보였기 때문이다.

졸지에 실업자가 되어 1984년 11월 30일 3차 해금으로 정치규제가 풀릴 때까지 4년 반 동안 본의 아니게 정치방학으로 보냈다. 방학이라고 놀기만 할 수는 없는 노릇이라, 나름대로 허송세월하지 않기 위해 적잖은 노력을 기울였다.

이 기간은 우리 정치사에서 유신시절 못지않은 정치적 암흑기였다. 반면에 29세의 나이에 정계에 진출하여 물불 가리지 않고 뛰어다니던 나로서는 차분하게 자신을 돌아보고 힘을 비축할 수 있었던 기회이기도 했다.

실제로 나는 이정식 교수의 초청으로 미국 펜실베이니아 대학에서 1년간 객원연구원 생활을 하며 공부도 할 수 있었고, 〈한국야당사〉를 집필하는 등 제법 충실하게 보냈다. 한때 서예와 수석, 난에 빠지기도 했었는데, 각박하기 그지없는 직업정치인인 내가 이 같은 유현한 취미를 그때 아니었으면 감히 엄두도 내지 못했을 것이다.

〈한국야당사〉 집필은 나에게는 숙제와 같은 작업인 동시에 기자들과의 오랜 약속을 지키는 일이기도 했다. 서른일곱의 나이로 신민당의 사무총장이 되었던 나는 당 살림살이를 점검하는 일부터 시작했었다. 그런데 그때 내가 너무나도 놀란 것은 당에 기록이라고 할 만한 것이 거의 없었다는 점이었다. 물론 이합집산을 거듭해왔던 야당의 사정상 기록을 제대로 보관하고 관리할 여력이 없었을 거란 점은 어느 정도 이해가 되었다. 하지만 당 기관지였던 〈민주전선〉조차도 제대로 남아있지 않은 것을 보고는 기가 막힐 정도였다. 당 기관지라는 것이 원래 당의 정책과 활동을 선전하는 도구이기도 하지만, 그 자체가 가장 기본적인 역사기록물인 것이다. 이런 상태로 훗날 정통야당의 역사는 누가 남길 것이며, 우리 야당의 민주화 투쟁사는 어디에 기록될 것인지 참으로 개탄스러웠다.

나는 기자들과 간담회 자리에서 사무총장으로서 제1사업으로 우리나라 야당사를 정리해 보겠다고 말했던 적이 있다. 그런데 숨 가쁜 정치일정을 소화하느라 정작 사무총장 재임 동안에는 엄두조차 낼 수 없었다. 사무총장을 그만둔 후에 나의 말을 기억하는 기자들 중에는 지키지도 못할 발언을 했다고 비아냥거리는 뒷이야기가 들리기도 했었다.

늘 목에 가시가 걸린 듯 마음에 걸렸었는데, 마침 정치규제 시기에 미국 펜실베이니아 대학으로 떠나기 전 한달 정도의 여유가 있었다. 나는 이때다 싶어 내 비서진 출신 중 언론계와 학계로 나간 몇 명을 불러 모아 특별히 부탁했다. 우선 야당에 관한 신문기사만이라도 다 모아 보자는 것이었다. 내 얘기를 들은 그들은 자신들의 일로 바쁜 중에도 적극적으로 도와줬다. 나중에 미국으로 갈 때쯤엔 라면상자 두 개 정도 분량의 자료가 모였다.

나는 미국에서 공부하는 동안 틈날 때마다 그 자료를 정리했다. 그렇게 하다 보니 시기별 주제별로 웬만큼 정리되었고, 한국에 돌아와서는 집필을 시작할 수 있었다. 물론 내가 전문연구자가 아니다 보니 집필 과정에서 후배들의 도움을 받았기에 가능했던 일이다.

한국 야당과 관련된 자료가 워낙 빈약하고 연구 성과도 그리 많지 않은 관계로 책의 내용이 욕심만큼 충실한 것 같지 않아 늘 아쉬웠다. 그래도 저명한 학자들이나 언론인들이 간혹 〈한국야당사〉의 내용을 논문이나 기사 등에 인용하는 것을 보거나 본인들로부터 많은 참고가 되었다는 얘기를 들을 때마다 뿌듯해진다. 조만간 제대로 된 증보 개정판을 내보고 싶은 욕심은 간절한데 과연 몸이 따라줄지는 모르겠다.

韓國野黨史

5選 野党政治人이 쓴
최초의 정통 野党史!

李基澤 (前 新民黨 副總裁) 著

4版돌입

수없는 이합집산 속에서도 民主化의
외길로 달려온 韓國野党史!
野党의 분열후엔 반드시 長期執權의
어두운 역사가…
현재 무기한 단식투쟁을 벌이고 있는
著者는
이 책에서 무엇을 전하고자 하는가?

투쟁과 수난의 野党 40年 을 집대성한
韓國野党史 는 문민정치의 새시대 개막에
동참하는 민주시민의 필독서！

…그러기에 우리 야당의 부끄러웠던 모습일수록
오늘날「살아있는 과거」로서 우리에게 더욱 큰
교훈과 의미를 주는 것이다. (저자서문)

크라운판 384P
도서출판

한국야당사

해금정국

 정치활동 피규제자들의 정치활동 규제기간은 당초 1988년 6월까지였다. 전두환 정권이 규제기간을 이때까지로 한 것은 저들 나름의 계산이 있었다. 대통령의 임기가 7년이므로 제12대 대통령선거뿐만 아니라 7년 후에 실시될 제13대 대통령선거 때까지도 이들의 정치활동을 못하게 하겠다는 흉계가 숨어있었던 것이다.

 그러나 전두환 정권은 규제조치를 취한 지 2년이 지난 1983년 2월부터 1985년 3월까지 4회에 걸쳐 단계별로 이들의 정치활동을 허용하는 이른바 '해금조치'를 단행하였다. 당시의 정치적 상황이나 국민들의 민주화 열망 등으로 억압정치의 한계를 느끼고 유화정책을 펼친 것이었다.

 이미 전두환 정권은 옛 공화당의 조직을 흡수하여 집권여당인 민주정의당을 만들고, 국가안전기획부 관리 아래 민한당과 국민당이라는 관제야당을 만들어 놓았다. 물론 이른바 '2중대' '3중대'로 불린 민한당과 국민당이 결코 야당 역할을 할 순 없었다. 민한당 부총재였던 신상우 씨가 훗날 회고한 바에 의하면, 국가안전기획부에서 넘겨준 명단대로 공천했을 정도였다니 더 말할 나위도 없을 것이다.

 신군부가 집권당인 민정당 창당을 준비하던 때 내게 창당에 협조해 달라는 회유가 왔던 적이 있다. 아버님이 돌아가셔서 상주였던 어느 날이었다. 전두환 씨의 동생인 전경환 씨가 내게 연락을 해와 효자동의 어느 한정식 집에서 만났다. 자신의 형이 바빠 자기가 대신 왔다고 하면서 제법 내게 예를 갖추더니 창당 작업을 맡아달라는 것이었다. 어이도 없고 나를 어찌 보고 찾아왔는지 불쾌하기가 그지없었다. 나는 바로 일고의 가치도 없다며 거절해 버렸다.

당시 정치규제를 발표한 직후 신군부는 마치 선심이라도 쓰듯 재심 청구 기회를 주겠다며 야당정치인들을 회유하고 농락했다. 나는 애당초 '정치규제'를 인정할 수 없었기 때문에 '재심 청구' 또한 언어도 단이라고 생각했다. 소위 정치규제란 것이 신군부가 자기 앞길에 방해가 될 만한 사람들의 손발을 묶어놓으려고 한 짓인데, 재심 청구란 건 결국 그 만행을 인정한다는 것을 전제하는 행위가 아닐 수 없다. 신민당이 해체되기 전에 나는 재심 청구를 하려는 이민우 총재대행에게 거부하라고 권하기도 했다.

"마지막 선장이 바로 당신입니다. 그러니 신민당이란 배와 함께 침몰하세요. 저도 동반 침몰하겠습니다. 재심 청구는 무슨 재심 청구란 말입니까?"

이민우 씨뿐 아니라 조중연 김동영 의원 등 여러 동료 정치인들에게도 나는 이런 뜻을 피력했었다.

1984년 11월 30일 단행된 제3차 해금으로 신당 창당이 본격화됐다. 김영삼 김대중 씨 지지 세력이 모인 '민주화추진협의회(민추협)'와 이철승 신도환 이충환 김재광 박용만 등 야권의 '비민추협' 중진 정치인들 사이에 새로운 야당을 창당하려는 두 갈래 움직임이 일어났다. 당시 민추협 쪽은 양김 씨가 아직 정치규제 상태였기 때문에 다소 무기력했고, 비민추협 쪽은 해금된 전직 국회의원이 많아서 창당 작업에 활기를 띠었다.

해금 다음 날 나와 함께 해금된 조윤형 정대철 씨가 나를 찾아왔다. 유치송 씨로부터 입당을 약속받았다며 함께 민한당에 입당해 당 체질을 정상적인 야당으로 바꿔보자는 것이었다. 하지만 나는 이미 민한당에는 조금치의 희망도 없다고 판단했다. 관제야당으로 길들여진 민한당의 체질이 쉽사리 개선되기도 어렵거니와 설혹 어떻게 바꾼다 하더라도 이미 '제2중대'라는 국민의 낙인에서 벗어날 수 없었기 때문이었다. 내 눈에는 이미 소멸할 운명에 처한 민한당의 처참한 종말이 환히 내다보였다.

나는 바로 새로운 야당 건설에 뛰어들었다. 당시 나는 민추협 쪽에 참여하지 않았기 때문에 민추협과는 별도로 이철승 김수한 박용만 씨 등을 주로 만나 의견을 주고받았다. 양김 씨가 해금되지 않은 당시 상황으로 봐서 신당 창당에 주도적인 역할을 할 수 있는 사람은 이철승 씨였다. 그는 자신이 주도하여 얼마든지 야당을 창당할 수 있다는 자신감으로 활발히 움직였다. 하지만 이철승 씨에게는 '중도통합론'이라는 분명한 한계가 있었고, 특히 나와는 창당에 대한 근본적인 견해차가 있었다.

이철승 씨는 민추협에서 개별적으로 참여해 오는 사람들은 포용하되 비민추협 중심으로 창당할 생각을 가지고 나에게 협조를 구했지만, 나는 어떠한 난관에 처하더라도 반드시 민추협과 비민추협을 망라한 야당을 만들어야 한다고 주장하였다. 당연한 얘기지만, 그 길만이 전두환 군사독재정권을 저지할 수 있는 강력한 야당을 탄생시키는 길었기 때문이다. 만약 이철승 씨의 구상대로 야당이 만들어진다면, 그건 이미 시대정신에 비추어 아무런 의미가 없는 창당이었다.

"우리가 만들고자 하는 정당은 결코 전두환 정권에 편승하지 않는 강력한 야당이어야 합니다. 이제 선배님도 과감하게 노선의 변화를 모색해야 합니다."

나는 이철승 씨에게 결단을 요구했지만, 끝내 그는 새로운 비전을 제시해 주지 않았다. 나는 결국 나와 뜻을 같이 하는 소장파 인사들과 함께 전두환 정권에 맞설 수 있는 강력한 정통야당을 재건하기 위하여 민추협과 비민추협을 묶어내는 일에 매달렸다.

신한민주당 창당

하루는 강남에서 음식점을 연 후배의 개업식에 참석하고 있었는데, 갑자기 소장파 인사들이 급히 찾는다는 전갈이 왔다. 곧장 약속장소로 달려가 보니 김옥선 이택돈 이택희 김현수 엄영달 씨 등이 모여 뭔가를 숙의하고 있었다. 바로 다음날 이철승 씨 등 비민추협 원로들이 성산회관에 모여 창당발기인대회를 열기로 했다는 소식과 함께 참석여부를 결정하고 행동통일 방향을 의논하자는 것이었다.

깊이 생각하고 말고 할 것도 없었다. 바로 소장파 인사들에게 간곡히 내 생각을 말했다.

"지금 이 시점에서 비민추협 세력이 독자적으로 창당을 서두르게 되면 필연적으로 야권이 분열되고 맙니다. '1중대' '2중대' 식의 정치판을 바꾸기 위해서라도 새로운 야당은 반드시 민추협과 비민추협을 하나로 묶어 창당해야 합니다. 따라서 이 자리에 모인 우리는 가능한 많은 동지를 규합하여 성산회관 모임을 무산시키고 그 대신 우리가 중심이 되어 플라자 호텔에서 따로 모임을 하기로 합시다."

논의 끝에 소장파 인사들이 함께 노력하자고 뜻을 모았다. 일반 국민들이야 그 당시의 일에 대해 잘 알 수 없겠지만, 신당 창당에 있어 참으로 중요한 시점이었다. 성산회관보다 더 많은 세력을 플라자 호텔에 규합해야만 한층 힘 있는 야당의 탄생을 기대할 수 있었다. 결국 다음날 플라자 호텔에는 전직의원 10여명이 모이고 정해영 씨와 박한상 씨가 전화로 동참의사를 전해와 성황을 이룬 반면, 성산회관에는 이철승 신도환 김재광 이충환 씨 등 몇몇만 참석하여 창당발기인대회는 불발로 끝나고 말았다.

나는 우여곡절을 거쳐 민추협과 비민추협을 한데 뭉친 신당을 태동시킬 수 있었다. 마침내 민추협의 이민우 김동영 조연하 김녹영, 비민추협의 송원영 김수한 박용만 노승환 이기택 등으로 창당준비위원회를 구성한 것이다.

시작은 참으로 어려웠지만, 일단 돛을 올리고 난 뒤 창당 과정은 일사천리로 진행되었다. 물리적으로 총선까지 시간이 얼마 남지 않았기 때문에 번갯불에 콩 볶아먹듯이 모든 절차가 속전속결로 이뤄졌다.

특히 발기인대회를 하루 앞둔 1984년 12월 19일 민주한국당의 김현규 정책의장을 비롯해 허경만 서석재 박관용 김찬우 최수환 손정혁 홍사덕 김형래 이정빈 의원 등 현역 국회의원 10명과 전직의원인 김한수 유제연 씨 등이 민주한국당을 탈당해 신한민주당에 참여한다고 밝혀 사기가 충천했다.

12월 20일 서울 동숭동 흥사단 강당에서 창당발기인대회를 개최하고, 12월 22일에는 나를 포함한 8인의 조직책심사특별위원회를 구성했으며, 12월 27일에는 전국 92개의 조직책 신청을 마감했다. 이후 지구당창당대회와 조직책 선정 작업을 병행해 다음해인 1985년 1월 14일에는 92개 전 지역구의 조직책 선정을 완료했고, 1월 17일까지 47개 지구당의 창당을 완료해 1월 18일 창당대회를 개최했다.

사실 창당은 거쳐야 할 절차도 복잡하고 많지만 무엇보다 어려운 점은 그 과정에서 필연적으로 수많은 갈등을 겪어야 한다는 것이다. 그런데, 우리가 신한민주당 창당을 그토록 빠른 시일 내에 큰 말썽 없이 해낼 수 있었던 것은 무엇보다도 하루속히 제대로 된 야당을 세워야겠다는 모두의 절실한 마음 때문이었다. 집권당의 '2중대'인 가짜 야당을 몰아내고 제대로 된 정통야당을 복원해야겠다는, 말하자면 '폐가입진廢假入眞'의 일념으로 나섰던 것이다.

창당대회를 며칠 앞두고 김영삼 씨가 사람을 시켜 만나고 싶다고 하기에 상도동 자택으로 찾아갔던 일이 있었다.

"이 부총재에게 물어볼 게 있소."

그는 심각한 표정으로 말문을 열고 단도직입으로 질문을 던졌다.

"이번 창당대회 때도 총재 경선에 나갈 의향이 있어요?"

나는 김영삼 씨의 표정만 보고도 1979년의 5·30 전당대회를 염두에 두고 하는 말이라는 걸 직감적으로 알 수 있었다. 나는 솔직하게 내 심정을 털어놓았다.

"지금 우리는 정통야당을 복원시키는 일을 하고 있습니다. 나는 지금까지 창당 준비과정에서 누구 못지않게 열성을 쏟아왔다고 생각합

신한민주당 창당대회

니다. 나라고 어찌 총재 경선에 나서고 싶은 마음이 없겠습니까? 다만 나보다 더 훌륭한 분이 있다면 이처럼 어려울 때 그분을 중심으로 당을 만들어야지요."

그러자 그는 내 손을 덥석 잡더니 금세 환하게 웃는 특유의 표정으로 바뀌었다.

"정말 고맙소. 이번에는 부총재를 맡으시고, 총재 경선에는 나서지 않는 것이 좋겠소."

그리곤 김대중 씨와도 합의가 됐다면서 총재를 이민우 씨로 하면 어떻겠냐고 물었다. 나로선 특별히 반대할 까닭이 없었다. 어차피 총재라기보다 양김 씨가 합의한 대리인 또는 관리자에 불과한데 굳이 그럴 필요도 없었고, 사실 내게 그럴 여지도 없었다. 어쩌면 김영삼 씨가 나를 미리 불러서 다짐을 둔 까닭도 '대리인'으로서는 불편하고 부적합한 나를 다독거리는 절차에 불과했었는지도 모른다.

2·12 총선 돌풍

1985년 1월 18일 이민우 총재 체제로 신한민

주당을 출범시키고 나니 제12대 총선거가 불과 25일 앞으로 다가와 있었다. 창당 과정에서 민정당이 온갖 방해를 했던 것은 말할 것도 없다. 그래서 사실상 선거체제를 갖추기 힘들 정도로 정식출범이 늦어지는 바람에 시간이 턱없이 부족했다.

100미터 달리기로 비유하자면, 야당은 아직 출발선에 정열도 하지 않은 상태에서 여당은 이미 50미터쯤 달려나가고 있었다. 출발선까지 간신히 오느라 진이 다 빠졌는데 운동화조차 제대로 꿰어 신지 못한 상황에서 출발을 알리는 총성이 울려 퍼진 셈이었다.

우리 신민당은 직선제 개헌, '집회 및 시위에 관한 법률' 등 각종 악법의 개폐, 정치범 전면 석방, 해고 근로자 복직, 지방자치제의 즉각 실시, 국정감사권 부활, 언론관계 악법 개정, 노동3권 보장 등 민생문제와 외채문제, 의회정치 구현에 초점을 맞춘 주요공약을 내세워 총선에 임했다.

선거 종반인 1985년 2월 초순 그동안 미국에 머무르고 있던 김대중 씨가 귀국했다. 당시 김대중 씨는 전두환 정부의 출범 초기 내란음모죄 등으로 징역 20년 형이 확정돼 청주교도소에서 복역하다가, 1982년 12월 23일 형집행정지 처분을 받고 신병치료차 미국으로 출국했었다. 그동안 김대중 씨는 미국 정부를 통해 귀국의사를 타진했으나 전두환 정부는 그가 귀국할 경우 재수감하겠다며 귀국을 사실상 불허했었다. 그러다 전두환 정부가 입장을 바꾸어 귀국하더라도 재수감하지 않을 방침이라고 발표함으로써 2월 8일 김대중 씨가 귀국할 수 있었다. 당시 김대중 씨의 귀국이 신당 바람을 확산시키는 데 큰 도움이 됐던 것은 사실이다.

한편 당의 공천심사위원을 맡기도 했던 나는 그동안 네 번씩 당선되었던 부산 동래 지역구를 박관용 의원에게 양보하고 남·해운대에서 출마했다. 내가 정치규제에 묶였던 11대 총선에서 부산 동래에 출마하여 처음 당선된 그를 새로운 지역으로 밀어낼 수 없었다. 더구나 박관용 의원은 나와 중학교 때부터 친하게 지내왔고 대한민주청년회 활동도 같이 했으며, 초선의원 시절 나의 보좌관을 시작으로 정치에 입문한 사람이다. 나로서는 정치 도의적으로 당연한 결정이라 여기고 대수롭지 않게 생각했는데, 당내에서나 언론 등에서는 꽤나 신선한 충격으로 받아들였던 기억이 남아 있다. 하긴 정치인이 자신의 밥그릇이나 다름없는 지역구를 그 누구에게라도 넘겨주는건 결코 쉬운 일이 아니었으니.

사실 신한민주당의 선거 전망은 그리 밝지 않았었다. 언론은 물론이고 정보기관들도 신민당이 원내교섭단체를 이룰 수 있는 최소 의석인 20석도 채우지 못할 것으로 전망했다. 더구나 당시에는 중선거구제 방식으로 국회의원을 선출했기 때문에 민정당은 가장 취약하다는 호남 지역에서도 2위 당선을 통해 의석을 상당수 확보할 수 있었으며, 여기다가 지역구 제1당에 전국구 의석의 2/3를 몰아주는 부당한 당시 선거법으로 여당의 과반수는 기정사실이었다.

그러나 제12대 국회의원 선거를 마치고 뚜껑을 열어보니 신한민주당은 세간의 예상을 뒤집고 엄청난 돌풍을 일으켰다. 지역구 50석에 전국구 17석을 확보하면서 일약 제 1야당으로 급부상했다. 특히 낙선할 것으로 예상하였던 이민우 총재는 2위로 당선되었으며 그 외 서울, 부산, 대구 등의 대도시 지역에서 민정당을 제치고 제1당이 되는 압승을 거뒀다. 이는 우리 신한민주당조차 예상을 뛰어넘는 의석수에 어리둥절할 정도로, 혁명적이라고 할 만한 결과였다.

선거 결과는 그야말로 엄청난 후폭풍을 몰고 왔다. 지역구 득표율을 종합해보면 신한민주당 29.3%, 민주한국당 19.7%로, 두 야당만 합쳐도 무려 49%로 민주정의당의 35.2%를 한참 앞서는 수치였다. 만약 그 당시 선거법이 비례대표를 지역구 득표율에 따라 고르게 배분하는 정상적인 것이었다면, 신한민주당과 민주한국당 의석수의 합이 120석이고, 민주정의당의 의석은 119석으로 사상 초유의 '여소야대' 정국이 탄생할 수도 있었다.

아마도 이런 결과에 집권여당이 가장 크게 놀랐을 것이다. 애초에 그들의 구상은 야권을 분열시켜 관제야당의 성격이 짙은 '제4중대' 신당 창당을 유도하는 것이었다고 한다. 하지만 민추협과 비민추협을 묶어 강력한 야당을 탄생시키는 바람에 그들의 정국 구도가 엉망이 되어버린 셈이었다.

실제로 총선 결과를 보고받은 전두환 대통령이 그 날로 노신영 안기부장을 경질했을 만큼 극도로 진노했다고 한다. 또한 전두환 정권은 민심이 심상치 않다고 판단하고 김영삼 씨와 김대중 씨를 비롯한 정치규제 인사들을 대거 해금시키는 등의 유화적인 제스처를 취해야만 했다.

그런데 그 불똥이 내게로 튀었다. 전두환 정권은 선거결과에 대한 분풀이의 대상으로 민추협과 비민추협의 규합에 결정적 역할을 한 나를 지목하여 매형이 경영하는 '태광'에 세무사찰의 칼을 뽑아들었다. 결국 '태광'은 탈세 혐의로 수난을 겪었고, 매형과 회사 간부들까지 엄청난 고초를 당했다. 한두 번도 아니고 툭하면 '태광'이 애꿎은 뭇매를 얻어맞으니 나는 매형과 누님 앞에서는 차마 고개를 들지 못할 지경이었다.

한편 선거가 끝난 지 보름 후인 1985년 2월 17일 민주한국당 유치송 총재가 선거패배의 책임을 지고 총재직을 사퇴했고, 3월 30일에는 선거대책본부장이었던 조윤형이 새 총재로 선출됐다. 그러나 4월 3일과 4일 양일 사이에 당선인 32명이 집단으로 탈당해 이 중 유준상 목요상 유한열씨 등 30명은 신한민주당에 입당했고 조병봉 김완태 씨는 한국국민당에 입당했다.

결국 신한민주당은 1985년 5월 13일 제12대 국회개원 전까지 민주한국당의 탈당자 30명과 한국국민당에서 탈당한 김득수 씨 등 3명, 신정사회당에서 탈당한 김봉호 씨, 신민주당에서 탈당한 유갑종 씨 무소속 김현규 씨 등 36명을 영입해 총 103명의 국회의원을 가진 사상 초유의 거대야당이 됐다. 이에 따라 제12대 국회는 사실상 민주정의당과 신한민주당의 양당체제로 출발하게 됐다.

〈논어〉 '안연' 편에 '풀 위에 바람이 불면 풀은 반드시 눕는다. 하지만 바람 속에서도 풀이 다시 일어서는 것을 누가 알랴 草上之風必偃 誰知風中草復立'라는 글이 나온다. 2·12 총선에서 신한민주당 돌풍을 일으킨 민심이 바로 이런 게 아니었을까 생각한다. 전두환 군사정권 의 폭압에 국민은 바짝 엎드려 숨죽이고 있었지만, 이미 그 안에선 민 주화를 향한 절실한 열망이 무르익어 세상을 휩쓸 무서운 돌풍이 생 겨나고 있었다.

지금 돌이켜봐도 참으로 감격스러웠다. '민심이 천심'이란 말을 더할 수 없이 실감했던 그 감동은 내가 정통야당의 부총재를 세 번째 로 역임하게 되었고 5선 의원이 되었다는 개인적인 기쁨을 훨씬 능가 하는 것이었다. 집안이 겪어야 할 고초에도 불구하고, 나의 선배이자 인연이 남다른 이철승 씨와 불편한 관계가 되는 것을 마다하고 끝까 지 고집을 피워 민추협과 비민추협을 통합해 신한민주당을 창당하는 데 온갖 노력을 기울였던 나는 그 결과로 민심의 위대한 승리를 목격 하게 되어 더할 나위 없이 가슴 벅찼다. 이런 게 바로 정치하는 사람 의 유일한 보람이자 보답이고 기쁨이 아닐까 싶다.

직선제 개헌 투쟁

부산에서 개헌 투쟁의 봉화를 올리다

신민당은 2·12 총선 돌풍을 통해 명실상부한 제1야당으로 부상하여 신군부의 각본에 의한 2중대, 3중대 식의 정치판을 일거에 뒤엎어버렸다. 그 결과 전두환 정권으로부터 3월 6일의 마지막 해금조치를 받아내어 김영삼 씨와 김대중 씨를 정치일선으로 복귀시켰다.

이를 바탕으로 유신시대 통일주체국민회의와 다를 바 없는 선거인단에 의한 대통령 간선제를 직선제로 바꾸기 위한 개헌투쟁에 돌입했다. '대통령 직선제 개헌'은 민주화를 위해 가장 먼저 돌파해야 할 목표이자 제1의 정치이슈였다.

당력을 총동원한 거당적인 체제로 서울 이민우, 부산 이기택, 대구·경북 김수한, 전남·광주 이중재, 강원 김동영, 경남 최형우 등 지역별로 핵심지도부가 책임을 맡고 개헌투쟁에 총력을 기울일 태세를 갖추었다. 하지만 모두들 내심으론 제대로 행사를 치를 수 있을지 불안해했다. 전두환 정권 등장 이후 처음 시도하는 야당 집회인지라, 전두환 정권이 어떻게 나올 것인지, 과연 행사에 시민들이 얼마나 참여할는지 가늠하기 어려웠기 때문이다. 당시는 공포정치 하의 살얼음판 같은 엄혹한 시절이었고, 특히 언론통제가 이뤄지는 상황에서 야당의 행사가 국민에게 제대로 보도되지 않는 상황이었다. 아무튼 2·12 총선으로 궁지에 몰린 전두환 정권이 더 이상은 절대로 밀리지 않으려할 것은 명약관화했다.

1986년 3월 11일의 개헌추진위원회 서울지부 결성대회를 시발로 전국 주요도시에서 '개헌현판식 대회'로 일컬어진 대중 집회를 잇달아 개최해 나갔다. 그러나 개헌현판식은 처음부터 순조롭지 못했다. 대학로의 흥사단에서 열린 서울대회가 경찰의 집중적인 방해와 제지를 받아 현판식 행사도 제대로 치르지 못한 것은 물론이고 당사(종로 4가)까지의 거리행진 계획도 무산되고 말았다.

이렇게 되자 다음 대회를 치르겠다고 나서는 사람이 아무도 없었다. 두 번째 집회마저 실패할 경우 개헌투쟁의 추진력을 잃게 될 텐데, 누구라도 나서기가 쉽지 않은 건 사실이었다. 하지만 어떤 대가를 치르더라도 개헌현판식 대회는 반드시 치러야만 했다. 어차피 누구라도 나서야 하는데, 내가 먼저 나서기로 결심했다.

"부산에서 다음 대회를 개최하겠습니다."

내가 자청하고 나서자 다들 놀라는 표정과 함께 내심 안도의 숨을 내쉬는 기색이었다. 나라고 불안하지 않았던 것은 아니지만, 깨질 때 깨지더라도 일단 부딪혀보기로 했다. 어떻게든 개헌의 불기둥을 일으켜야만 민주화의 길목이 열리는데 이것저것 재보며 좌고우면할 수는 없는 노릇이었다.

나는 당시 부산에서 인파가 가장 많이 몰리는 서면의 대한극장을 대회장으로 정했다. 극장 측에서 야당 행사를 받아줄리 만무하니 행사내용을 속이고 계약해야만 했다. 행사계획을 확정한 후 자금을 마련하여 측근인 손태인 국장 (그 후 제16대 국회의원 역임)을 즉각 부산으로 내려 보냈다. 그는 나를 대신하여 현지 당원들과 함께 개헌의 필요성과 부산 시민의 동참을 호소하는 전단 수십만 장을 만들어 뿌리는 등 필사의 노력을 기울였다. 어떤 불상사가 일어날지도 모르는 판이었는데 당원들이 정말로 물불 안 가리고 몸을 던졌다.

드디어 1986년 3월 23일 부산 개헌현판식 대회가 열렸다. 중앙당에서 김영삼 상임고문, 이민우 총재 등을 비롯한 의원들이 참석했고, 전국의 당원들이 버스를 대절해 대거 참석했다. 행사 시작 전부터 분위기가 심상치 않았다. 대회장인 서면 대한극장 주변으로 일찌감치 인

1986. 3. 23 부산개헌 서명운동

파가 몰려들기 시작했다. 그러다 대회가 시작될 무렵엔 무려 10만을 헤아리는 인파가 행사장 안팎에 운집했다. 그야말로 깜짝 놀랄 만한 숫자였다. 전두환 독재정권이 들어선 이후 최대의 인파가 몰려든 것이었다. 그리고 특기할 것은 그 날 처음으로 재야 운동권과 학생들이 야당 행사에 참여하기 시작했다는 것이다.

시민들의 목소리는 한결같이 '군부독재 타도! 민주정부 수립! 직선제 개헌!' 이었다. 나는 행여나 하는 불안감을 말끔히 씻어준 그 웅장한 함성에 귀를 기울이면서 부산대회의 성공, 아니 개헌 투쟁 전체의 승리를 예감할 수 있었다.

이렇듯 부산대회는 개헌 투쟁의 한 획을 긋는 쾌거였다. 부산에서의 성공은 광주, 대구, 대전으로 요원의 불길처럼 번져나갔다. 이듬해의 6월항쟁도 결국 부산 개헌현판식 대회에서 불씨가 마련되었던 것이라 해도 과언은 아닐 것이다.

그러다 5월 3일 인천 개헌현판식 대회에서 예기치 않았던 사태가 발생하여 정국에 엄청난 파장을 일으켰다. 인천 및 경기지부 결성대회가 열릴 예정이던 인천시민회관에 재야운동권과 학생들이 대회 시작 전부터 몰려들어 격렬한 시위를 벌였고, 이에 따른 경찰 투입으로 대회는 당 지도부가 대회장으로 입장하지도 못한 채 무산되었다. 이후 시위대와 경찰 사이에는 시가전을 방불할 정도로 일대격전이 벌어졌다. 또한 시위대의 구호와 유인물에 반미·반핵·해방 등 매우 과격한 주장이 담겨있어 충격을 주었다.

이른바 '5·3 인천사태'가 발생한 배경에는 우리 야당과 일부 재야 운동권 간의 이념적 갈등이 상당 부분 작용했다고 할 수 있다. 인천 개헌현판식 대회 며칠 전인 4월 28일 전방 입소훈련 거부투쟁 과정에서 서울대생 김세진 군과 이재호 군이 분신하는 사태가 발생하자, 그 다음날 신민당의 이민우 총재, 민추협의 김대중 공동의장, 민통련의 문익환 의장이 야권 공동기구 회의를 열고 학생들의 좌경 과격 주장을 지지하지 못한다고 선언했다. 이에 분개한 재야운동권 세력이 인천 개헌 현판식 대회장을 점거하고 이른바 '해방공간'으로 삼았던 것이다.

다음날 마치 기다렸다는 듯이 전두환 정권의 반격이 시작됐다. 텔레비전은 불타는 민정당사와 경찰차, 난장판이 된 시민회관 주변 장면들을 연이어 방영하며 시위의 폭력성을 부각했다. 경찰은 이번 시위가 좌경폭력세력에 의한 난동이라고 몰아갔다. 검찰은 소요죄를 적용해 129명을 구속했고 60여명을 수배했다. 이어서 재야운동권에 대한 대대적인 탄압이 가해졌음은 물론이다.

한편 '5·3 인천사태'에서 보인 반미투쟁 양상에 큰 충격을 받은 미국은 신민당의 직선제 개헌운동이 반미 세력이 부상하는 데 이용되고 있다고 우려했다. 이에 미국은 '5·3 인천사태' 나흘 뒤인 5월 7일 슐츠 국무장관을 한국에 급파하여 이민우 총재와 회동케 했다. 슐츠 국무장관은 이민우 총재에게 직선제 개헌을 포기하고 내각제로의 합의개헌에 응할 것을 종용하였다. 그리고 그로부터 얼마 뒤인 5월 17일, 이민우 총재는 미국으로 가 미행정부의 한국 관계 요인들을 두루 만났다. 이러한 과정을 거쳐 이민우 총재는 미국의 제안을 수용하고 말았다.

하지만 이 사실들은 나중에 알려진 것들이고, 당시에는 직선제 개헌운동이 전국적으로 확산되고 있어 이민우 총재의 움직임을 주목하는 사람은 당 안팎 어디에도 거의 없었다.

'이민우 파동'

1986년 6월 24일 국회에 '헌법개정특별위원회'가 구성되었다. 2·12 총선과 개헌현판식 대회로 국민의 지지를 확인한 신민당은 줄기차게 직선제 개헌을 주장한 반면, 민정당은 의원내각제를 들고나와 별다른 진전 없이 공방을 계속했다.

그나마 여야 간 개헌논의는 8월로 접어들면서 '학원안정법'이 터져나와 정국이 경색되는 바람에 소강상태로 접어들고 말았다. '학원안정법'은 여당의원들조차 부당성을 지적할 정도로 악법이었다. 그 사이에도 '부천경찰서 성고문 사건'과 10월의 건국대생 농성에 대한 정부의 초강경 대응 때문에 정국은 한층 어수선해졌다.

그러다 1986년 12월 24일 이민우 총재가 송년기자간담회에서 난데없이 7개항의 민주화 조치가 선행되면 내각제 개헌을 받아들일 수 있다는, 이른바 '이민우 구상'으로도 불리게 되는 '선민주화론'을 발표했다. 이민우 총재가 제시한 7개항의 민주화 조치는 지방자치제 실시, 언론 및 집회 결사의 자유 등 기본권 보장, 공무원의 정치적 중립, 2개 이상의 건전한 정당제도 확립보장, 공정한 국회의원선거법, 용공분자를 제외한 구속자 석방, 사면복권 등이었다.

이에 대해 양김 씨는 직선제 개헌 당론은 어떠한 경우에도 변할 수 없다며 이민우 총재의 '선민주화론'을 강력히 비난했다. 이민우 총재는 당무를 거부하고 온양으로 잠적하는 등 잠시 반발했지만 결국 1월 15일 김영삼 씨와 회담을 한 후 자신의 구상을 일단 철회했다.

이민우 총재와 양김 씨 간 대립은 표면적으로 '이민우 구상' 때문으로 보이지만, 내가 보기에는 그보다 더 큰 다른 이유가 있었다. 신한민주당 창당부터 이민우 씨는 양김 씨의 대리인으로서 총재 자리를 지켜왔었다. 그런데 1986년 하반기에 접어들면서 김영삼 씨의 측근 세력인 상도동계 의원들이 개헌정국을 타개하기 위해서는 실세인 김영삼 상임고문을 총재로 추대해야 한다는 움직임을 보이기 시작했고, 이에 대한 반발로 이른바 '이민우 구상'이 나타났던 것이라고 볼 수 있다.

따라서 '선민주화론'이 일단 철회는 되었지만 김영삼 씨가 당 총재가 되려고 하는 한 언제든지 다시 불거질 수 있는 문제였다. 결국 한 달도 채 지나지 않아 일이 터졌다.

1987년 2월 13일 양김 씨는 공동기자회견을 갖고 개헌정국을 타개하기 위해 전두환 대통령에게 자신들과의 실세대화를 촉구하고, 대통령중심제와 내각책임제의 두 개헌안을 국민투표에 부치자는 이른바 '선택적 국민투표'를 제의했다. 그리고 이날 양김 씨는 실세회담 대상에 이민우 총재를 제외함으로써 자신들이 실세임을 과시했다. 이어 양김 씨는 다시 만나 1987년 5월 개최예정인 정기전당대회에서 김영삼 상임고문을 총재로 추대하고, 이민우 총재를 퇴진시키기로 결정한 것으로 알려졌다.

그러자 이민우 총재는 다시 '선민주화론'을 제기했다. 3월 2일부터 시작된 지구당개편대회에서 이민우 총재가 계속 자신의 '선민주화론'을 주장하자, 양김 씨는 3월 10일 지구당개편대회 불참을 선언해 버렸다.

한편 이 과정에서 이철승 의원을 비롯한 김재광 이택희 이택돈 등 8명의 의원이 '비주류연합'이라는 모임을 결성해 '이민우 구상' 지지와 양김 씨의 당 운영간섭을 배제하는 입장을 밝혀 당 내분이 더욱 복잡해졌다. 특히 이철승 씨는 기자회견에서 양김 씨가 제의한 선택적 국민투표를 반대하고 내각책임제 개헌을 지지한다고 밝혀 양김 씨에게 정면으로 도전했다.

신한민주당이 2월 23일 이철승 의원을 해당 행위자로 규정하고 당 기위원회에 제소해 징계하기로 결정하자 이철승 의원의 지역구인 전주지구당 당원 200여 명이 신한민주당 중앙당사에 들어와 징계결정 철회를 요구하며 농성을 벌이기도 했다.

나는 원래 내각제 개헌을 반대하는 입장이었기 때문에 가급적 중립을 지키며 당 내분 사태를 지켜보고만 있었다. 그런데 양김 씨가 지구당개편대회 불참선언을 하는 것을 보고는 심하게 말해 역겨울 정도로 분노가 치밀었다. 아무리 양김 씨가 당의 실세라곤 하지만, 그들도 당원의 한 사람일진대 당을 마치 제 주머니 속의 물건처럼 마음대로 하는 꼴을 도저히 봐줄 수가 없었다. 나는 3월 11일 "신한민주당은 특정인의 정당이 아니라 국민이 만든 국민정당"이라며 양김 씨를 공개적으로 비난하고 나섰다.

신한민주당 분당 사태

당내 혼란이 가라앉지 않자 양김 씨 추종 세력들은 1987년 3월 12일 각각 계보모임을 갖고 '이민우 구상' 배격과 양김 씨의 지도노선을 지지하는 서명을 받아 최악의 경우 분당하겠다며 이민우 총재를 압박했다. 이날 서명에는 신한민주당 의원 90명 중 70명이 참여했다. 이에 이민우 총재가 물러서 3월 17일 김영삼 씨와 다시 회동을 하고 대통령 직선제 개헌 당론 불변과 자신의 '선민주화론'은 내각제 전제조건이 아니라고 하는 등 4개항에 합의해 내분이 다시 수습되는 듯했다. 그러나 어느 쪽을 둘러보아도 신민당은 이미 '깨진' 독이나 다름없었다.

아니나 다를까, 며칠 뒤인 1987년 3월 23일 양김 씨가 회동 후 당의 공식기구와는 별도로 개헌추진과 당무운영을 협의하기 위해 양측 중진 3명씩으로 '6인 소위원회' (상도동계 최형우 박용만 김동영 동교동계 이중재 이용희 김영배)를 구성했다고 밝히자 비주류 의원들이 당권장악을 위한 쿠데타라며 거세게 반발해 당 내분은 수습 불가 상태로 치달았다.

결국 1987년 4월 8일 양김 씨는 신한민주당 소속 국회의원 90명 중 자신들을 지지하는 74명의 국회의원을 탈당하게 한 후 새로운 정당을 창당하겠다고 선언했다.

아무튼 나는 부총재로서 마지막까지 분당을 막기 위해 모든 노력을 기울였다. 오로지 민주화에 대한 국민의 열망을 배신할 수 없다는 생각으로 이 총재와 양김 씨를 설득해보려 했지만, 어느 쪽도 나의 간곡한 요구에 귀를 기울여주지 않았다. 결국 분당은 피할 수 없는 현실로 성큼 다가와 버렸고, 나는 시대의 엄중한 요구에 따라 그토록 공들여 창당했던 신민당이 와해된다는 사실에 실망을 감출 수가 없었다.

"정당은 결코 주식회사가 아니오. 나는 대주주끼리 나눠 먹기식으로 운영하는 정당에는 참여하지 않겠소."

통일민주당 동참을 제의해 왔지만, 나는 한마디로 거절해 버렸다.

철저한 사당 구조를 가진 통일민주당은 맨 위부터 말단 당직까지 50대 50의 원칙으로 배분하는 식으로 양김의 지분을 따졌다. 민주화를 부르짖는 사람들이 만든 정당치고는 너무나 낯 두꺼울 정도로 비민주적인 구조였다. 이처럼 나눠먹기식으로 지분을 따지면서 비민주적으로 추진된 통일민주당의 창당 자체가 바로 1987년 대선에서 양김이 분열하는 불행을 잉태하고 있었다.

나는 1987년 4월 9일 내가 이끌고 있던 민주사상연구회 사무실에서 기자회견을 열고 신민당 탈당과 신당 불참을 공식적으로 발표했다.

이 길이 최선의 길이 아니라는 점을 나 자신 누구보다도 잘 알지만, 나는 잠시 사라졌다가 머지않은 장래에 다가올 민간정치 시대를 대비하는 진보적 보수주의의 기치를 높이 들고 다시 나타날 것이다.

내가 통일민주당에 불참키로 결심을 굳히자 민사회 소속의 장충준 반형식 정재문 박관용 의원 등이 나와 행동을 같이하기로 약속했다.

무소속 선언 후 어떤 언론과의 인터뷰에서 "신민당을 떠나면서도 왜 신당에는 안 가는가?"라는 질문에 나는 이렇게 밝힌 바 있다.

"분당으로 신민당을 침몰시키고 개헌 투쟁의 막바지 고비를 창당이나 하는 시기로 삼는 것은 결코 구국대도의 길이 아니라고 확신한다. 신당에 가서 내가 무슨 역할을 할 수 있을 것인지 곰곰 생각해 보았지만 아무것도 찾지 못했다. 1백만 당원에게 복종만 강요하는 정당이라면 민주정당이라 할 수 있는가?"

그렇게 해서 나는 통합민주당이 창당되던 날 전두환 정권이 야권의 개헌요구를 묵살하는 4·13 호헌조치를 발표하자 여기에 맞서서 보름

동안 나 홀로 외로운 단식투쟁을 벌이게 되었다.

솔직히 그 당시 나는 무척이나 외롭고 힘들었다. 정치를 그만두면 모를까 혼자 남아 할 수 있는 게 아무것도 없다는 것을 모르는 것도 아니었다. 주변 사람들이 이번엔 못 본 척 모르는 척 눈 감고 통일민주당에 합류하자고 하는 얘기에 마음이 동했던 것도 사실이다. 하지만 도저히 양김 씨의 독선과 횡포에 굴복할 수가 없었다. 나중에 뼈저리게 후회를 하게 된다 하더라도, 적당히 고개 숙이지 못하는 것이 원래 내가 생겨먹은 모습인데 어쩌겠는가.

호헌철폐!
독재퇴진!

李基澤 会長
斷食鬪爭中

6월항쟁과 양김 분열

보름간의 단식투쟁

1987년 4월 13일, 전두환 대통령은 '특별담화'를 발표했다.

이제 본인은 임기 중 개헌이 불가능하다고 판단하고 현행 헌법에 따라 내년 2월 25일 본인의 임기 만료와 더불어 후임자에게 정부를 이양할 것을 천명하는 바입니다. 이와 함께 본인은 평화적인 정부 이양과 서울올림픽이라는 양대 국가 대사를 성공적으로 치르기 위해서 국론을 분열시키고 국력을 낭비하는 소모적인 개헌 논의를 지양할 것을 선언합니다.

이른바 '4·13 호헌조치'였다. 그 다음날 김성기 법무부장관은 전국 검찰에 개헌논의를 내건 불법행동이나 책동을 엄단하라는 지시를 내렸고, 정호용 내무부장관도 경찰에 시위나 집회를 강력하게 저지하라는 지시를 내렸다.

참으로 국민과 야당을 우습게 아는, 오만방자한 폭거였다. 국회에 개헌특위가 설치되어 논의 중임에도 불구하고 제 뜻대로 되지 않는다고 아예 판을 뒤집어 엎어버린 것이었다. 그런데 행태적인 측면만 본다면 공당인 신민당이 제 뜻대로 움직여주지 않는다고 분당 사태를 일으켜 엎어버린 양김 씨의 행위도 별반 다를 게 없었다. 아무튼 분열로 인해 전열이 흐트러진 야당을 만만히 보고 전두환 정권이 밀어붙였던 것만은 틀림없다.

결국 개헌 논의는 물 건너 가버렸다. 양김 씨가 이끄는 통일민주당은 '4·13 호헌조치'에 조금도 유의미한 대처를 하지 못했다. 또다시 가만히 앉아서 '체육관 대통령'의 탄생을 지켜봐야만 할 판이었다.

기가 막혔지만 내가 할 수 있는 일은 없었다. 당이 없으니 이렇게 해보자 저렇게 해보자 말이라도 해볼 데가 없었다. 언론이든 누구든 제 한 몸뿐인 무소속 국회의원의 말에 귀 기울일 리도 없었다. 그렇다고 5선의 중진정치인이 이와 같은 국가적 재앙 앞에서 침묵하고 있을 수만은 없었다. 말할 데도 없고 말을 해도 들어줄 사람 없으니 내 몸을 던져서라도 내 생각을 표현할 수밖에 없었다.

나는 다음과 같은 성명을 발표하고 민주사상연구회 사무실에서 '4·13 호헌조치 철폐'를 요구하는 무기한 단식투쟁에 돌입했다.

국민 누구도 납득할 수 없는 논리를 내세워 하루아침에 반역사적인 호헌으로 돌아선 전두환 정권의 만행에 항거하기 위하여 오늘부터 나는 단식에 들어가기로 했다.

나는 원래 천성적으로 극단적인 행동을 싫어한다. 어떻게든 합리적인 결론에 이르도록 애를 쓰고, 마지막 순간까지 대화를 포기하지 않으려고 한다. 그래서 1983년 김영삼 씨가 단식투쟁을 할 때는 적극적으로 만류하기도 했다. 그런 내가 단식투쟁을 하게 되었던 것이다. 그 방법밖에 없었다. 참으로 참담한 심경이었다.

밥을 굶는다는 것이 상상을 초월할 만큼 고통스러웠다. 배고프다는 생각이야 며칠 지나자 없어졌지만, 그 대신 온몸의 신경이 곤두섰다. 민사회 사무실 위치가 음식점이 즐비하게 늘어서 있는 광화문 사거리 뒷길이라, 새벽이면 날카로운 쥐 소리가 마치 내 영혼을 갉아먹는 듯한 느낌에 잠을 이룰 수가 없었다. 근처 음식점에서 새어나오는 음식 냄새가 처음 며칠간은 그토록 구수하더니 사오일 지나서부터는 견딜 수 없는 악취로 느껴졌다. 나를 위문하러 온 사람에게서 나는 음식 냄새를 참을 수 없어 본의 아니게 외면했었던 적도 있을 정도였다.

단식투쟁 돌입 후 일주일 정도 지나자, 이렇게 사람이 죽는 거구나 하는 실감이 들었다. 그리고 그제야 단식을 투쟁의 수단으로 삼는 사람들의 심정을 이해할 수 있었다. 한마디로 죽음을 겪는 것이다. 도저히 살아 있는 상태로는 주장을 펼 수도 요구를 할 수도 없으니, 그 길이 사방 모두 벽에 막혀 있으니, 마지막으로 죽음으로서 주장하고 요구하는 것이다.

세상에 제대로 알려지지도 않은 나의 단식투쟁이 6월항쟁이나 6·29 선언에 어떤 영향을 주었으리라곤 털끝만큼도 생각하지 않는다. 하지만 이런 생각은 든다. 죽음의 문턱에 다가설 만큼 간절한 염원들이 모이고 모여 하늘을 움직였으리라고. 세상의 발전과 변화는 결국 이렇듯 간절한 염원들로 인해 이뤄지는 게 아닐까 하고.

4·13 호헌조치 철회 촉구 단식투쟁

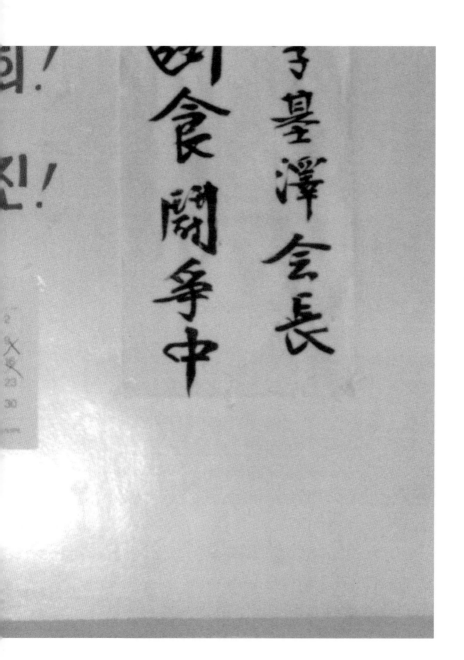

6월항쟁

1987년 5월 18일, 천주교정의구현전국사제단의 공식성명을 통해 박종철 고문치사사건이 조작 및 은폐되었다는 사실이 밝혀지면서 국민의 분노는 전국으로 급속히 확산되었다. 이에 민주헌법쟁취국민운동본부는 6월 10일 '박종철군 고문살인 조작은폐규탄 및 호헌철폐 국민대회'를 전국적으로 개최하기에 이르렀다.

6월 10일의 국민대회는 서울을 비롯한 전국 22개 주요 도시에서 약 24만 명의 학생과 시민들이 참여한 가운데 동시다발적으로 진행되었다. 하루 전날인 6월 9일 연세대학교 학생 이한열 군이 학교 앞 시위 중 경찰이 쏜 최루탄에 맞아 중태(7월 5일 사망)에 빠진 사건으로 시위대의 분위기는 몹시 격앙되었다. 이날 경찰은 6만여 명의 병력을 투입했지만, 전국 각지에서 동시에 벌어지는 시위를 막기에는 역부족이었다. 이후 전국의 거의 모든 지역에서 산발적인 야간시위와 철야농성으로 이어지면서 투쟁이 지속되었다.

이날 민주정의당은 잠실체육관에서 전당대회를 열고 노태우 씨를 차기 대통령후보로 선출했지만, 대부분의 국민은 관심조차 기울이지 않았다.

국민운동본부는 6월 18일을 '최루탄 추방의 날'로 선포하고 동시다발적으로 대회를 열었다. 전국 16개 도시 247곳에서 일제히 시작된 이 대회에는 150여만 명의 인파가 몰리며 대대적인 시위가 벌어졌다.

이날 저녁에 전국적으로 비상계엄령이 내려진다는 설이 돌았다. 실제로 부산에서 40만 인파의 대규모 시위로 경찰이 진압을 포기할 지경에 이르자 53사단 등 부산 주둔 3개 사단에 한때 출동명령이 떨어졌다고 한다.

6월항쟁 기간 나는 단식을 끝낸 후 건강이 회복되지 않아 집에 머물고 있었다. 그러면서도 부산 해운대에서 벌어질 개헌촉구대회를 차질 없이 준비하기 위해 비서진을 독려하는 한편 현지와 계속 연락을 주고받았다. 또한 부산의 어느 성당에 학생들이 여러 날 갇혀 있다는 소문을 듣고 아내를 부산에 내려보내 내의와 음식물을 공급하는 등 지역구의 지지자들과 함께 학생들을 지원하도록 당부했다. 나중에 아내가 학생들을 지원하는 데 그치지 않고 시위에 참여하여 데모대의 선두에 섰다는 놀라운 얘기를 듣기도 했다.

6월 26일 국민운동본부가 강행한 '국민평화대행진'은 사실상 6월항쟁의 절정을 이루게 되었다. 전국 34개 도시와 4개 군에서 130여만명의 시민과 학생들이 경찰의 원천봉쇄 방침에도 불구하고 거리로 쏟아져 나왔다. 이날 경찰은 전국적으로 10만여 명의 경찰병력을 배치했으나 거의 속수무책이었다. 전국적으로 경찰서 2개소, 파출소 29개소, 민정당 지구당사 4개소 등이 파괴 또는 방화되었으며 3,467명이 연행되었다.

결국 이날의 평화대행진 직후 전두환 정권은 국민들의 민주화 투쟁에 굴복하여 직선제 개헌과 제반 민주화조치 시행을 약속하게 되었다.

월요일인 1987년 6월 29일 노태우 민정당 대표는 다음과 같은 내용의 이른바 '6·29 선언'을 하였다.

1. 여야 합의하에 조속히 대통령 직선제 개헌을 하고, 1988년 2월 새 헌법에 따른 대통령 선거를 통해 정권을 이양한다.
2. 자유로운 출마와 공정한 경쟁이 보장되도록 대통령 선거법을 개정한다.
3. 김대중의 사면복권을 포함하여 시국사범 등을 석방한다.
4. 인간의 존엄성을 존중하기 위해 새 헌법은 기본권을 강화하는 방향으로 수정한다.
5. 언론 관련제도와 관행을 개선, 언론자유를 최대한 보장한다.
6. 사회 각 부문의 자치 자율을 최대한 보장하고, 이를 위해 지방자치 및 교육자치를 실시하고, 대학도 자율화한다.
7. 자유로운 정당 활동을 보장하고, 대화와 타협의 정치풍토를 조성한다.
8. 밝고 맑은 사회건설을 위해 사회정화 조치를 강구한다.

이 선언을 통해 노태우 후보는 자신의 선언이 받아들여지지 않으면 대통령 후보를 포함한 모든 공직을 사퇴한다고 발표했고, 이후 당시 여당이었던 민정당은 이 선언을 당의 공식입장으로 인정했다. 이어 전두환 대통령도 '특별담화'를 통해 '6·29 선언'을 수용하겠다는 입장을 발표하면서 이 선언은 정부의 공식 선언이 되었다. 그와 함께 '4·

13 호헌조치'는 철폐되었다.

'6·29 선언'이 처음엔 노태우 대표의 결단으로 알려졌으나, 전두환 대통령의 제안을 노태우 대표가 받아들이는 형식으로 이뤄졌음이 나중에 밝혀졌다. 아무리 전술적 차원이었다 해도 전두환 씨가 자신의 공이 될 수 있는 직선제 수용 발표를 후계자에게 맡겼다는 것은 놀라운 일이다.

이렇듯 전두환 씨와 노태우 씨는 공생을 위해 서로 협력했던 반면, 양김 씨는 분열되었다는 점에서 어쩌면 제13대 대통령 선거의 승패는 미리 정해져 있었는지도 모른다.

양김 분열

'6·29 선언'으로 대통령 직선제가 확실시되자 김영삼 씨와 김대중 씨의 후보단일화 문제가 바로 대두되었다. 그 어느 때보다도 야당 후보의 당선 가능성이 커 보였기 때문에 더욱 관심이 높았다.

지난 1980년 봄 자신들의 분열로 5·17 비상계엄 확대조치를 불러일으키며 민주화가 무산된 이후 양김 씨는 서로 협력하는 모습을 보여줬었다. 1986년 11월 5일, 김대중 씨는 "전두환 대통령이 대통령 직선제 개헌을 수락한다면 사면 복권이 되더라도 대통령선거에 출마하지 않겠다."라고 선언했다. 당시 서독을 방문 중이던 김영삼 씨는 이 소식을 듣고 "김대중 씨의 불출마 선언에도 불구하고 직선제 개헌이 이루어지고 그가 사면 복권이 된다면 출마를 권유하겠다."라고 밝히기도 했었다. 이와 같은 양김 씨의 협력관계는 1987년 4월 계파의 원들과 함께 신한민주당을 탈당해 통일민주당을 창당하고, 6월 민주항쟁 때까지 이어졌다.

그러나 1987년 6월항쟁 결과 대통령직선제 개헌이 사실화돼가자 양김 씨의 협력관계는 바로 깨져버렸다. 1987년 7월 6일 김영삼 씨는 AP통신과의 회견을 통해 자신이 대통령선거에 출마하지 않겠다고 말한 적이 없다고 주장했다. 김대중 씨도 1987년 7월 8일 한 일간신문과의 회견에서 "1986년 11월 나의 불출마선언은 전두환 대통령이 자발적으로 직선제 개헌을 하면 출마하지 않겠다고 한 것이고, 이번에는 국민들이 투쟁하여 직선제를 쟁취한 것이므로 그때와는 상황이 다르다"라고 주장했다. 참으로 민망하기 그지없는 얘기였다.

1987년 7월 9일 정부는 김대중 씨에 대한 사면복권조치를 단행했다. 이로 인해 당원자격이 생긴 김대중 씨가 한동안 통일민주당 입당을 미루어오다가 1987년 8월 8일 입당하여 상임고문으로 추대됐고, 이때부터 당내 후보단일화를 위한 경쟁체제가 본격적으로 시작됐다.

후보단일화에 관한 사실상 결론은 1987년 9월 29일에 났다. 양김 씨는 자신들이 정한 후보단일화 약속시한(9월 30일)을 하루 앞두고 다시 만났으나 이견을 좁히지 못한 채 "단일화 약속 시한까지 합의를 보지 못한 데 대해 국민에게 죄송하다."라는 말을 대변인을 통해 발표한 뒤 헤어졌다.

결국 1987년 10월 10일 김영삼 씨는 대통령후보로 나설 것을 공

식 선언하고 후보추대를 위한 임시전당대회 개최 의사를 밝혔다. 그
후 10월 22일 양김 씨가 마지막으로 다시 만났으나 역시 합의점을 찾
지 못했다. 이날 김영삼 씨가 경선을 통한 단일화를 제의했으나 김대
중 씨가 시기적으로 너무 늦었다며 이를 거부했던 것으로 알려졌다.

그로부터 며칠 후인 1987년 10월 28일 김대중 씨가 기자회견을 갖
고 신당 창당을 공식 선언함으로써 약 4개월간에 걸친 후보단일화 논
의는 마침내 실패로 끝났다.

통한의 군정종식 실패

참으로 기가 막히는 일이었다. 정치9단으로 자타가 공인하는 김영
삼 씨와 김대중 씨가 아닌가? 바둑으로 치자면 입신의 경지에 이르러
상대방의 한 수만 보고도 네댓 수를 앞질러 볼 수 있는 이들이 삼척동
자들도 다 아는 정석을 끝내 외면한 까닭은 무엇이었을까? 한마디로
공익보다 사익이 앞섰기 때문이었다. 오로지 자신이 권력을 차지해야
한다는 오만과 독선으로 군정을 종식해야 국가와 국민이 살 수 있다
는 대명제를 저버렸기 때문이었다.

나는 양김 씨의 분열을 지켜보며 참담하기 그지없었다. 심정 같아
서는 아무런 꼴도 볼 수 없는 산속으로 들어가 박히고 싶은 심정이었
다. 하지만 마지막으로나마 후보 단일화를 위한 노력을 해야만 했다.
끝내 후보 단일화가 무산된다 하더라도 어느 한편에라도 서서 군정이

연장되는 것만은 막아야 했다.

고심 끝에 나는 통일민주당 입당을 결심했다. 김대중 씨가 민주화에 큰 기여를 했던 것은 사실이지만, 정당 차원으로 볼 때는 김영삼씨의 지도력으로 야당이 민주화투쟁을 이끌어왔던 것 또한 사실이다. 정당인이었던 나로서는 두 분 중에 한 분을 선택하라면 아무래도 김영삼 씨 쪽으로 기울어질 수밖에 없었다. 1987년 9월 24일 나는 민주사상연구회 소속의 장충준 정재문 의원을 비롯한 민사회 회원 1천5백여 명과 함께 통일민주당에 입당원서를 제출했다.

결국 그렇게 해서 노태우 김영삼 김대중 김종필 등 1노 3김이 출마한 제13대 대통령선거에서는 여당인 민주정의당의 노태우 후보가 당선되었다. 과반수에 훨씬 못 미치는 득표율이 말해주듯 적어도 양김 씨의 후보단일화만 성사되었다면 군정종식과 함께 평화적 정권교체가 이뤄졌을 것은 분명했다.

이렇듯 1987년 12월 17일의 대통령 선거는 수많은 국민들을 실의와 좌절의 구렁텅이로 몰아넣은 채 또 한 번 군사정권이 연장되는 결과를 초래했다.

통한의 군정종식 실패로 양김 씨가 다시는 국민 앞에 고개를 들지 못할 줄 알았다. 그게 상식 아닐까? 그런데 알다시피 두 사람 모두 그 후 대통령까지 지내게 되었다. 본인들이야 "그것 봐라. 결국 내가 옳았다."하며 한을 풀었는지는 모르지만, 그들로 인해 겪어야 했던 국민들의 역사적 좌절과 고통에 대해 어떻게 생각했을까? 정말 이 나이 되도록 생각하고 또 생각해봐도 모를 일이다.

5공비리조사특별위원회

'여소야대' 정국

1988년 4월 26일 제13대 국회의원 선거 역시 13대 대선과 마찬가지로 '1노3김'의 4당 체제로 진행되었다. 지난 국회의원 선거와 달랐던 것은 1구 1인의 소선거구제로 변했다는 점이다.

선거 결과, 민주정의당이 125석, 통일민주당이 59석, 평화민주당이 70석, 신민주공화당이 35석, 한겨레민주당이 1석, 무소속이 9석을 차지하였다. 나는 12대 때와 마찬가지로 부산 해운대에서 출마하여 압도적인 표 차이로 당선되었다.

여당인 민주정의당이 제1당이 되었으나 과반수 의석 확보에 실패하였고, '여소야대'라는 헌정사상 초유의 사태가 발생하였다. 여소야대가 된 이유에 대해 언론에서는 집권세력에 대한 국민의 견제심리와 제5공화국 비리에 대한 비판심리 등이 작용했다고 했다. 그러나 가장 큰 이유는 지역적 지지기반이 확실한 1노3김이 대통령선거에 이어 다시 대결하면서 지역주의 투표성향이 재현됐기 때문이라는 게 옳을 것이다.

민주정의당은 득표율에서도 34%를 얻는 데 그쳐, 노태우 정부의 앞날에 암운이 드리워졌던 한편, 득표율에서 통일민주당에 4.5%가 뒤졌던 평화민주당이 의석수에서는 오히려 11석을 앞서 제1야당이 됨으로써 향후 양김의 대결은 더욱 치열해질 수밖에 없게 되었다.

아무튼 '여소야대'로 인해 야당 주도의 국회 운영이 가능하게 되었고, '5공특위' 설치 등 많은 변화를 가져왔다.

총선 후 통일민주당 임시전당대회를 1주일가량 앞둔 어느 날, 김영삼 총재 측근인 서석재 의원이 나를 찾아왔다. 이번 전당대회에서 부총재를 맡아달라는 것이었다. 나는 그 자리에서 부총재를 맡을 생각이 없다고 분명히 밝혔다. 주변에서는 통일민주당 입당 과정에서 보여준 김영삼 총재의 태도 때문에 마음이 상해서 그런 게 아니냐고 수군거렸다.

하지만 내가 그때 당직을 맡지 않겠다고 한 것은 꼭 그런 이유 때문은 아니었다. 양김 분열로 군정이 지속되는 것을 지켜보며 솔직히 정치에 대해 좀 심드렁해졌던 것도 사실이었고, 무엇보다 김영삼 씨 사당이나 다름없는 통일민주당에서 내가 할 역할이 없을 것 같아서였다. 차라리 이참에 홀가분한 상태로 지역구민들에게 봉사하면서 국정에 대해 깊이 있게 연구해 보겠다고 마음을 먹었던 것이다.

서석재 의원이 다녀가자마자 김영삼 총재가 직접 전화를 걸어와서는 아침 식사를 같이하자고 청했다. 그 자리에서 그는 부총재를 맡지 않겠다는 나에게 당이 어려울 때 힘을 모아야 한다며 강권하다시피 했다.

"당원이 총재의 명령을 거부하는 거요, 뭐요? 당헌상 부총재는 총재가 지명하도록 되어 있으니 그렇게 알고 마음의 준비를 하시오."

전당대회는 세종문화회관 별관에서 열렸다. 일부 당원들이 대선 실패와 함께 총선에서 제2야당으로 밀려난 책임을 거론하면서 김영삼 총재를 비판하고 나서자 할 수 없이 부총재를 경선에 붙이는 쪽으로 논의가 진행되었다.

김덕룡 의원의 안내를 받고 회의실에 들어가 보니 김동영 황낙주 의원 등 10여 명이 모여 있었다. 그들은 나에게 아무래도 지명은 어려울 것 같고 경선이 불가피하니까 후보등록 준비를 해달라고 요청했다. 나는 사태가 그렇게 돌아가는 것이 은근히 반가웠다. 총재가 지명한다면 나로서는 거부할 명분을 찾기가 힘들지만, 경선을 한다면 굳이 출마하지 않아도 상관없을 터였다. 나는 출마하고 싶지 않다고 분명하게 밝힌 다음 얼른 그 자리를 빠져나와 덕수궁 옆의 세실 다방으로 피해버렸다.

내가 없어도 누군가가 내 이름을 부총재 후보로 올릴지도 모른다는 생각이 들었다. 그래서 박관용 의원을 보내 만약 후보 명단에 내 이름이 있으면 지우고 오라고 부탁을 했다. 아니나 다를까. 잠시 후 허겁지겁 다방으로 돌아온 그는 내 이름이 후보 명단에 올라 있을 뿐만 아니라 도저히 이름을 지울 상황이 아니라고 했다.

이렇게 해서 나는 다시 한번 부총재로 선출되었다. 다음날 주요 일간지에서 일제히 '양김 이후 노리는 차세대 리더' 등으로 내 프로필을 소개했다. 아마도 제2야당으로 전락해 궁지에 몰린 김영삼 씨가 자기 식구도 아닌 나를, 말하자면 '구원투수'로 픽업한 셈이니 그렇게 보였던 것 같다.

나는 부총재가 된 데 이어 13대 국회 개원 후 구성된 '제5공화국에 있어서의 정치권력형 비리조사 특별위원회(5공특위)'의 위원장에도 선임되었다. 그 바람에 지역구에만 충실하면서 국정을 연구해 보겠다는 바람은 물거품이 되고 말았다.

피할 수 없는 '독배'

'5공특위'는 여소야대 정국이 만들어낸 '정치 걸작'이라고 할 수 있다. 국회에서 과반수 의석을 차지하지 못한 민정당이 과거의 여당처럼 일방적으로 독주하기는 어려웠다. 1988년 5월 18일 야권 3당의 김대중 김영삼 김종필 씨가 회동하여 광주 문제와 5공 비리, 각종 비민주 악법, 양대 선거부정 등의 정치현안을 해결하기 위해 국정조사권을 발동하고 국회에 진상규명 특별위원회를 구성하자는 데 합의할 수 있었던 것도 그런 배경 때문이었다. 이에 따라 1988년 6월 27일 국회는 '제5공화국의 정치권력형 비리조사 특별위원회'(5공특위)와 '5·18 광주민주화운동 진상조사 특별위원회'(광주특위) 등 7개 특위를 구성했다.

그러나 6공 치하에서 5공 비리를 청산한다는 것은 애당초 그 한계가 너무나 뚜렷했다. 대다수 국민들이 6공을 5.5공쯤으로 인식하고 있는 마당에 노태우 정권의 뿌리마저 갈아엎는 것이나 다름없는 5공 비리 청산은 누가 보더라도 순탄할 리가 없었다.

5공특위 위원장을 맡게 된 나는 엄청난 정신적 부담을 느꼈다. 언론과 국민의 관심이 집중되는 정치마당이었기 때문이다. '뜨거운 감자'라는 표현 바로 그대로였다. 위원장으로서 정치력을 발휘하여 대중적으로 인정받는 정치인이 될 수 있는 절호의 기회이기도 했지만, 정치적 측면으로나 제도적 측면으로나 한계가 분명해서 중도에 흐지부지되어 버릴 공산이 너무나도 컸다.

많은 국민이 5공 치하의 상처를 달래려는 기대감으로 특위 활동을 날카롭게 지켜볼 터였다. 기대가 크면 실망도 큰 법인데, 그런 기대감이 충족되지 못할 경우 책임은 위원장인 나에게 돌아올 것이 분명했다. 박관용 의원을 비롯하여 가깝게 지내는 사람들도 우려와 걱정을 내비쳤다.

솔직히 피하고 싶은 '독배'였다. 하지만 곧 마음을 고쳐먹었다. 한계가 분명하더라도 할 수 있는 데까지 최대한 해보기로 했다. 5공 비리 청산은 피할 수 없는 시대적 과제이자 국민의 요구이고, 더구나 권력형 비리에 대한 진상 규명은 시기가 늦춰질수록 더 어려워지는 법이다. 또한 이 시기를 놓치면 또다시 이런 기회가 온다고 장담할 수도 없는 일이었다.

나는 정치를 해오며 권력형 비리에 대해선 늘 단호한 태도를 견지해 왔고 그 어떤 사소한 비리에도 얽히지 않고 누구보다 깨끗하게 정치를 해왔다고 자부해왔었다. 그런 나에게 5공화국의 권력형 비리를 파헤치는 역할이 주어졌다는 것은 바로 시대가 내게 요구하는 엄중한 소명이라고 받아들였다. 할 수 있는 모든 노력을 다하고, 그래도 내 능력이 부족해 주어진 소명을 다하지 못한다면 내게 쏟아지는 비난을 기꺼이 감수하리라, 각오했다.

5공특위가 공식적인 활동을 시작하기 전에 우선 실무 팀부터 꾸렸다. 보좌진은 물론이고 장부를 분석할 수 있는 회계전문가, 금융 실무에 밝은 전직 은행간부 등을 찾아 나름대로 권력형 비리의 실체를 조사해낼 수 있는 팀을 구성했다. 보수 한 푼 받지 않는 자원봉사였지만 이들은 역사적 사명의식 하에 헌신적으로 활동했다. 처음엔 의원회관 내 방에 아지트를 꾸렸지만, 나중엔 여의도 맨하탄 호텔 방 몇 개를 빌려 아예 합숙하면서 조사를 했다. 한때는 나도 호텔에 방 하나를 잡고 이들과 함께 작업하기도 했다.

5공특위가 공식적으로 출범도 하기 전에 전국에서 하루에도 수십 통씩 제보와 탄원서가 들어왔다. 실무팀은 이 모든 각종 비리에 대한 제보와 탄원서들의 진위를 파악하고 구체적인 증거를 찾아내기 위해 밤낮을 가리지 않았다. 5공특위 청문회에서 노무현 의원이나 김동주 의원 같은 이른바 '청문회 스타'들이 활약을 할 수 있었던 것은 물론 본인들이 열심히 하기도 했지만, 실무팀의 지원이 결정적이었다고 할 수 있다.

5공화국의 권력형 비리를 낱낱이 밝혀내 민족정기를 바로잡고 법의 존엄성을 회복하는 것이 오늘의 시대정신이다. 나는 이러한 사명을 완수하기 위해 나의 모든 것을 바치겠다.

나는 5공특위의 첫 회의석상에서 이렇게 비장한 포부를 밝히는 동시에 정치보복의 지양, 성역 없는 조사, 회유와 압력의 배제 등 조사 원칙을 정했다. 아울러 "특위의 활동을 조사 차원에만 국한하자."라는 여당의 주장에 맞서서 '청문회'와 '특별검사제'를 도입해야 한다고 강력히 주장했다.

특위가 은밀한 비리 조사의 차원을 뛰어넘어 국민들에게 생생한 진실을 알리기 위해서는 '청문회'의 도입이 필수적이었다. 그리고 실체적인 진실을 밝혀내기 위해서는 '특별검사제'가 반드시 필요했다. 결국 협상 끝에 청문회가 도입되어 커다란 성공을 거두었지만, 특별검사제는 여당의 반대에 부딪혀 끝내 무산되고 말았다. 예상했던 일이긴 했지만, 특별검사제 도입이 무산됨으로써 5공특위는 처음부터 손발이 묶인 것이나 다름없었다.

무소불위의 5공 비리

1988년 7월 22일 나는 4당 간사회의를 열어 산하에 4개의 소위원회를 두어 분야별 비리를 조사하기로 합의했다. 이에 따라 제1소위원회는 정치권력에 의한 비리, 제2소위원회는 경제비리, 제3소위원회는 인권 및 인사 비리, 제4소위원회는 사회 및 기타 비리를 다루게 되었다. 그리고 우선 특위가 조사해야 할 사건을 선별하기 위하여 각 당에서 권력형 비리의 사례를 수집하여 제출하도록 결정했다.

각 당에서 제출된 200여 건의 비리 중에서 꼭 진상을 밝혀내야 할 사건으로 최종 결정된 1차 조사 대상은 다음과 같이 모두 44건에 달했다. 이 많은 조사대상 항목을 모두 여기에 옮겨놓는 것은, 항목만 보더라도 사유화된 권력이 우리나라의 정치 경제 사회 등 전 부문에 걸쳐 얼마나 무소불위의 힘을 행사했었는지 한눈에 보이기 때문이다.

1) 일해재단의 설립 배경 및 자금조성 관련 비리

2) 이순자의 새세대육성회 및 심장재단 관련 비리

3) 전경환의 새마을본부 관련 비리

4) 석유기금 등 각종 기금의 정치자금 유용설

5) 증권시장 관계

6) 전두환 전 대통령 일가의 각종 비리 및 재산 해외도피 의혹

7) 전두환 전 대통령 사저 신·개축 및 주변 공원화 사업

8) 대통령 별장(청남대) 건립과 대청댐 수문 조작으로 인한
   인명·재산 피해 의혹

9) 대통령 전용기(b-738) 도입 및 관련 의혹

10) 전두환 전 대통령 부모 묘소 성역화

11) 각 시도지사 공관 내 대통령 전용시설 건립

12) 가야산 관광단지 조성

13) 전기환 씨의 경찰 인사 개입 및 이권 비리

14) 골프장 인가 과정을 둘러싼 의혹

15) 금호그룹의 제2민항 허가와 관련된 비리

16) 서울시 체비지 롯데 매각 관련 특혜

17) 노드롭 항공기 사건

18) 원전 11, 12호기 도입 및 수주 관련 의혹

19) 지하철 관련 비리

20) 저질탄 수입에 따른 리베이트 설

21) 외국산 소 도입 관련 비리

22) 소고기 파동 정부 개입설

23) 미국산 쌀 수입 의혹

24) 이규동 농장 특혜 비리

25) 교통신호등 납품 의혹

26) (주)동일에 대한 특혜 설

27) 동아건설 권력결탁 부정의혹

28) 대한주택공사 재개발 관련 비리

29) 대한석유공사 특정 업체 인계

30) 노량진 수산시장 운영권 강탈 비리

31) 대전 삼성시장 부지 매입 관련 비리

32) 부산 하이야트 호텔 인수설

33) 한국트럭터미널 주식 강탈 사건

34) 성남 한미병원 관련 사항

35) 1980년 부정축재 환수 재산 처리 의혹

36) 박정희 전 대통령 사망 직후 청와대 재산 행방 의혹

37) 장영자 어음 사기 사건

38) 범양상선 관련 의혹

39) 명성 사건

40) 오대양 사건

41) 부실기업 정리와 관련된 비리

42) 삼청교육대의 인권 비리

43) 1980년 공직자 숙청

44) 불교 법란 관련 사항

나는 우선 전두환 씨 부부 등 5공 비리의 핵심 관련자 16명에 대한 출국 금지 요청안을 특위에서 가결한 뒤 대통령 별장 등 현장조사부터 바로 착수하기로 했다.

5공특위는 8월 10일 충남대전시 유성의 국군중앙휴양소 내 대통령 전용시설인 '비룡재'를 현장 조사한 뒤 충북 청원군 소재 대통령 별장인 '청남대'를 방문했지만, 중무장한 초병의 출입 제지로 한 시간가량의 연좌농성 끝에 돌아서야만 했다. 다음날인 11일엔 전남도청 공관 내 대통령 전용시설과 경남 합천에 있는 전두환 전 대통령 부모 묘역을 현장 조사했다. 그리고 9월 1일에는 지난 8월 10일에 못했던 청남대에 대한 현장조사를 하고 총무처장관과 대통령비서실장 등을 출석시킨 가운데 청남대 건립 과정과 부지 매입 경위 등을 따졌다.

제대로 사전조사도 안 된 채 무작정 현장조사부터 나선 건 내 나름의 고육지책이었다. 특위에 강제력 있는 수사권이 없고 정부 여당의 방해가 예견되는 상황에서, 국민들이 생생하게 느낄 수 있는 공개적인 현장 조사를 통해 5공 비리에 대한 여론을 일으키고 이를 통해 정부 여당을 압박하자는 의도였다. 결과적으로 내 의도는 적중했던 것 같다. 현장조사에 여성지 기자들까지 끼워 달라 애원할 정도로 언론의 관심이 집중되었고, 텔레비전이나 신문 지상에 생생한 화보로 드러나는 5공 비리 실태를 목격하며 5공특위에 대한 국민의 관심이 폭발적으로 집중되었다.

예상했던 대로 8월 20일 청와대가 전두환 전 대통령 관련 자료 제출을 거부하는 등 정부 여당은 특위의 조사 활동을 사사건건 방해했다. 하지만 특위는 8월 25일 전두환 전 대통령의 20억 5천만 원 일해재단 출연금을 확인하고, 10월 27일 청와대 접수 새마을 성금 중 228억 원의 사용처가 불명하다는 사실을 밝혀내는 등 조사 활동을 계속하면서 청문회 준비에 모든 힘을 기울였다. 나는 청문회의 성패가 5공특위의 성패를 결정한다고 예측하고 있었다.

한편 조사 활동이 국민의 관심 속에 진행되자 5공 비리와 관련된 인물들로부터 노골적인 유혹이 오기도 했었다. 내가 위원장으로 선임된 후 얼마 안 되어 장영자 씨의 재산관리를 맡고 있다는 어떤 스님이 찾아와서 봉투를 놓고 갔지만, 나는 지체 없이 비서관을 통해서 돌려보냈다.

또한 현대그룹 정주영 명예회장도 만나자고 여러 차례 사람을 보냈지만, 그때마다 거절해 버렸다. 나중에 정성태(전 국회부의장) 선배가 1992년 대선에 정주영 씨가 출마했을 당시 초청을 받고 현대 영빈관을 방문한 적이 있었는데, 그때 이 얘기가 화제에 올랐다고 한다. 정 회장은 "대한민국에서 내 돈 싫어하는 정치인도 있더라."면서 "그 사람이 바로 이기택"이라고 했다는 것이다.

5공비리 청문회

드디어 11월 2일 일해재단 관련비리 조사를 위한 1차 청문회가 열려 대성공을 거두었다. 예상대로 일해재단 청문회에 불려나온 장세동 전 안기부장과 정주영 현대그룹 명예회장 등 증인들은 하나같이 사실을 은폐하기 위한 '오리발'로 일관했다.

그러나 이른바 '청문회 스타'로 부각된 몇몇 야당 의원들의 날카로운 질문 공세에 말려 그들은 전두환 씨가 퇴임 후 일해재단을 거점으로 정치에 관여하려 했다는 점을 실토하고 말았다. 특히 청문회 동안 정곡을 찌르는 질문으로 국민에게 깊은 인상을 주었던 초선의 노무현 의원은 "나는 시류에 따라 산다."라던 정주영 회장으로부터 "바른 말을 하는 용기를 가지지 못했던 것을 죄송하게 생각한다."라는 실토를 받아내기도 했다.

1988년 11월 4일부터 5차례에 걸쳐 진행된 '일해재단' 청문회에서 기금모금의 강제성, 정경유착의 실태, 청와대 경호실 보안사 등 권력 촉수의 전횡 등이 폭로되는 성과를 거두었지만, 전두환 씨의 88년 이후 장기집권 구상에 대해서는 끝내 밝혀내지 못해 안타까웠다.

'5공비리 청문회'가 국민들의 열광적인 관심과 호응을 받을 수 있었던 것은 당시 청문회가 헌정사상 처음으로 텔레비전으로 생중계되었기 때문이다. 국민들은 의원들의 날카로운 질문에 쩔쩔매는 5공 실세들의 모습과 뻔뻔하게 모르쇠로 일관하는 장면들을 숨죽이며 바라보았다. 정주영 현대그룹 명예회장, 장세동 전 안기부장, 그리고 5공

5공비리 청문회에서 증인 선서를 받고 있다.

화국 핵심인물인 전두환에 이르기까지 권력의 정점에 있던 인물들이 청문회의 증인으로 나와 추궁을 받는 것만으로도 어느 정도 한을 풀었던 게 사실이다. 비록 증인들의 한결같은 모르쇠 답변과 후속조치 미흡으로 인해 절반의 성공으로 끝났지만, 5공화국의 치부를 드러내는 한편 국민들의 정치 참여도를 높였다는 점에서 역사적 의미가 있었다고 나는 생각한다.

결국 전두환 씨는 5공비리 청문회로 자신에 대한 여론이 극도로 악화되자, 1988년 11월 23일 자신의 재임 중에 저지른 비리를 사과하고 정치자금 139억 원과 연희동 사저 등을 국가에 헌납한다고 밝힌 후 강원도 인제군에 있는 백담사로 은둔해야만 했었다. 그리고 이어서 노태우 대통령이 특별담화를 발표하여, 전두환에 대한 '정치적 사면'을 호소하는 한편, 시국사범의 전면석방과 사면복권, 광주 피해자의 명예회복, 정치자금 양성화, 비민주적 법률제도 개폐 등 6개 항의 시국수습방안을 제시하기도 했다.

그리고 1988년 12월 10일 발족한 '5공비리 특별수사부'는 5공특위가 선정한 조사대상에 대한 수사를 통해 전경환 씨를 비롯한 전두환 씨의 친인척 10명과 장세동 전 안기부장, 이학봉 전 대통령민정수석비서관 등 모두 47명을 구속하고 29명을 불구속 입건했다.

1989년이 되자 특위는 갖가지 난제에 부딪혔다. 여당의 지연전술과 수구세력들의 눈에 보이지 않는 공격이 만만치 않은 데다 최규하 전두환 두 전직 대통령의 증언문제 때문에 교착상태에 빠져버린 것이다.

민정당 소속 위원들을 일일이 만나 특위활동 참여를 독려하는 한편 전두환 씨의 증언과 함께 특위활동을 마무리 지으려는 일부의 움직임에 대해서도 강력하게 제동을 걸었다. 나는 전두환 씨의 증언이 진실을 규명하기 위한 수단에 불과할 뿐 결코 목적이 될 수는 없다고 목소리를 높였다. 또 전직 대통령의 증언방식에 대해서도 단호한 입장을 취했다. 미리 질문서를 보낸 후 답변서를 받아 이를 낭독하되 그나마 그 회의를 비공개로 하자는 주장에 대해 "증인들 사이에 차등을 둘 수 없다."라고 반대했다.

하지만 역부족이었다. 민정당의 비협조적 태도, 증인들의 불성실한 증언, 광주진상규명의 미흡에 따른 국민들의 실망감에 의해 청문회 열기가 식어가는 가운데, 중간평가에 대한 견해 차이 및 문익환 목사 방북에 따른 공안정국의 조성으로 야권공조체제가 무너지면서 5공 청산 작업은 지지부진해졌다.

결국 1989년 12월 15일 노태우 대통령과 김대중 평화민주당 총재, 통일민주당 김영삼 총재, 신민주공화당 김종필 총재가 청와대에서 영수회담을 하고 5공 비리와 5·18 광주민주화운동 유혈진압 관련자들의 공직 사퇴 및 고발, 광주시민의 명예회복 및 보상을 위한 입법 추진, 전두환 전 대통령의 국회 증언 등 11개 사항에 합의하는 선에서 5공 청산을 마무리하기로 합의했다. 저녁 7시에 시작하여 자정이 넘도록 계속된 이날의 영수회담에서 '1노3김'은 술이 거나한 가운데 국민들의 의사도 묻지 않고 사실상 5공특위의 종결을 결정지어 버렸다.

5공특위를 마무리 짓자고 4당 대표들이 모였을 때 정치권에는 밀실 합의에 대한 풍문이 떠돌았다. 속된 말로 "5공특위를 공짜로 넘겨줬겠냐?"라는 얘기들이었는데, 여기서 구체적인 내용을 언급하고 싶지는 않다. 어쨌거나 나는 끝까지 5공특위의 조기 종결에 반대했다는 사실만은 기록에 남겨두고 싶다.

마침내 1989년 12월 31일, 텔레비전으로 생중계 되는 가운데 전두환 씨가 국회에 나와 증언을 하는 것으로 5공특위는 막을 내리고 말았다.

'오래된 미래'

"과거는 오래된 미래"라는 말이 있다. 과거는 단절되지 않으며 반드시 미래에 같은 형태로 재현된다는 얘기다. 그렇기에 과거 청산이 중요한 것이다. 과거 청산은 단순히 지난날의 불행한 역사에 대해 한풀이하거나 관련자들을 처벌하기 위함이 아니다. 잘못된 과거사에 대해 낱낱이 밝혀 명백한 진상과 함께 역사적 교훈으로 삼고자 함이다.

독일에서 50여 년이 훨씬 지난 지금까지도 나치전범들을 끝까지 추적하여 처단하는 이유도 이 때문이다. 이제 나이가 들어 죽을 날이 얼마 남지 않은 노인들을 처단하는 것이 무슨 형벌적 의미가 있겠는가? 그럼에도 독일 정부가 지구촌을 샅샅이 뒤져 나치전범을 잡아내는 것은 다시는 나치와 같은 역사적 과오를 되풀이 하지 않겠다는 국민적 선언이자 결의를 다지기 위함이다.

그런데 우리는 불행히도 이와는 반대였다. 정부 수립 직후 일제 청산을 위한 '반민특위'는 잔존 친일세력에 의해 붕괴되었고, 5공 청산을 위한 '5공특위'는 '1노3김'의 정치적 야합으로 중단되었다. 이로 인한 역사적 폐해는 이미 지금 우리 시대가 겪고 있다. 참으로 한탄스러운 일이 아닐 수 없다.

5공특위의 조사 활동을 통하여 부족하나마 5공 비리의 적나라한 실체를 드러냈고, 헌정사상 처음으로 청문회 제도를 우리 국회에 도입했던 것은 특위 위원장이었던 나는 다행으로 여긴다. 반면에 역사적 과제였던 5공 청산이 중단된 데 대해 그 책임을 묻는다면, 이유가 무엇이었든 조금도 회피할 생각이 없다.

5공비리 청문회

제 7 부　새로운 정치실험

3당 통합

정계개편론

1988년 13대 국회의원선거로 '여소야대' 정국이 탄생한 이후 심심찮게 정계개편설이 나돌기 시작했다. 물론 '여소야대'로 주도적인 정국 운용이 불가해진 집권여당 쪽에서 정계개편론이 대두된 것은 당연하다고도 할 수 있지만, 야권에서도 정계개편론은 물밑에서 다양한 형태로 논의되고 있었다. 당시 4당구조가 원천적으로 잘못되어 있기 때문이었다. 이념 또는 정책의 차별성에 기반을 둔 것이 아니라 오로지 지역적 지지기반에 근거한 4당 체제였다.

원론적으로 말하자면, 다당제의 장점은 국민의 다양한 요구를 여러 정당이 각기 나누어 정치에 반영할 수 있다는 것이다. 또한 다당제 하에서는 정당 간 대립 시 이른바 '캐스팅 보트'를 통해 중재가 용이해짐으로써 극단적인 대립과 정쟁이 줄어들 수 있다. 그리고 다양한 정책적 경쟁 구도로 정치가 발전할 기회를 만들 수 있다.

그런데 이와 같은 다당제의 장점이 현실화되기 위해선 각 정당이 정책적 차별성에 의해 결성되어야 한다는 근본적인 전제가 이뤄져야 한다. 다시 말해 보수, 중도, 진보 등 이념적 스펙트럼에 따른 정당이어야 한다.

그러나 당시 다당제를 이루었던 4당은 모두 지역 지지기반을 공유하는 세력이 모여서 결성된 정당이었다. 지역주의 조장을 통해 기득권을 유지하려는 보스를 중심으로 뭉쳤을 뿐인 지역당이자 사당이나 다름없었다. 실제 당시 민주공화당은 군사정권 출신 인사들이 모인

정당으로 정권에서 소외된 그룹이라는 점 말고는 여당인 민주정의당과의 차이가 전혀 없었다. 그리고 통일민주당과 평화민주당은 두말할 것도 없이 원래 한 갈래인 정통보수야당이었다.

따라서 당시의 4당 구도는 다당제의 장점은 조금도 취할 수 없고 오히려 각 당의 보스 즉 '1노3김'의 정치적 이해관계에 따라 정국이 수시로 요동칠 수밖에 없는 불안한 구도였다.

'여소야대' 정국이 시작된 이후 누구보다 먼저 정계개편론을 구상하고 제기했던 사람이 바로 내가 아닐까 싶다. 내게는 우리 정치가 발전하기 위해서는 무엇보다 지역 중심, 보스 중심의 정당 구도를 타파하고 보수와 진보를 양 축으로 하는 이념정당 경쟁구도로 바꾸어야 한다는 확신이 있었다. 그러기 위해 우선 보수 세력의 통합부터 이뤄야 한다고 주장했다.

이러한 주장을 들어 내가 3당 통합에 참여하지 않자 김영삼 씨 측에서 3당 통합의 당위성과 논거를 제시한 사람이 막상 결행에는 빠졌다며 나를 비난하기도 했다. 그런데 이는 당시 내가 보수 통합의 대전제로 내세웠던 '민주세력 중심, 군정세력 배제'라는 핵심적인 내용을 의도적으로 누락시킴으로써 사실을 호도하는 것이다.

나는 3당 통합이 발표되기 직전인 1990년 1월 17일 도산아카데미 연구원에서 한 연설을 통해서도 다음과 같이 분명하게 밝힌 바 있다.

1990년대 한국정치는 민주 보수 세력의 통합, 통합지도력의 창출, 보혁구도 시대 등의 3단계로 전개되어야 한다. 보수통합 정당은 민주세력이 주도하여 보수 세력의 도덕적 재탄생을 이룩해야 하며, 군사쿠데타 세력 및 부정부패 인사들은 배제되어야 한다.

그리고 당시에는 공개적으로 언급할 수 없었지만, 나의 정계개편론에는 '3김 청산' 즉 세대교체론이 내포되어 있었다. 민주세력 중심의 보수 통합이 이루어지면 지역주의를 기반으로 하는, 다시 말해 보수 세력의 분열을 통해서만 기득권을 유지할 수 있었던 3김 씨가 자연스럽게 퇴장할 수밖에 없을 거라는 논거였다. 그런데 이런 나의 정계개편론이 어떻게 김영삼 씨의 3당 통합 논거가 될 수 있다는 것인지 웃음이 절로 나온다.

1989년 6월 최형우 원내총무를 내친 뒤 김영삼 총재가 나를 불러서 원내총무를 맡아달라고 했다. 부총재로서 5공특위 위원장까지 맡고 있었던 나는 그 말을 듣고 깜짝 놀랐다. 특정인이 요직을 겸임한다는 것은 야당에선 암묵적인 금기사항이었다. 내가 정치규제를 당했을 때 저술한 〈한국야당사〉 어느 구석에도 한 정당의 부총재가 원내총무를 겸직한 사례가 없었다.

김영삼 총재의 요구는 간곡했다. 그때는 이른바 '공안정국'으로 정치는 실종되고 5공 청산이나 민생치안 등이 철저하게 외면되던 어려운 시기였던 데다, 제3당으로 전락한 통일민주당으로서는 정국을 돌파해나갈 여력이 없었다.

"이런 난국을 풀어나가자면 우선 우리 당의 분위기부터 쇄신할 필요가 있어요. 다소 무리가 있더라도 이 부총재가 총무직까지 겸직해 줘야겠소."

워낙 어려운 국면이란 걸 나 자신이 누구보다 잘 알고 있는 터라 김영삼 총재의 요구를 거절할 수가 없었다. 결국 나는 우리 정당사상 전무후무한 부총재 겸 원내총무가 되었다.

그런데 나는 지금까지도 이해할 수가 없다. 김영삼 씨는 내가 통일민주당에 입당할 때 노골적으로 불편하게 생각했던 사람이었다. 그런데 정치 9단이라는 그가 왜 본인이 맡지 않겠다는 것을 억지로 부총재에 앉히고 5공특위 위원장과 원내총무 등 당내의 요직까지 겸직해 달라고 강권하다시피 했을까? 당시 통일민주당 사정이 워낙 어려워 이것저것 가릴 형편이 아니었을 거라는 생각은 들지만, 여전히 고개가 갸웃거려지는 대목이다.

'1노3김'의 야합

1990년 1월 18일, 그날은 마침 토요일이었다. 바깥에서 일을 보다가 아내의 연락을 받았다. 정동성 민정당 원내총무가 급히 나를 찾는다는 것이었다. 약속 장소로 나가보니 먼저 와서 기다리고 있었다. 그는 내가 자리에 앉자마자 흰 봉투 하나를 내밀며 말했다.

"이걸 김영삼 총재께 전달해 주십시오. 노태우 대통령의 친서입니다."

"내가 통일민주당의 원내총무를 맡고 있지만, 편지 내용도 모르고 어떻게 그런 심부름을 할 수가 있겠소?"

정동성 의원과는 여야의 총무로서 서로 접촉할 기회가 많기도 했지만 그전부터도 형님 아우 하는 사이였다. 그런 정 의원도 내 요구에 한참이나 고개만 갸우뚱거리다가 하는 수 없다는 듯 조심스럽게 입을 열었다.

"형님이니까 믿고 말씀은 드리겠지만, 일이 끝나는 1월 22일 저녁 9시까지는 절대로 누구에게도 발설하지 마십시오. 만약 그 전에 소문이 나면 내 정치생명은 그 길로 끝장입니다. 후배를 지켜주시겠다고 약속할 수 있습니까?"

그는 몇 번이나 다짐을 두고 내 대답을 거듭 확인한 다음에야 겨우 내용을 알려주었다.

"이 편지에는 1월 22일 수요일 저녁 9시에 민주정의당, 통일민주당, 신민주공화당 3당의 통합을 선언할 시간과 장소가 적혀 있습니다."

어느 정도 짐작은 하고 있었지만, 막상 역사적인 야합의 물증을 바로 코앞에서 보자 나도 모르게 전율이 흘렀다. 충격적이긴 했지만 길게 생각할 것은 없었다.

"나는 결코 그런 통합에 찬성할 수 없소. 그따위 심부름이나 한 인물로 역사에 남고 싶지는 않소. 약속대로 발설은 않겠소만 편지를 전하려거든 다른 사람을 찾아보시오. "

　뒤도 돌아보지도 않고 나와 버렸다.

　집에 돌아오자마자 참모들을 급히 불러모았다. 물론 정 의원과의 약속은 약속이기에 구체적인 내용은 밝히지 않고 엄중하게 입단속을 하기도 했다. 3당 통합에 대한 참모들의 의견도 찬반양론으로 쉽사리 결론이 나지 않았다. 착잡하고 무거운 심정으로 그 날 밤 거의 잠을 이룰 수가 없었다.

　통일민주당과 민주정의당, 그리고 신민주공화당. 이 세 정당에 과연 어떤 공통점이 있기에 통합을 하겠다는 걸까? 객관적으로 이들 세 정당은 서로 합쳐야 할 아무런 필연성도 없다. 하지만 정치에 조금이라도 관심을 가진 사람이라면 그 이면에 깔린 흑막을 눈치챌 수 있었을 것이다.

　민정당은 13대 총선에서 27명의 현역 국회의원을 지역구 공천에서 탈락시키는 강수를 두며 과반수 의석 확보에 전력투구했지만, 호남 지역에서 전멸하는 등 전국구 포함 125석에 그쳐 '여소야대' 정국을 초래했고, 그로 인해 정기승 대법원장 임명안 부결 및 국정감사 부활 등 야당에 정국주도권을 빼앗기면서 고전하고 있었다. 나중에 알려진 사실이지만, 당시 민정당 총재였던 노태우 대통령은 제1야당인 평민당과 합당하여 국회 과반수 의석도 확보하고, 호남 지역에서 절대적인 지지를 얻고 있던 김대중 씨를 우군으로 만들어 여소야대 정국을 돌파하고 정권교체 후의 안위도 보장받으려는 구상을 하였다. 그러나 당내 반발로 인해 포기하고 그 대신 통일민주당과 신민주공화당에 합당 제의를 하게 되었을 것이다.

통일민주당이 김대중 씨의 평화민주당에 밀려 원내 3당으로 밀려나자 김영삼 씨는 현재 구도대로 간다면 대통령이 되기 어려울 것으로 판단했을 것이다. 그래서 민정당과의 합당으로 여당의 지위를 얻은 다음 당내 권력투쟁을 통해 차기 대권을 잡겠다는 구상을 가졌을 것이다.

또한 신민주공화당은 13대 총선에서 교섭단체 확보에 성공했지만 표밭이라고 할 수 있는 충청도 지역에서 27석 중 15석을 획득하는 데 그치는 부진을 보였다. 이대로는 더 이상 대권에 도전하는 것 자체가 힘들다고 판단한 김종필 씨는 제4당의 위치인 정치적 위상을 수직 상승시키는 동시에 내각제 개헌에 대한 기대를 갖고 민정당, 통일민주당과의 합당에 나서게 되었음이 틀림없을 것이다.

어쨌거나 이들 세 사람은 동상이몽일지언정 저마다 개인의 이해관계에 따라 정치적 대의라곤 전혀 찾아볼 수 없는 통합을 추진했던 것이다. 3당 통합을 '야합'이라고 하는 것도 이런 이유 때문이다.

내가 계속 뒤척거리자 아내가 "무슨 걱정이라도 있느냐"라고 말을 걸어왔다. 정치인의 아내로 30년을 살아온 사람답게 내 표정만 봐도 무슨 일이 있었는지 귀신같이 알아차리는 아내였다. 그런 아내가 오전부터 여당 원내총무가 다급히 찾는다는 연락이 빗발치는 거로 미루어 무언가 심상찮은 일이 벌어지고 있다는 것을 눈치 채지 못할 리가 없었다.

한숨을 내쉬며 돌아가는 사정을 간단히 설명했다. 그러자 한동안 아무 말 없던 아내가 이윽고 내 손을 잡으며 말했다.

"만에 하나라도 가족들 때문에 나중에 후회하실 행동은 하지 마세요. 그저 당신의 평소 소신대로 하시면 됩니다."

무심코 들어 넘길 수 있는 평범한 이야기였지만, 그날 밤 아내의 그 한마디는 나에게 커다란 힘이 되었다. 그것은 '통합에 동참하지 않는 것이 좋다' 라는 뜻을 완곡하게 표현한 아내 특유의 화법이기도 했다.

1월 19일, 일요일이었다. 부산에서 결혼식 주례를 보기로 오래전부터 일정이 잡혀 있었다. 내가 대통령 서신 전달을 거부했다는 이야기가 벌써 들어갔는지, 아침부터 김영삼 총재가 찾는다는 연락이 빗발쳤다. 처음엔 무시하고 바로 부산으로 내려가려고 했다. 그러다 김영삼 총재를 직접 만나 사실을 확인해야겠다는 생각에 마음을 바꿔 상도동으로 발길을 돌렸다.

그는 나의 무거운 표정에는 아랑곳하지 않고 활기찬 표정으로 일상적인 이야기들을 늘어놓았다. 시간도 없고 해서 단도직입으로 질문을 던졌다.

"정계개편은 어떻게 되는 겁니까?"

그러자 김 총재는 잠시 난감한 표정을 짓더니 천천히 말문을 열었다.

"정계개편이라… 그거 해야 하는 거 아니오? 이 부총재도 하자고 했잖소?"

"그래서 민정당하고 통합하겠다는 겁니까?"

그러자 그가 갑자기 진지한 표정을 지으며 대답했다.

"통합합시다. 이 부총재도 알고 왔지요? 우리 같이 갑시다."

마지막 한 가닥 기대마저 무너지는 참담한 순간이었다. 치밀어 오르는 울분을 누르며 내 생각을 피력했다.

"물론 알고 왔습니다. 총재께 3당 통합을 하지 말자는 충언을 드리기 위해 찾아온 거죠. 지금까지 군정을 종식하고 민주화를 이룩하자는 일념으로 야당을 해왔는데 어떻게 군사정권이 만든 정당과 통합할 수 있다는 말입니까?"

그는 묵묵히 귀를 기울이며 듣고 있더니 나를 설득하려 들었다.

"통합을 해도 내가 신당을 주도하게끔 되어 있소. 5공 문제도 결국 우리 뜻대로 할 수 있을 거요."

그의 마음이 이미 그런 정도로 확고하다면 얘기를 계속해봤자 결과는 뻔했다. 일단 마음을 정하고 나면 누가 뭐래도 귀를 기울이지 않는 사람이 아닌가? 정치인으로서는 장점이자 동시에 치명적인 약점이 될 수도 있는 성격이었다.

"지금 이 자리에서 매듭을 지읍시다."

그날 나는 그를 설득하기는 틀렸다고 생각하면서 간곡하게 붙잡는 손길을 뿌리치고 도망치듯 빠져나왔다.

"부산에서 내가 주례를 서야 할 결혼식이 있어서 가봐야 합니다. 오후 4시까지는 서울로 돌아올 테니 그때 다시 찾아뵙도록 하죠."

오후 4시 전에 서울로 돌아오긴 했지만, 그 약속을 지키지는 않았다. '길이 아니면 가지 않겠다'라고 분명한 의사를 밝힌 이상 다시 만날 필요가 없었다.

1990년 1월 22일 오전 3당 통합이라는 폭탄선언이 전국을 강타했다. 청와대 3자회담을 끝내고 나오면서 김영삼 총재는 카폰으로 나를 다시 찾았다.

"바로 정무회의를 소집할 예정이오. 지금 3자회담이 끝나고 청와대에서 나와 당사로 향하고 있으니까 이 부총재도 꼭 참석해 주시오."

비록 합당이 발표되고 이제 '통일민주당'이라는 간판을 내려야 할 날도 멀지 않았지만 그래도 최후의 순간까지는 당의 부총재요 원내총무였다. 그러면서도 도무지 내키지 않는 심정이라 정무회의에 참석하는 발걸음이 무겁기만 했다.

김영삼 총재가 일방통행식으로 3자회담의 경과를 보고했다.

"청와대 회담에서 노태우 대통령과 김종필 총재와 나는 구체적인 통합절차를 논의했습니다. 각 당의 해체 일정은 민정당이 1월 28일, 우리 당이 30일, 공화당은 2월 5일로 정했어요. 또 각 당에서 5명씩 15명으로 통합준비위원회를 구성하기로 했습니다. 1월 30일이면 날짜도 얼마 남지 않았으니까 당을 해체하고 통합할 준비를 서두릅시다."

그날 정무회의를 주재하는 그의 모습은 마치 오래도록 셋방살이를 하던 끝에 드디어 내 집을 장만하여 이사 갈 준비에 한껏 마음이 부푼 주부의 모습을 연상시켰다.

얼마 후에 소집된 15인 통합준비위원회 1차 회의에 참석했다가 얼굴만 비친 후 곧바로 총무실로 나와 출입기자들과 이야기를 나누면서 회의장으로 돌아가지 않았다. 1월 29일 여의도 중소기업회관에서 열린 2차 회의에는 15인 준비위원 가운데 유일하게 나만 참석하지 않았다.

고독한 선택

사실 3당 통합이 발표된 1월 22일부터 최종적으로 통합여당 불참선언을 했던 1월 29일까지 일주일 동안 극심한 마음고생을 겪었다.

내심으론 이미 3당 통합에 참여하지 않기로 작정했었다. 하지만 최종 결심을 국민 앞에 밝히기까진 시간이 필요했다. 30년 가까이 해온 정치생명이 걸린 갈림길이었다. 3당 통합에 따르지 않으면 정치를 그만두는 것 말고는 다른 길이 없어 보였다. 그런데 어찌 결심을 굳히기 위한 고뇌가 따르지 않았겠는가.

3당 통합을 거부한 후 내가 할 수 있는 정치적 역할에 대해서 수많은 생각을 해보았다. 물론 당시 3당 통합을 거부한 통일민주당 김정길 김광일 노무현 장석화 의원과 무소속 박찬종 이철 의원 등이 있었다. 하지만 몇 안 되는, 더구나 하나같이 '독불장군'으로 불리던 이들과 함께 제3의 정치세력을 형성하는 게 가능할지 쉽게 가늠되지 않았다. 그리고 신당 창당이든 뭐든 정치세력을 형성한다 하더라도 3당 통합으로 호남 대 비호남으로 두부 잘리듯 갈라진 정치지형에서 활로를 찾을 수 있을지도 불분명했다.

참으로 나날이 잠 못 이루는 고독한 시간들을 보낸 뒤 드디어 결심을 굳혔다. 3당 통합을 거부하고 내가 앞장서 미력한 세력이나마 규합해 부당한 정치현실에 맞서기로 했다. 이러한 나의 결심은 최악의 경우 정치를 그만두겠다는 비장한 배수진이기도 했다.

15인 통합준비위원회 1차 회의에 겨우 얼굴만 내비친 것을 두고 갖가지 소문이 무성했다. 또 난생처음 청와대에서 밥 한 끼 얻어먹은 것을 두고 나의 통합여당 참여를 기정사실로 받아들이는 사람들도 있었다. 청와대 오찬 후 전국 각지에서 우리 집으로 협박전화가 빗발치기도 했다.

"이른바 4·19 주역이라고 자부하는 당신이 설마하니 그럴 수가 있어?"

아예 반말이었다. 심지어 수화기를 집어 들면 대뜸 욕설부터 해대기 일쑤였고, 집에 폭탄을 던지겠다는 사람까지 있었다.

그날 나는 딱 하루 동안 정치입문 4반세기 만에 처음으로 전경들이 우리 집을 경호해 주는 영광을 누렸다. 당시의 심정을 아내는 어느 잡지와의 인터뷰에서 이렇게 술회했다.

"집 앞 골목에 전경 버스가 서 있는 것을 보고 창피해서 혼났습니다. 하루 만에 물러가서 다행이었지, 하마터면 동네에 얼굴을 들고 다니지도 못할 뻔했어요. 여당 하는 사람들은 그런 창피를 어떻게 견디는지 정말 궁금하더군요."

생사고락을 함께한다고 믿었던 동료들이 미련 없이 통합여당으로 들어가는 모습을 보고 적잖은 상처를 받기도 했다. 더구나 3당 통합에 대한 국민들의 기대가 대단히 높다는 출처불명의 여론조사 결과를 들이대며 함께 참여할 것을 종용하는 동료들마저 있었다.

"3당 통합은 하루아침에 전체 의석의 72%를 장악하는 거대여당이 출현하는 것을 의미합니다. 만약 쫓아가지 않을 경우 영락없이 '낙동 강 오리알' 신세가 되어 정치생명이 끝날 수도 있지 않겠어요?"

주위에서 이런 걱정을 해주기도 했지만, 어차피 내가 선택한 길이었다. 마음속의 갈등과 고통쯤은 기꺼이 끌어안을 준비가 되어 있었다.

마음을 정하고도 누님과 매형의 바람을 또 한 번 외면해야 한다는 사실이 가슴 아팠다. 그동안 숱하게 억울한 피해를 봤던 두 분에게는 죄송스럽기 그지없는 결심이었다.

매형이 경영하는 태광은 나 때문에 툭하면 간섭을 받곤 했다. 그래서 3당 통합 발표를 듣고 쾌재를 불렀던 모양이었다. 내가 여당이 되면 특혜를 받지는 못할망정 전처럼 '찍어놓고' 건드리는 일은 없을 것이라는 소박한 바람이었으리라.

내가 통합준비위원회 전체회의에 불참했다는 소식이 전해지자 누님과 매형은 한걸음에 달려와 애원 반 협박 반의 하소연을 늘어놓기도 했다.

"제발 통합여당으로 따라가라. 정 못하겠다면 이번 기회에 차라리 형제간의 우의를 끊자."

그동안 얼마나 동네북처럼 당했으면 저럴까, 안타까운 생각이 들었지만 결국 입을 다물 수밖에 없었다.

아무튼 이 모든 우여곡절을 1월 29일의 통합여당 불참 선언으로 훌

홀 털어버리고 새로운 길을 모색하기 시작했다.

당시 자료를 찾아보다가 통합여당 불참 선언을 한 다음날인 1월 30일자 〈동아일보〉에 게재된 인터뷰 기사가 눈에 띄었다. 당시의 심정과 각오가 잘 피력되어 있어 여기에 옮겨본다.

"25년 야당생활 버릴 수 없었다."
신당 합류 거부 밝힌 이기택 민주 총무

민자당(가칭) 합류 여부로 관심을 모아온 이기택 민주 부총재 겸 원내총무가 30일 마침내 합류거부 의사를 밝혔다.

야당에 남기로 결심을 굳힌 이유는…

"우선 김영삼 총재의 임명으로 원내총무를 맡은 당인으로서의 책무와 인간적 미안함 때문에 괴로운 결심이었다. 그러나 모든 것을 뿌리치고라도 야당에서 25년간 잔뼈가 굵으며 지켜온 원칙을 지키기로 결심했다."

1·22 합당선언 후 청와대 오찬에도 참석해 모두 합류하는 줄 알았는데 결심을 바꾼 배경은…

"국민들에게 우유부단하게 보인 점 죄송스럽게 생각한다. 특히 나를 아껴준 분들께 대범한 결정을 못 내려 미안하다. 하지만 총재를 보좌하고 당이 문 닫을 때까지는 당인의 역할을 지키는 것이 도리라고 믿은 점도 이해해 달라. 나로선 당 해체 결의 전까지만 결심하면 된다고 생각했다."

지금은 민주 대 반민주, 독재 대 반독재의 정치구도가 아니라는 주장도 있고, 민정, 공화당도 국민의 심판을 거친 정당이 아닌가.

"한마디로 전 시대에 대해 아무런 정리나 회개 절차 없이 그 시대의 독주 세력과 손잡느니 차라리 정치를 하지 않는 게 낫다는 생각을 하였다. 명색이 야당에서 5선의 경력을 쌓은 나로선 야당적 원칙을 저버릴 수 없었다. 호남에만 야당이 있고 나라의 3분의2 가량이 야당 부재가 되는 엄청난 정변 속에 야당의 씨가 되는 밀알로 남고 싶었다. 나라고 왜 편한 길을 택하고 싶은 유혹이 없었겠는가?"

앞으로의 정치적 진로나 계획은…

"지금은 새 집을 지을 때도 아닌 것 같다. 새 집을 짓거나 내 목소리만 커도 소야가 그나마 분파작용을 하는 것으로 비칠지 모른다. 그저 야당에 쓸 주춧돌 서까래를 찾는 마음으로 혼자서 원칙의 길을 가겠다."

그는 부산지역 선거구 여론을 비롯해 여러 갈래의 3당 합당에 대한 의견을 알아봤으나 "도무지 갈피를 잡을 수 없는 내용이 있다."고 했다. 그는 "정치적 가치척도가 흔들리는 시대에 나름의 입장을 정리해 차분히 국민에게 봉사하는 길을 찾겠다."고 말했다.

1990년 2월 9일 '1노2김'은 서울 여의도 중소기업회관에서 합당 대회를 열어 민주자유당을 창당했다. 이로써 민주자유당은 원내의석이 216석이 되어 개헌선인 3분의 2를 넘는 의석을 보유한 거대 여당이 됐다. 국민이 만들어준 '여소야대' 정국이 채 2년도 되지 않아 무너졌다.

민주당 창당

영남권 야당의 재건

정치인의 삶은 그야말로 결단의 연속이다. 다반사로 직면하는 예측불허의 상황에서 신중하게 판단하고 올바르게 행동해야 하기 때문이다. 물론 세상을 살아가면서 유독 정치인만 그런 결단의 순간을 맞이하는 것은 아니다. 다만 정치인이 직면하는 상황은 적어도 공동체의 현실과 밀접한 관련을 맺기 때문에 어떤 결단을 내리느냐에 따라 개인뿐만 아니라 공동체의 미래에도 적잖은 영향을 끼치게 된다.

나의 정치여정 또한 고독한 결단의 연속이었다. 자유당 독재정권을 종식시킨 4·19혁명, 선명야당을 출범시켜 결국 유신정권의 종말을 가져오게 했던 5·30 전당대회, 2·12 돌풍을 일으킨 신한민주당 창당 등 결과적으론 모두 좋은 결과를 낳았지만, 당시는 피를 말리는 순간들이었다. 그래도 이런 결단들이 국민의 편에서 역사의 물줄기를 바로 잡는 방향으로 이뤄졌다는 사실에 자부심을 느낀다. 이런 점에서 반민주적이고 반역사적인 3당통합을 반대하고 거대여당 참여를 거부한 것은 너무나 당연한 귀결이라고 할 수 있었다.

3당통합을 거부하자마자 바로 노무현 김정길 의원 등이 하루가 멀다 하고 찾아와 신당을 만들자고 매달렸다. 사실 그때 나는 선뜻 내키지가 않았었다. 우선 개인적으로 상당 기간 휴식기를 가지며 우리 정치에 대해 깊은 연구와 성찰을 해보고 싶었다. 그리고 나중에 '8인 8색'이라는 말까지 만들어졌듯이 개성 강한 소장파 의원들을 데리고 당을 만들어 꾸려가는 것은 솔직히 생각만 해도 어지러웠다.

그러나 결국 그들과 함께 신당을 만들기로 결심했다. 그것은 무엇보다 3당통합으로 사라진 영남권의 야당을 재건하는 게 시급했고, 또한 보스 중심의 정치에서 벗어난 새로운 리더십의 정치문화를 만들어보고 싶은 욕망 때문이었다. 이런 나의 생각은 1990년 2월 민주당 창당발기인대회에서의 취지문에 그대로 담겨 있다.

> 궤멸상태에 빠진 야당을 다시 세우고 선거를 통한 평화적 정권교채를 이룩할 민주세력의 결집을 위해 (가칭) 민주당을 창당할 것이다. … 새로 태어날 민주당을 보수야당이 아닌 진취적 정당으로서 정통야당의 반독재적 민주화 정신을 계승하되 사당구조의 정치적 구습을 철저히 타파하여 국민에 대한 책임질 줄 아는 도덕적 정당이 될 것이다.

보궐선거 쾌거

신당 출범에 대한 국민의 기대와 성원은 모두가 놀랄 만큼 대단했다. 1990년 3월 3일 부산에서 이른바 '3·3·3대회'를 열었다. 3월 3일 오후 3시 3당통합을 규탄하는 대회라고 해서 그런 이름이 붙었는데, 무려 5만의 인파가 구 부산상고 교정에 모여 부산 시민의 분노를 표출했다. 나는 그때 대회에 참가한 인파의 열기를 보고 잘만 하면 신

3당 통합을 규탄하는 '3·3·3 부산대회'

당이 성공하겠다는 생각이 들었다.

또한 그 무렵 고무적인 또 한 가지 사실이 있었다. 한국갤럽에서 정당에 대한 여론조사를 실시했는데, 아직 창당도 되지 않은 신당에 대한 호감도가 민자당이나 평민당을 압도한 것이다. 조사결과를 보면, '호감이 간다'와 '호감이 가지 않는다'라는 항목에 대한 응답 비율이 민자당 27대 44.1이고, 평민당 26.4대 64.6인 데 반해 신당은 41.2대 33.2로 나타나 새로운 야당에 거는 국민의 기대를 실감할 수 있었다.

우리는 이러한 국민의 기대치가 결코 허수가 아니라는 사실을 얼마 후에 치러진 보궐선거에서 보기 좋게 입증했다.

4월 초순으로 예정된 대구 서갑구와 충북 음성·진천 보궐선거는 애당초 참여 여부조차 불투명한 상황이었다. 아직 창당도 하지 않은 상태였고, 게다가 선거를 좌우하는 돈과 조직 역시 민자당에 비하면 그야말로 조족지혈 鳥足之血에 지나지 않았다.

그럼에도 불구하고 우리는 보궐선거에 참여하기로 결정했다. 우리가 표방했던 '도덕정치'의 깃발을 앞세워 깨끗한 정치를 부각하면 승산이 있다는 생각에서였다. 즉각 양 보궐선거구에서 상주하며 모든 힘을 기울여 선거를 지원했다. 지금 생각해보면 내 선거 때보다도 더 열심히 뛰었던 것 같다.

선거 결과는 놀라웠다. 기적의 승리라 할 수 있었다. 음성·진천에서 허탁 후보가 당선되는 쾌거를 이룩했다. 그리고 대구의 백승홍 후보는 눈부신 선전 끝에 아깝게 낙선하기는 했지만, 당시 상황에 비춰보면 승리나 다름없는 결과였다. 더욱이 당시 평민당에서는 아예 후보조차 내지 못한 상황이었다.

무척 기뻤다. 아마도 내가 정치를 해오면서 가장 기뻤던 순간의 하나가 아닐까 한다.

그리고 이러한 신당 바람은 다음해인 1991년 지방선거에서도 괄목할만한 성과를 이뤄냈다. 전국 득표 14.3%로, 양당의 세가 강했던 호남, 대구광역시, 제주도를 제외한 전국에서 광역의원 21명을 당선시킨 것이다. 이는 제13대 국회의원 선거 당시 통일민주당 지지도(23.8%)의 절반 이상이었다. 무소속이 22.4%를 득표했고, 김대중 씨의 신민주연합당이 불과 21.9%(총선 당시 19.3%)를 득표한 것을 감안하면 결코 적은 득표가 아니다.

'꼬마민주당'

보궐선거에서 한층 자신감을 얻은 나와 신당 주역들은 창당 작업을 서둘러 마침내 1990년 6월 15일 민주당을 정식으로 출범시켰다.

당시 민주당에는 현역의원이 고작 8명이었다. 민자당이 한 지붕 세 가족이 되어 무지막지한 덩치를 자랑하고 제1야당인 평민당이 70석을 가지고 있는 상태에서 민주당은 교섭단체 구성에 필요한 원내 20석에도 훨씬 못 미쳤다. 그래서 사람들은 우리 당을 '미니 정당'이라고

민주당 창당 전당대회

불렀고, 나중에는 다른 시기의 민주당과 구별하기 위해 '꼬마 민주당'이라는 애칭까지 붙였다.

그런데 이런 조그만 정당에서 총재를 하겠다고 나선 사람이 셋이나 되었으니, 세인들로부터 웃음거리가 되지 않을 수 없었다. 왜 여덟 명 다 총재로 나서지 않느냐는 비웃음을 사기도 했다. 사실 그때 내가 마음만 먹었다면 경선을 하지 않고 총재에 오를 수도 있었다. 내가 창당을 주도했다는 것은 천하가 다 아는 사실이고, 정치 경륜으로 봐서도 총재에 가장 근접해 있는 사람이었기 때문이다. 하지만, 그것은 어디까지나 내 생각이고 만약 대의원들이 인정하지 않는다면 그것 역시 받아들이겠다는 마음으로 겸허하게 경선에 임했다. 나는 경선 결과 박찬종, 김광일 후보를 누르고 압도적인 지지로 총재에 선출되었다.

미니정당 민주당의 총재를 해오며 하루도 마음 편한 날은 없었다. 워낙 권위주의적 정치문화를 거부하는 소장파 의원들이 주축이 되어 있어 어느 하나라도 총재 뜻대로 되는 게 없었다. 반면에 당의 운영자금은 누구 하나 돈 낼 사람이 없어 전적으로 내가 책임져야만 했다. 남들이야 알리 없었지만, 사실 하루하루가 가시방석에 앉은 느낌이었다. 그럼에도 나는 당시 민주당을 창당하고 어렵게 꾸려왔던 것이 무척 훈훈한 기억으로 남아 있고 나름의 자부심도 갖고 있다.

그때까지만 해도 대부분의 우리나라 정당은 권위주의적인 군사정권의 영향을 그대로 답습하면서 너무나도 비민주적인 운영방식에 매몰되어 있었다. 특히 민주화를 주장하는 야당까지도 양김이라는 보스를 축으로 일사불란하게 움직이는 걸 당연하게 받아들였다.

이렇듯 독단적이고 권위적인 정치형태에 회의를 품고 있었던 나는 진정한 민주정당의 운영방식을 민주당에 도입하고 싶었다. 그래서 단일지도체제의 정당이었지만, 가장 자유스러운 논의과정을 거쳐 의사를 결정했다. 나는 당시에 함께 일했던 누구에게 물어보더라도 민주당이 의사개진만큼은 너무나 자유스러웠다고 얘기할 것으로 확신한다.

오늘날 정당 민주화가 일반화된 데에는 내가 총재로 있으면서 개척해온 민주당의 새로운 정치문화가 초석이 되었다는 사실 하나만으로도 결코 작지 않은 의미가 있다고 자부한다.

민주당 지구당 위원장 워크샵에서

지자제선거에 출마한 여성후보자 및 여성당직자들과 함께

야권통합

시대적 요청

야권통합은 민주당의 창당 목표 가운데 하나였다.

3당합당으로 국토의 4분의 3에 이르는 지역이 야당의 황무지로 변해버렸다. 제1야당인 평민당은 호남과 서울 이외의 지역에서는 거의 의석을 차지하지 못했던 것이다. 따라서 절름발이가 된 야권을 통합하여 전국적으로 야당의 조직과 세력을 복원하고 지역성의 한계를 뛰어넘는 일은 대다수 국민의 여망이요, 누구도 이의를 제기할 수 없는 시대적 요청이었다.

그러나, 야권통합을 전제로 창당 작업을 하다 보니 출발부터 여러모로 부작용이 뒤따랐다. '어차피 머잖아 없어질 당'으로 간주하는 분위기가 팽배했던 것이다. 제대로 모양을 갖춘 정당을 만들어서 통합해야 통합 이후의 모습이 여러모로 번듯해진다는 것을 모르는 바 아니었지만, 막상 출발부터 과도기적 역할을 전제로 하다 보니 생각처럼 쉽지가 않았다.

창당 전에 실시된 보궐선거에서 승리하여 절정의 인기를 누리기도 했다. 그러나 창당 전후에는 야권통합을 둘러싼 당내의 이견이 분열상으로 비쳐서 오히려 국민의 지지도가 떨어지고 있다는 여론조사 결과가 나오기도 했다.

민주당의 통합 원칙은 처음부터 '당 대 당 통합'이었다. 평민당에도 이것을 전제로 통합을 제의해 놓고 있었다. 상식적으로는 현역의원 8명의 군소정당이 제1야당에 '당 대 당 통합'을 제안하는 것이 터무니없이 여겨질 수도 있었지만, 당시에는 아무도 그것을 문제 삼지 않았다. 그만큼 평민당의 한계는 분명했던 반면, 민주당의 잠재력은 무궁무진한 것으로 판단되었기 때문이다.

민주당이 1990년 6월에 창당되었고, 통합이 이루어진 것은 1991년 9월이었으니 1년이 훨씬 넘는 기간 동안 야권통합을 둘러싼 진통이 계속되었던 셈이다. 협상이 진행되는 동안 진퇴양난의 어려움에 처한 적이 한두 번이 아니었다.

"나의 정치생명을 걸고 야권통합을 성사시키겠다."

민주당 창당의 전제조건이자 당론이기도 했던 야권통합에 대한 의지를 표명하기 위해 내가 총재에 취임하면서 했던 약속이었다. 심지어 나는 이 약속을 지키지 못한 책임을 지고 총재직을 사퇴하기까지 했다.

총재직 사퇴 후 당이 표류하게 되자 노무현 김정길 장석화 장기욱 등의 도움으로 이부영 박계동 제정구 원혜영 등 민연세력을 접목해 새 바람을 일으키고 전당대회에서 다시 총재로 당선되었다. 그 후 그 세력의 지원으로 통합을 실현할 수 있었다.

3당통합으로 정당의 지역성이 심화되는 바람에 통합에 어려움을 겪기도 했다. 수도권 중심의 지역 출신은 적극적이었던 반면, 영남과 충청권은 소극적이거나 반대하는 분위기였다. 개인적으로도 지역정당인 평민당과의 야권통합을 위해서는 정치적 손실을 각오해야만 했다.

야권통합은 결국 지역성 때문에 통합에 고충을 느낀 사람들이 대승적인 입장에서 흔쾌히 나서주었기 때문에 성사될 수 있었다. 지역감정의 극복과 갈등 해소를 위해서도 통합은 반드시 필요하다는 사실을 이해했던 것이다.

야권통합의 걸림돌

사실 야권통합을 가로막는 가장 결정적인 어려움은 당시 김대중 평민당 총재의 거취문제였다. 그것은 지분이나 명분 문제보다 훨씬 심각한 현실적인 장애였다고 생각한다.

민주당에서는 김대중 총재가 2선으로 물러나지 않는 한 합당은 있을 수 없다고 주장하는 세력이 만만치 않았다.

나도 민주당 출범 이전부터 줄곧 '세대교체론'을 주장해 온 입장이었지만, 김대중 총재라는 특정인을 지칭해서 노골적으로 '물러나야 한다'라고 요구할 수는 없다고 생각했다. 정치인이 자신의 의지나 국민의 심판에 의해서가 아니라 압력이나 강제적인 수단에 의해 물러나야 한다면 그것은 총칼로 정치규제를 당하는 경우와 다를 바가 없다는 신념 때문이었다.

아무튼 기업이든 정당이든 국가든 어떤 조직에서나 특정한 인물이 너무 오래 권력을 장악하고 있으면 갖가지 폐해가 나타나게 마련이다. 내가 어떻게 생각했든 김대중 총재의 거취문제가 통합 협상의 걸림돌이 될 수밖에 없었던 배경은 바로 그 점이었다.

김영삼 씨와 김대중 씨가 우리나라 정치사에 이룩해 놓은 공헌은 아무도 부정할 수 없지만, 두 사람이 경쟁하는 동안에 생겨난 부정적

영향 또한 그렇게 간단한 것만은 아니다.

1971년 두 사람이 처음 대권경쟁에 나선 이래로 그들은 4반세기 이상 정권교체의 대안으로 군림해 왔다. 특히 1987년에는 국민이 차려준 밥상을 후보단일화에 실패함으로써 스스로 걷어차버리는 치명적인 실수를 저질렀다.

또 한 가지, 지역감정 문제다. 언젠가 지역감정을 해소하는 것이 통일보다도 오히려 시급한 민족적 과제라는 뜻을 밝힌 바 있다. 양 김兩金이 엄연히 지역감정의 피해자인 동시에 지금까지 지역감정에 편승하여 정치생명을 연장해 온 수혜자이기도 하다는 사실은 '아이러니'가 아닐 수 없다.

결국 1년 이상의 지루한 협상을 거쳐 김대중·이기택 공동대표 체제의 '통합 민주당'을 성사시켰다. 어렵게나마 '야권통합'을 실현할 수 있었던 것은 3당합당으로 인위적으로 만들어진 거대여당에 대한 위기감을 공유하고 있었기 때문이다. 나아가 반세기에 걸친 우리나라 헌정사의 숙원인 '정권교체'에 대한 국민적 여망을 무시할 수 없었기 때문이기도 하다.

지역감정

지역감정 얘기가 나온 김에 한마디 더 붙여볼까 한다. 사실 지역감정은 새삼스러운 것은 아니다. 어느 시대 어느 나라든 강도의 차이가 있긴 하지만 어느 정도 지역감정은 존재했던 것이 아닐까. 그런데 이 지역감정이 정치세력과 결부되어 심각한 국가적 갈등으로 심화되는 게 문제이다.

내 기억에 1960년대까지만 해도 지금과 같은 호남 대 영남 대립은 별로 없었던 것 같다. 야당 내에서도 호남 출신 정치인과 영남 출신 정치인이 동지적 관계를 유지하며 대여투쟁을 해왔었다. 당시의 야당 정치는 보스 중심의 계파정치였는데, 보스의 출신 지역을 따라 계파에 참여하는 일은 없었다.

지역감정이 정치화된 것은 1969년도에 김대중 씨 등이 "경상도 정권을 타도하자"라는 연설을 했고, 그 이후 1971년 제7대 대통령선거에 조직적으로 개입한 중앙정보부가 대대적으로 지역감정을 조장함으로써 시작되었다고 많이들 얘기한다. 내가 보기에도 틀린 얘기라곤 할 수 없지만 오늘날의 지역감정은 이 한두 가지로 설명할 수 없다고 생각한다.

원인이 무엇이었든, 그게 중요한 것은 아니다, 하루 속히 지역감정을 불식시키지 않으면 국민통합은 물론 국가적 성장 동력에 결정적인 장애로 남을 것은 자명하다. 무엇보다 지역을 볼모로 하는, 다시 말해 지역감정을 정치 프레임으로 삼는 정치행위를 단연코 용납해서는 안 된다. 이런 점에서 더더욱 나는 3당통합을 용서할 수 없었고, 야권통합에도 나섰던 것이다.

제 8 부 영욕의 세월

제1야당 총재 시절

제14대 총선 돌풍

1991년 9월 16일 우리 민주당과 김대중 씨의 신민주연합당이 합당하여 통합민주당이 출범하였다. 나는 김대중 씨와 함께 공동대표로 선출되었다. 비록 공동대표이긴 하지만 야당정치인으로서는 정점에 이른 셈이다.

물론 내게는 영광이었다. 하지만 그 후 내가 걸어야 할 정치지도자로서의 길은 험난하기 그지없었다. 애초부터 김대중 씨와의 동거가 순탄하리라곤 생각지 않았다. 지역감정을 해소하고 강한 야당을 만들기 위하여 통합은 했지만, 그분과는 정치적 기반이나 스타일 등 거의 모든 면에서 너무 달랐다.

아무튼 제1야당 총재로 정점에 이른 이후 내게는 가혹한 정치적 시련이 계속 이어졌다. 국회의원 선거에서 연이어 낙선하고 끝내는 이회창 씨로부터 공천에서 배제되는 치욕적인 모멸마저 겪어야 했다. 따지고 보면 이 모든 시련을 나의 고집으로 자초한 셈이지만, 끊임없이 이어지는 가시덤불을 헤쳐 나가기가 어찌 고통스럽지 않았겠는가. 그럼에도 별다른 마음의 상처 없이 노년을 지내는 걸 보면 나도 퍽이나 무던한 사람인 듯싶다.

김대중 씨와 공동대표를 하던 시절은 별다른 갈등 없이 순탄하게 당을 이끌어나갔다. 김대중 씨가 양보를 많이 한 편이었고, 동교동계 의원들도 협조를 잘 해줬다. 대통령선거를 앞두고 구 민주당계를 어떻게든 끌어안으려 그랬겠지만, 나도 계파 이해를 초월해 원칙에 따라 옳은 판단을 하려 애를 썼다. 동교동계 의원이 100여 명으로 대다수인 당에서 일당백이라 하는 김상현 권노갑 조세형 씨 같은 분들과 큰 소리로 다툰 적 없이 원만하게 당을 이끌었다는 게 지금 생각해도 신기한 일이다.

1992년 3월 24일, 민주당은 제14대 총선에서 97석을 얻어 사실상의 개헌저지선을 확보하는 등 돌풍을 일으켰다. 특히 총선 전 호남을 제외한 의석이 20석이었으나 38석으로 2배 가까이 늘어나 지역 당이라는 한계를 어느 정도 벗어날 수 있었던 것은 쾌거가 아닐 수 없었다. 캄캄하기만 했던 민주당의 대선가도에 처음으로 청신호가 켜졌다.

반면에 여당인 민자당은 압승할 것이라는 예상과 달리 총선 전 194석이었던 의석이 149석으로 45석이나 줄어드는 참패를 했다. 무엇보다 거대여당에 대한 견제심리가 작용했던 게 가장 큰 요인이겠지만, 야권통합으로 제1야당에 대한 기대가 커졌던 것도 그에 못지않게 작용했을 것이다.

제14대 총선 후보자 공천 과정에서 내가 김대중 씨 속을 꽤나 태웠던 것 같다. 원래 공천심사를 하다보면 공천심사위원회에서 합의가 안 되는 지역이 여러 개 나오게 되어 있다. 당시는 그럴 때 공동대표에게 위임하게 되어 있었다.

호텔을 잡고 김대중 씨와 한 방에 앉아 밤을 새워 의논을 하고 옆방에선 공천심사위원들이 결과를 기다렸다. 물론 둘이 의논을 해도 쉽게 결론이 안 나는 지역이 있을 수밖에 없다. 그럴 땐 내가 새벽 두세 시까지 버티며 고집을 부렸다. 그러면 결국 김대중 씨가 견디질 못하고 많이 양보를 해줬다. 얼마나 내가 고집을 부렸으면, 공천이 끝나고 얼마 후 김대중 씨가 어느 자리에서 "내가 정치 시작한 후 지금까지 이기택처럼 고집 센 사람 처음 봤다."라는 말까지 했다는 소릴 듣기도 했다.

내가 좀 심했을는지는 몰라도 그 덕분에 공천에 탈락할 수밖에 없었던 몇 사람이 구제되었다. 처음부터 조윤형 이해찬 의원 등 몇 명에겐 절대 공천을 주지 못한다는 게 김대중 씨측의 입장이었다. 그런데 내가 보기에 이들에게 공천을 주지 못할 이유가 없었다. 그분들 모두 야당정치인으로서 투철하고 의정활동도 모범적으로 해온 분들이었다.

나는 이들을 구제하기 위해 한시가 바쁜 그 때 4-5일을 끌며 김대중 씨와 담판을 했다. 결국 한 분만 빼고 모두 공천을 주었다. 김대중 씨가 자신이 정치를 그만두었으면 두었지 조윤형 씨만은 절대 안 된다고 끝까지 버텨 나로서도 손을 들 수밖에 없었던 것이다.

제14대 대통령선거와 김대중 씨 정계은퇴 선언

제14대 총선이 끝나자마자 당은 연말에 있을 제14대 대통령선거 후보자를 선출하기 위한 경선에 돌입했다. 물론 당 안팎으론 김대중 씨의 대통령후보 선출을 당연시하고 있었다. 나의 경선 출마를 들러리로 보는 이들도 많았던 게 사실이다. 내 주변에서조차 만류하는 사람들이 많았다. 하지만 내 생각은 조금 달랐다.

김대중 씨가 대세인 것을 부인할 순 없지만, 원래 선거란 끝까지 가봐야 알 수 있는 것이다. 해보지도 않고 지레 포기할 수는 없는 노릇 아닌가. '진인사대천명盡人事待天命', 1979년의 5·30 전당대회에서 그러했듯이, 뜻이 있으면 최선을 다하고 겸허하게 결과를 받아들일 뿐이다. 또한 민주정당에서 제대로 된 경선 없이 선출된 대통령후보가 본 선거에서 무슨 힘을 발휘할 수 있겠는가? 나는 양김 이후의 새로운 정치문화와 미래 지향의 새 정치 비전을 제시하며 최선을 다해 경선에 임했다.

경선과정에 돌입해보니 의외로 해볼만 하다는 생각이 들었다. 당시 동교동계에도 비호남 지구당위원장들이 꽤 되었다. 그들 중 상당수가 이기택이 대통령후보가 되어야 한다며 몰려왔다. 그런데 자금이 문제였다. 대의원들을 설득하려면 돈이 필요하다는 것이었다. 내게 그런 자금이 있을 리 없었다. 그들은 다시 내게서 멀어져 갔다. 결국 마지막까지 맨몸으로 버텨야 했다.

1992년 5월 26일 서울 올림픽 펜싱 경기장에서 민주당 전당대회가 열렸다. 먼저 최고위원 선거에서 신민계의 김상현 김영배 조세형 박영숙 정대철 김원기 씨가 당선되고 민주계에서 이부영 김정길 씨가 당선되었다. 그리고 뒤이어 대통령후보 경선에 들어가 김대중 씨가 총대의원 2,426명 중 1,113표를 얻어 대통령후보가 되었고, 나는 825

표를 얻었다. 합당할 당시 지분인 6:4 그대로 표로 연결된 것이다. 구민주계에선 한 표도 이탈하지 않았다.

후보가 되지는 못했지만 유감은 전혀 없었다. 나로선 주어진 여건 속에서 최선을 다했기 때문이다. 그렇기에 나는 예정에도 없던 연설을 자청하여 경선 결과에 승복하며 대통령 선거의 승리를 위해 최선을 다하겠다고 다짐하기도 했다.

선거기간 중 공동대표로서 당연히 선거대책위원장을 맡아 정말 열심히 뛰어다녔다. 김대중 후보가 연세도 많고 건강도 안 좋은 편이기도 했지만, 아무튼 당사자보다도 내가 더 많이 돌아다니며 유세를 했다.

하지만 역부족이었다. 1992년 12월 18일에 실시된 제14대 대통령 선거에서 민주자유당의 김영삼 후보가 9,977,332표를 얻은 반면, 김대중 후보는 8,041,284표를 얻는 데 그쳐 낙선했다.

개표가 종료되고 난 19일 아침 식전 일찍 김대중 씨로부터 전화가 왔다. 면목이 없다며 위로의 말을 건네자, 김대중 씨는 "이 대표가 나를 위해 정말 수고를 많이 해줬는데 결과가 이래서 미안하다." 말하곤 느닷없이 "내가 이 시간부터 정계은퇴를 해야겠다."라는 것이었다. 깜짝 놀라지 않을 수 없었다. 그때까지 전혀 생각지도 못했던 일이었다.

"무슨 말씀이십니까? 그래도 당의 대표이신데 당내 여러분들하고 의논도 하셔야 하지 않겠습니까? 다시 한 번 생각을 해보십시오."

일단 김대중 씨를 만류했지만, 김대중 씨는 이미 결심이 섰다며 바로 아침에 기자회견을 하겠다는 답뿐이었다.

김대중 씨는 19일 오전 중앙당사에서 기자회견을 갖고 "이번 선거에서 국민의 신임을 얻는 데 실패한 것을 나의 부덕의 소치로 생각하며, 패배를 겸허한 심정으로 인정한다."라면서 "국회의원직을 사퇴하고 평범한 시민이 되겠다."라고 밝혔다. 그리고 "앞으로 평당원으로서 힘닿는 데까지 당과 동지 여러분의 발전에 미력하나마 헌신 협력할 것을 다짐한다."라며 "나에 대한 모든 평가를 역사에 맡기고 조용한 시민생활로 들어간다."라고 정계은퇴를 선언했다.

당시 김대중 씨의 정계은퇴 선언을 지켜보며 한국정치사의 매우 중요한 순간이라는 생각이 들었다. 그것은 한 개인의 진퇴 문제가 아니라 한국정치의 획기적인 변화의 물꼬를 트는 일대 결단이라고 보았기 때문이다.

김대중 씨 스스로가 정계를 떠나 국민을 위해 봉사하고, 당원의 한 사람으로서 민주당이 진정한 정권교체를 이룰 수 있도록 힘쓰겠다고 눈물을 흘리며 했던 약속은 바로 문민정부가 도래하는 과도기에 양김 씨가 치른 승부에서 한쪽이 패배를 깨끗하게 인정하고 새로운 정치시대를 열 수 있도록 물러나겠다는 약속이었다.

우리 국민은 당연히 새로운 정치시대가 도래한다고 믿었다. 그렇기에 온 국민이 그가 살아온 파란 많은 생애에 눈시울을 적시며 그분을 보냈던 것이 아닐까. 그런데 김대중 씨가 국민과 시대와의 약속을 뒤집고 정계복귀를 했다. 설마 그분이 그럴 수 있으리라곤 꿈에도 생각지 못했다.

미래 지향의 정치

김대중 씨의 정계은퇴 후 치러진 1993년 3월 11일 전당대회에서 김상현 정대철 씨와 겨뤄 단독대표로 선출되었다. 하지만 제1야당의 명실상부한 대표가 되었다는 기쁨보다는 양 김 씨와는 다른 차원의 새 정치를 어떻게 구현해나갈지 중압감부터 느꼈다.

많은 분들로부터 폭넓게 자문을 받으며 깊이 고심한 끝에 내린 결론은 반대만을 위한 야당이 아니라 국정 어젠다agenda를 적극적으로 제시하는 야당으로 탈바꿈해야 하겠다는 것이었다.

사실 지난날의 야당은 정부 여당에 대한 반대만을 위해 존립했다. 그게 역할의 전부였다 해도 과언이 아니다. 그로 인해 야당의 정국운영방식이나 노선은 과거지향적인 정치공세 일변도와 강경론에 매달릴 수밖에 없었다. 그러나 이제는 하루가 다르게 세상이 급변하고 있고, 국제적으로 국가 간 경쟁이 살벌할 만큼 치열해지고 있다. 야당이라고 국가경쟁력 강화를 위한 노력을 외면할 수 없게 되었다.

틈만 나면 야당의 변화를 주장하고 설득해나갔다. 정부 여당을 향한 비판도 현실에 바탕을 둔 미래지향적 비판에 초점을 맞추고, 나아가 우리 야당이 선도적으로 국정 어젠다를 제시하도록 독려했다. 그 결과 조금씩 변화가 일어났다. 특히 국정감사가 그 어느 때보다도 성공적으로 탈바꿈했다는 언론의 평을 받았다.

하지만 내가 구상한 미래 지향의 정치는 김대중 씨가 정계복귀를 시도하면서 당내 분란으로 이어져 그 결실을 제대로 볼 수 없었다. 어쩌면 정치인으로서 나의 마지막 과업이라 할 수 있는데 제대로 해보지도 못한 게 나로서는 참으로 아쉽고 아픈 대목이다.

얼마 전 자료를 뒤적이다 1993년 10월 27일 국회대표연설문을 보게 되었다. 지금 읽어도 미래 지향의 정치를 구현하기 위한 고심과 구상이 잘 담겨 있는 것 같다. 당시 각 언론으로부터 야당으로 발상의 대전환이라는 호평을 받았던 기억이 난다. 연설문 중 앞부분 일부를 기록으로 남긴다.

(…) 우리는 지금 새로운 시대를 향한 변화의 20세기 말을 살고 있습니다. 과학기술의 발달은 전 세계를 하나의 지구촌으로 만들고 있습니다. 21세기는 정보와 지식이 생산력과 문화의 중심이 되는 새로운 문명의 시대가 될 것입니다. 자유민주주의가 20세기의 시대사조였다면 21세기는 복지민주주의와 인간성 회복의 시대일 것입니다. 우리에게 무엇보다 가장 분명한 21세기의 전망은 통일된 조국의 건설이 될 것입니다. 냉전시대의 유산인 이데올로기는 붕괴되고 세계가 국경 없는 경제전쟁시대로 돌입하고 있습니다.

이러한 변화의 시대를 맞이해서 많은 나라들이 '국가개혁'을 서두르고 있습니다. 개혁은 거부할 수 없는 시대적 요청이며 생존과 번영을 위한 유일한 대안이기 때문입니다.

우리가 살아온 지난 100년간의 20세기는 우리 민족에게는 굴욕과 좌절의 시대였습니다. 우리는 19세기 말 근대문명의 거센 파고에 떠밀려 서구열강들의 각축장이 된 이래, 20세기의 그 기나긴 우리 역사는 식민지 시대, 민족분단과 전쟁, 그리고 군사 독재로 점철되어 왔습니다.

우리는 또다시 이 같은 굴욕과 좌절의 역사를 결코 되풀이할 수는 없습니다. 그래서 저는 앞으로 6년밖에 남지 않은 21세기를 위한 노력과 준비가 절대절명의 시대적 과제라고 말씀드리는 것입니다. 그런데 지금 우리는 21세기를 위해 어떻게 준비하고 있습니까? 무엇을 준비하고 있습니까? 국가진로와 목표도 없이 세계사의 격류 앞에 표류하고 있지나 않는지 깊이 반성해 봐야겠습니다.

국민 여러분!

우리가 21세기로 나아가기 위한 개혁의 목표는 '국가경쟁력 강화'가 되어야 하겠습니다. 그 개혁은 '민주화'와 '과학화' 그리고 '국제화'의 3대 축을 중심으로 이루어져야 하겠다는 것입니다.

우리보다 앞서가는 선진국들은 이미 이 3대 요소를 갖추고 있지 않습니까? 그러면서도 그들은 국방비까지 삭감하면서 경제

전쟁을 헤쳐 나가기 위한 개혁과 투자에 온 힘을 쏟고 있습니다. 그렇기 때문에 이러한 선진국을 따라가려면 우리는 이들보다도 10배, 100배의 노력이 필요합니다.

민주화는 군사화 되어 있는 국가 질서부터 '문민화'하는 것을 말합니다. 전도된 가치관을 이제 바로 세우고 민주적 가치가 서민사회의 저변으로 확대되어야 하겠습니다. 민주화 없이는 개혁시대를 열 수 없기 때문입니다.

또한 제가 과학화를 주장하는 것은 21세기 경제전쟁의 성패가 여기에 달려 있기 때문입니다. 그렇기 때문에 과학기술을 국가전략의 최우선순위로 설정하고 그 과학기술 혁명시대를 열어야 한다는 것을 저는 주장합니다.

우리는 정치, 경제, 그리고 의식과 관행의 국제화를 하루속히 서둘러야 합니다. 현재 우리의 국제화 수준은 세계 15개 개발도상국 중에서도 겨우 11번째에 불과한 처지입니다. 이런 수준으로 앞으로 어떻게 치열한 국제경쟁에서 살아남을 수 있겠습니까?

특히 우리가 추진하고자 하는 이 모든 개혁의 궁극적인 목표는 민족통일이어야 합니다. 통일은 이제 당위이며 현실입니다. 우리는 성장한계를 극복할 수 있고, 북한은 고립과 낙후에서 벗어날 수 있는 현실적인 대안입니다. 통일이 되면 우리는 압록강과 두만강을 국경으로 하여 한때 우리 조상들의 숨결이 아직도 살아 있고, 지금도 우리 민족이 많이 살고 있는 무한한 자원의 보고인 만주와 시베리아가 우리를 기다리고 있습니다. 그런 까닭에 통일은 우리 모두가 함께 사는 길입니다.

이러한 개혁의 성공을 위해서는 '발상의 대전환'이 필요합니다. 우리 사회에 깊게 퍼져 있는 '권위주의적 의식과 군사문화'의 청산 없이는 자율과 창의에 바탕한 21세기 신질서에 적응할 수 없습니다.

역사는 우리를 기다려 주지 않습니다. 고난과 역경을 딛고 앞서 개척하는 민족에게만 밝은 미래가 보장됩니다. 이미 21세기는 시작되었습니다. 지금부터라도 정부와 정치인, 기업가와 근로자, 그리고 학생과 주부에 이르기까지 모두가 절박한 오늘의 우리 현실을 직시하고 총력을 모아 미래를 준비해 나갈 것을 촉구합니다. (…)

12·12 쿠데타 주모자 기소 투쟁

1994년 10월 검찰은 12·12 군사쿠데타 주모자들에 대한 기소유예 결정을 내렸다. 우리 민주당과 국민의 뜻을 저버린 기소유예 결정은 김영삼 정권의 태생적 한계에서 비롯된 역사인식을 그대로 드러내 보인 것이다. "성공한 쿠데타는 처벌할 수 없다"라는 검찰의 논리나 "역사의 심판에 맡기자"라는 김영삼 대통령의 언급에 국민들의 분노가 들끓었다.

검찰의 기소유예 결정 직후 당무회의를 주재하러 당사 계단을 올라가는데 박석무 의원이 내게 격앙된 목소리로 말했다.

"12·12 기소유예에 처분을 그냥 지나칠 수가 있습니까? 우리 민주당이 앞장서서 기소 투쟁을 전개해야 합니다."

그의 건의가 아니더라도 기소 투쟁은 야당으로서 너무나 당연한 일이었다. 나는 박석무 의원에게 당무회의에서 공식적으로 발의하라고 종용했다.

"박 의원이 그 주장을 제안하고 동의하세요. 내가 당론으로 확정되도록 회의를 이끌어가겠소."

12·12 군사쿠데타 주모자 기소투쟁은 그렇게 시작되었다. 당론을 결정하는 데는 아무런 문제가 없었다. 소속 국회의원들은 말할 것도 없고 당원 모두가 한결같은 마음이었다. 그런데 뭔가 이상했다. 하루 이틀 지나면서 당내에 불타오르던 전의가 서서히 사그라지는 것이었다. 처음엔 그 이유가 무엇인지 몰라 당황스러웠지만, 국회와 장외에서 투쟁을 병행하는 방향으로 계획을 세웠다.

첫 옥외집회를 대전역 광장에서 열기로 했다. 영하 5, 6도의 한겨울 날씨라 인파가 얼마나 운집할지 걱정이 되었다. 대전으로 향하는 경부선 열차 안에서 앙상한 겨울 풍경을 내다보며 마음 졸였던 일은 지금도 잊을 수가 없다.

내가 그토록 걱정했던 것은 대전 시민들을 믿지 못해서가 아니었다. 1993년 7월 영국에서 돌아온 김대중 씨가 우리 민주당의 기소투쟁에 반대했다는 얘기를 들었기 때문이었다. 당내의 투쟁열기가 잦아든 것도 바로 그 때문이었다.

대전역에 도착하자 수많은 당 간부들과 당원 동지들이 마중 나와 있었다.

"오늘 많이 모였습니까?"

나는 인사를 나누기도 전에 당 간부들에게 물었다.

"걱정 마십시오. 이미 4, 5만 명의 시민들이 역 광장을 가득 메우고 도착하시기만을 기다리고 있습니다."

대답을 듣고 왈칵 눈물이라도 쏟아질 것 같은 기분이었다. 그 순간 누군가가 제아무리 방해를 하더라도 기소투쟁은 반드시 성공할 것이라고 확신했다.

대회는 매우 성공적이었다. 갈수록 불어나는 인파가 대전역 광장을 열기로 가득 채워 한겨울의 추위도 느낄 수가 없었다. 그런데 당연히 단상의 자리를 지켜야 할 민주당 지도부의 상당수 인사가 결국 모습을 보이지 않았다. 당무회의에서 당론을 결정할 때만 해도 눈에 불을 켜고 투쟁을 부르짖던 사람들이었다.

대전에서의 성공적인 기소투쟁에 이어 두 번째 옥외집회는 일주일 후 부천 공설운동장에서 열기로 했다. 대회 2, 3일 전부터 투쟁에 동참한 일부 국회의원들과 전국에서 올라온 지구당 위원장 및 열성당원들이 부천의 골목골목을 누비며 당보와 전단을 배포했다.

반면에 동교동계는 준비를 기피할 뿐 아니라 노골적으로 투쟁을 무력화시키려고 했다. 동교동계가 내세운 이유는 '법정시한 내 예산안 통과'였는데 이는 본말이 전도된 핑계에 지나지 않았다. 사실 그동안 야당이 대정부투쟁 과정에서 예산안 통과와 연계시키는 경우가 많았다. 역대 국회에서 법정시한이 제대로 지켜진 적이 오히려 드물 정도다. 더구나 당시에 내가 판단하기로 야당이 불참하는 상황에서 여당이 단독으로 예산안을 처리하기는 사실상 어려운 상황이었고, 공소시효가 만료되는 12월 12일까지 때를 놓치지 않고 기소투쟁을 벌이더라도 정기국회가 끝나는 12월 17일까지는 예산안을 처리할 수 있었다.

동교동계의 비토에도 불구하고 부천대회도 대단한 성공이었다. 부천 공설운동장이 3만여 인파로 꽉 들어찼다. 하늘이라도 무너뜨릴 것 같은 그 열기에 감동하지 않을 수 없었다.

그 후 12월 12일의 공소시효를 앞두고 재야, 사회단체를 망라하여 서울역 광장에서 한차례 더 투쟁집회를 가졌다. 하지만 당의 다수를 차지하고 있는 동교동계가 참여를 거부하는 한, 기소투쟁이 언제까지나 계속될 순 없었다. 결국 민주당은 국회로 복귀해야만 했고, 대다수 국민들의 성원에도 불구하고 투쟁을 중단하게 되었다.

그런데 12·12 쿠데타 주모자 기소 투쟁의 정당성이 채 1년도 지나지 않아 기소를 반대했던 당사자들인 김영삼 대통령과 김대중 씨에 의해 역설적으로 입증되었다. 전두환 노태우 두 전직 대통령을 비롯한 12·12 관련자들은 김 대통령이 뒤늦게 들고나온 '역사바로세우기'라는 명분에 따라 법정에 세워져서 영어囹圄의 몸이 되었던 것이다. 웃어야 할지 울어야 할지 모를 우리 정치사의 비애가 아닐 수 없다.

서로 만날 수 없는 길

"태양은 동쪽에서 뜬다."

정계은퇴를 선언하고 1993년 1월 영국으로 출국했던 김대중 씨는 그해 7월 귀국했다. 그리고 다음해 12월 아태재단을 설립했다. 재단에 구여권 인사들을 영입하는 등 김대중 씨의 행보는 누구의 눈에도 정계 복귀의 수순을 밟는 것으로 보였다.

김대중 씨의 귀국 이후 당내 분열과 갈등이 시작되었다. 1994년 8월 2일 경주 보궐선거에서 민주당이 승리했을 때 권노갑 씨가 시비를 건 일이나 12·12 기소투쟁의 방해, 단일지도체제 논쟁 등에서 보듯이 나에 대한 동교동계의 발목잡기와 공세가 날이 갈수록 심해졌다.

이유는 단 한가지다. 김대중 씨의 정계복귀와 대권4수大權四修 가도에 당대표인 내가 걸림돌이 된다고 여겼기 때문이다. 사실 그들이 제대로 보았다. 어떠한 경우에도 김대중 씨의 정계복귀와 대권4수는 결코 용인될 수 없다는 게 나의 확고한 입장이었다. 시대변화에 따른 정치 개혁과 발전이 시급하기 그지없는데 또다시 양김 체제라는 구시대적 권위주의 정치로 돌아갈 수는 없었기 때문이다.

1995년 1월 13일 제주도에서 "태양은 동쪽에서 뜬다"라고 했던 발언도 세대교체의 당위성과 함께 당의 운영도 순리에 따라야 한다는 것을 강조한 말이었다. 예전부터 나는 지역갈등과 사당私黨 구조에 바탕을 둔 '3김정치'의 폐해에 대한 합리적인 처방전으로서 세대교체의 필요성을 제기해 왔었다. 세대교체는 '시대가 바뀌면 사람도 바뀌고, 또 그 역할도 바뀌어야 한다'라는 세상 이치인 동시에 새로운 정치를 위해 새로운 세대가 등장해야 한다는 사실을 강조했던 것이기도 하다.

제주도 발언 당시 나는 매우 비장한 심정이었다. 그때 한 시사주간지와 가진 인터뷰에서 "정치개혁을 하려면 우선 정당의 개혁이 선행되어야 한다. 그런데 민주당은 선거를 앞두고 과도기적 지도체제 개편조차 못하고 있다. 새 정치 출발과 관련해서 민주당이 아닌 신생정치가 가능하다면 나는 그 길을 서슴지 않고 걸을 구상도 하고 있다."라고 밝혔듯이 험난한 홀로서기를 할 각오까지 되어 있었다.

물론 김대중 씨는 항상 대외적으로 정계복귀 의사가 없다고 밝혔다. 특히 내게는 손으로 직접 쓴 장문의 서신을 보내 정치에 돌아갈 생각이 전혀 없다는 것을 강변하기도 했다.

(…) 저는 정치를 완전히 떴습니다. 제가 다시 정치에 돌아가거나 당 운영에 참여할 일은 절대로 없습니다. 혹 주변에서 그런 오해가 있다면 이를 불식시켜주시기 바랍니다. 제가 아직 당적을 가지고 있는 것은 그것이 당의 지자체 선거에 도움이 될까 해서인 것입니다. 제가 필요하다고 생각하거나 당이 그렇게 생각할 때 저는 당을 떠날 것입니다. (…)

하지만 김대중 씨의 말을 믿을 수 없었다. 그분을 믿고 싶어도 돌아가는 상황이 그러했다. 이미 나와 김대중 씨는 다시 만날 수 없는

尊敬하는 李基澤 代表에게

오늘은 얼마나 勞心 焦思가 많으십니까?
뜻하지 않은 勞心에 ...

尊敬하는 李基澤 代表!
다시한번 代表님의 高邁하신 指導力을 發揮해주
십시오. 李代表 特有의 民主心을 보여주십시오.
마음을 흐리지 않는 眞理와 正義를 계속하면 반드시
合黨의 길이 멀리 있는 것입니다. 困難이 있고 基本에 어긋남이
같은데 매우 協이 안되겠습니까. 代表께서 그런 勞
力을 새로이 傾注해주십시오. 저도 多情의 誠意를다하여
誠意를다하여 聲援하겠습니다.

1995年 1月 22
金 大 中

金 大 中

엇갈린 길을 가고 있었다.

심각한 내홍 끝에 1995년 2월 24일 민주당 전당대회가 열렸다. 이
날 대회에서 새한국당과 국민회의와의 통합을 선언했고, 내가 총재
로, 새한국당 이종찬 대표가 상임고문으로, 국민회의 김근태 공동대
표가 부총재로 추대되었다.

지방자치단체 선거 후 8월에 다시 전당대회를 갖기로 절충해 봉합
은 되었지만, 김대중 씨의 정계복귀를 위한 초석을 깔기 위해 8월 전
당대회에서 동교동계가 당권에 강력히 도전하며 분규가 재현될 것이
분명했다. 나는 우선 지자체 선거에 총력을 기울인 뒤 획기적인 당 개
혁안을 승부수로 전당대회에 임할 생각이었다.

오래전부터 구상해온 나의 당 개혁안은 계보정치로 인해 사당화
私黨化 될 수밖에 없는 우리 정당 구조를 근본적으로 바꾸자는 것이
었다. 중앙당의 기능과 인력을 시·도 지부로 내려보내 중앙당은 오
직 정책 기능만 전담토록 하고 시·도 지부는 완전 경선제를 제도화해
서 지방조직을 활성화하겠다는 것이다. 한마디로 지금까지의 일방적
인 하향식 정당 구조를 완전히 자율적인 상향식 정당 구조로 바꾸겠
다는 것이다.

그런데 나의 당 개혁안은 꺼내보지도 못하고 김대중 씨의 정계복귀
와 동교동계의 탈당으로 무산되었다. 하기는 시대가 다시 양김시대로
거슬러 오르는데 새 정치가 싹틀 틈이라도 있었겠는가.

경기도지사 후보 파동

1995년 6월 27일 지방자치제 선거를 앞두고 경기도지사 후보 문제로 김대중 씨와 갈등을 빚은 것도 따지고 보면 그분의 정계복귀 문제와 맞물려 있다.

사실 나로서는 경기도지사 후보로 이종찬 씨를 굳이 마다할 이유는 없었다. 다만 나는 특정인을 내세우기 위해 온 국민이 지켜보고 있는 가운데 치열한 경선을 통해 선출된 후보를 끌어내리는 것은 민주정당에서 있을 수 없다는 입장이었을 뿐이다.

반면에 김대중 씨에겐 민주적 절차보다도 자신의 정계복귀와 대권 전략이 우선이었던 것 같다. 그렇지 않다면 온갖 물의를 빚어가면서까지 굳이 경기도지사 후보 문제에 개입할 까닭이 없지 않은가.

경기도지사 후보도 다른 광역단체장 후보처럼 경선을 통해 뽑기로 되어 있었다. 맨 먼저 안동선 의원이 경선에 나서겠다고 선언했다. 나는 대의원들에게 폭넓은 기회를 주기 위해 극구 사양하는 장경우 의원을 경선에 나서도록 권했다.

장경우 의원은 경선 출마를 선언하기 전, 경기고 선배이기도 한 이종찬 의원이 경선에 나선다는 소문부터 확인하기 위해 그를 만났다고 한다. 그런데 이종찬 의원이 "나는 생각이 없으니까, 장 의원이나 한번 잘해 보시오."라고 했다는 것이다.

장경우 의원이 이종찬 의원의 불출마 의사를 확인하고 지원 약속까지 받은 다음 후보 경선에 나서겠다고 공표했는데, 이틀 후인가 갑자기 이종찬 의원으로부터 만나자는 연락이 왔다.

"DJ가 경기도지사 후보로 나서라고 권하십니다. 그래서 결정하기 전에 먼저 이 총재를 만나 의논하는 게 좋을 것 같아 이렇게 찾아왔습니다."

"남의 권유가 중요한 게 아니라 문제는 본인 생각 아니겠습니까? 도대체 뭘 의논하겠다는 겁니까?"

"나는 경기도와 인연이 있는 것도 아니고… 자꾸 권유하니까 의논하러 왔을 뿐입니다."

"본인 의사가 그러면 됐습니다."

그렇게 해서 이종찬 씨 후보 출마 문제는 정리된 것으로 알았는데, 그 후에도 김대중 씨는 여러 경로를 통해 수차례에 걸쳐 이종찬 의원을 경기도지사 후보로 정해달라고 내게 요구했다. 이미 경선 원칙이 정해졌는데 내게 요구할 것이 아니라 이종찬 의원을 경선에 출마시키면 될 것 아니냐고 답을 했다. 지극히 상식적인 얘긴데 도무지 통하질 않았다. 어쨌든 결국 장경우 의원과 안동선 의원이 경선을 치르게 되었다.

후보 경선 대회는 안양 문화회관에서 열리기로 되어 있었다. 그날 대회장 주변에는 행사가 시작되기 훨씬 전부터 정체불명의 청년 5, 60명이 어슬렁거리며 공포분위기를 조성했다. 당사에서 보고받기로는 준비위원장이 대회장 점검을 할 수 없을 만큼 분위기가 험악했다는 것이다. 아무튼 1차투표엔 두 사람 모두 과반수 득표에 미달하여

2차투표를 실시했다. 그런데 2차 결선 투표가 끝난 후 동교동계인 안동선 의원 쪽에서 반대하여 자정이 지나도록 투표함을 열지도 못하고 있었다.

보고를 받고 즉시 투표함을 봉인하여 중앙당에 보관하도록 했다. 다음날 새벽 투표함은 중앙당에 도착했지만, 동교동계가 투표함 개봉을 기피하는 바람에 후보 결정이 차일피일 늦춰졌다. 그러다 선거일이 임박하여 더 이상 미룰 수 없게 되자 겨우 합의가 이루어져 홍영기 국회부의장, 준비위원장, 선거관리위원장, 양쪽 관계자가 입회한 가운데 개표를 실시했다. 결과는 장경우 의원의 승리였다. 경선결과가 나온 이상 당연히 대의원 대회를 다시 소집하여 결과를 발표하고 후보 추대를 해야 했지만, 그것마저 동교동계의 반대로 열리지 못했다.

그러던 어느 날 강창성 의원이 나를 찾아왔다.

"김대중 씨가 만나자고 해서 다녀오는 길입니다."

경기도지사 후보 문제로 심사가 불편했던 나는 묵묵히 다음 말을 기다렸다.

"지금이라도 이종찬 의원을 경기도지사 후보로 냈으면 한다고, 이 총재가 이것만은 자기의 간청을 들어줬으면 좋겠다고 합디다. 그 대신 8월 전당대회에서 다시 총재로 만들겠다는 내용을 포함하여 세 가지를 김대중 씨가 약속하겠다고 했습니다. 이 세 가지를 내가 써주면 자기가 서명을 하겠다고 했습니다."

지역 연고가 있는 것도 아니고, 경선도 마다하고 무임승차를 하겠다니 도대체 무슨 심사인지 알 수가 없었다.

"그래, 써줬습니까?"

강 의원은 잠시 뜸을 들인 다음 말을 이었다.

"제가 써줬을 것 같습니까?"

"이미 경선을 통해 후보가 정해졌는데, 이제 와서 그게 말이나 됩니까? 세 가지 아니라 열 가지 제안이라도 그 문제라면 들어줄 수 없다고 하십시오."

강창선 의원이 다시 동교동으로 가서 거절 의사를 전달한 것은 말할 것도 없다. 나는 그 정도로 끝난 줄 알았는데, 다시 며칠 후 나와 고등학교 동기동창인 박은태 의원이 아침 일찍 당사에서 기다리다 출근하는 나를 붙잡았다. "새벽에 김대중 씨가 집에 좀 들어왔으면 좋겠다고 해서 들어갔다 오는 길"이라고 했다. 내용은 강창성 의원이 전해준 그대로였다.

"내 생각으로는 받을 만한 제안이겠다 싶더라고."

그러나 내 입장이 변할 리 없었다.

"개인적으로야 도움이 되겠지만, 당을 대표하는 사람으로서는 부당한 조건을 들어줄 수 없지."

또 며칠 후, 이번에는 박지원 대변인이었다. 그는 대변인으로서 하루도 빠짐없이 아침마다 내 집에 왔다.

"총재님, 오늘은 대변인으로서 찾아온 게 아니라 특사 자격으로 왔습니다."

그가 할 말을 짐작하고도 남음이 있었다. 그의 간곡한 부탁도 똑같은 이유로 거절했다.

김대중 씨와 마지막 담판을 할 기회가 왔다. 함께 점심식사를 하자고 전갈이 왔던 것이다. 나는 선거 일정상 경기도지사 후보 문제만은 그날 반드시 매듭지으려고 결심했다.

동교동의 김대중 씨 자택으로 들어가자 먼저 와서 기다리던 기자들이 응접실을 발 디딜 틈도 없이 꽉 메우고 있었다. 기자들과 얘기를 나누던 김대중 씨는 들어서는 나를 유별나게 반겼다. 12·12 기소투쟁을 둘러싼 갈등과 제주도 발언 등으로 해서 서로 불편한 가운데 몇 개월 만에 만나는 자리였다.

우리는 곧바로 식당으로 옮겨 오찬을 시작했고, 김대중 씨는 예상대로 "이종찬 의원을 후보로 내자"라고 간곡하게 나를 설득했다. 그분의 얘기를 듣고 나서 나는 오히려 이렇게 요청했다.

"말씀은 충분히 알아들었습니다. 총재인 제가 당의 최종 책임자니까 이 문제를 저에게 맡겨주십시오."

"물론 이 총재가 결단할 문제입니다. 하지만 경기도지사 후보만큼은 내 간청을 들어주기 바랍니다."

"충분히 알았으니까 경기도지사 후보 결정을 저한테 맡긴다고 약속해 주십시오."

그러자 김대중 씨는 한동안 내 얼굴을 쳐다보다가 그러마 하고 약속했다. 나는 내친걸음에 한 가지를 더 요구했다.

"지금 응접실에서 기다리는 기자들에게 경기도지사 문제는 제 결정에 맡겼다는 말씀을 해주십시오. 저는 그 자리에서 후보 문제를 최종적으로 매듭짓겠습니다."

두 사람이 응접실로 들어서자 기자들이 여기저기서 결과를 물어왔다. 김대중 씨가 먼저 나서서 기자들에게 발표했다.

"나는 후견인 정도의 역할이기 때문에 최종 결정을 이 총재에게 일임하기로 했습니다."

이번에는 기자들이 나를 향해 '후보가 이 의원이냐, 장 의원이냐?'라고 성화같이 재촉해댔다. 나는 천천히 입을 열었다.

"김대중 선생께서 경기도지사 후보의 최종 결정을 총재인 나에게 맡겼다는 것을 여러분이 방금 전에 들었습니다. 이제 그렇게도 말썽 많던 경기도지사 후보 문제를 더 미룰 수도 없기 때문에 이 자리에서 발표하겠습니다. 우리 민주당 경기도지사 후보는 장경우 의원으로 확정, 발표합니다."

그 순간 기자들은 깜짝 놀랐고, 김대중 씨의 실망이 얼마나 컸을지는 가늠하기조차 어려웠다. 발표가 끝난 후 나는 "당사로 간다."라는 말만 남기고 곧장 동교동을 떠났다.

그렇게 해서 그 말썽 많던 경기도지사 후보 문제를 매듭짓고 선거전에 돌입했다. 장경우 의원은 열심히 선거운동을 했지만, 결과적으로 낙선하고 말았다. 지금도 경기도지사 선거에서 민주당이 패배한 원인은 동교동계가 후보를 지원하지 않았기 때문이라는 생각을 저버릴 수 없지만, 구체적인 얘기는 안 하겠다. 다만 내가 하고 싶은 말은, 당락의 결과를 떠나 민주적인 경선 과정을 거쳐 선출된 이를 후보로 결정하는 것은 지극히 당연한 민주주의 상식이고, 낙선을 빌미로 이를 비난하는 것은 스스로 민주정당임을 부인하는 행위일 뿐이라는 것이다.

국회대표연설

김대중 씨의 정계복귀

민주당은 6·27 지자체 선거에서 서울과 수도권, 호남에서 대약진을 이룩하여 헌정 사상 유례가 없는 대승리를 거두었다. 그러나 당세가 취약한 지역에서는 여전히 패배를 감수해야만 했던 '절반의 승리'였다. 전국정당이라는 목표와 통합정신을 실현하지 못했기 때문이다.

이런 점에서 6·27 지자체 선거의 승리는 민주당에 새로운 다짐과 새로운 출발을 요구하는 계기였다. 그것은 지자체 선거의 승리를 발판으로 1996년 총선에서는 망국적인 지역갈등을 극복하고 전국적인 승리를 거두어 명실상부한 국민적 수권정당을 건설해야 한다는 것이고, 나아가 민주당의 창당목표이자 국민의 여망인 정통야당에 의한 정권교체의 신기원을 이룩해야 한다는 것이었다.

그러나 민주당은 지자체 선거에서 승리를 이루자마자 내분사태로 만신창이가 되었다. 김대중 씨가 정계복귀를 선언하고 동교동계가 신당을 창당하겠다고 나섰기 때문이다.

1995년 7월 13일. 김대중 씨가 마침내 정계복귀를 선언했다. 1992년 12월 정계은퇴를 선언하며 "세 번 대통령에 출마한 사람이 네 번이나 나온다면 국민에게 폐 끼치는 일이고, 체면상으로도 안 되는 일이다."라고 말한 지 채 3년도 되지 않아 "어떠한 변명도 하지 않겠다."라는 말 한마디로 국민에게 한 약속을 간단히 뒤집었다.

김대중 씨의 정계복귀는 충분히 예견되었던 것이라 특별히 놀랄 것은 없으나, 시기는 예상보다 빨랐다. 아마도 지자체 선거 승리의 여세에 편승하려 서둘렀던 것 같다. 김대중 씨 정계복귀에 대해선 앞에서도 언급했기 때문에 더 이상 얘기하지 않겠다. 이로 인해 한국정치는 과거로 퇴행하며 정치발전의 소중한 기회를 잃었다. 그리고 그로 인한 폐해는 아직까지도 계속되고 있다는 게 내 생각이다.

김대중 씨 정계복귀 선언과 함께 동교동계는 신당 창당을 서둘렀다. 삼척동자도 다 아는 일을 "경기도지사 선거에서 승리할 수 있는 것을 이기택 총재 때문에 망쳤다."라며 나의 총재직 사퇴 서명운동을 벌이고, 신당을 추진하는 와중에도 "이기택 총재가 사퇴하면 신당을 않겠다."라는 등 구차하기 그지없는 행태에 당시엔 몹시 화도 났었지만 지금은 그저 씁쓸한 웃음만 나온다.

내가 굳이 얘기할 필요 없이 당시 1995년 7월 15일 자 〈중앙일보〉에 게재된 사설 한 구절을 읽어보면 당시 신당의 논리가 얼마나 궁색하고 억지스러운가를 알 수 있을 것이다.

결국 신당은 어떤 객관적인 필요성이나 명분에서 출발한 것이 아니라 김 씨의 또 한 번의 집권추구에 경쟁상대가 되거나 걸림돌이 될 당내 비판세력을 제거하기 위해 추진된다고 볼 수밖에 없다. 은퇴라는 대국민약속을 번복하면서 경선 없이 추종자들의 박수로만 제1야당의 총재로 복귀해 네 번째의 집권추구에 나서겠다는 것이라면, 이것이 이 나라 정치발전에 과연 부합되는 정치인가. 식언食言에 따른 도덕적 손상에 겹쳐 신당 추진을 둘러싼 궁색한 논리와 명분으로 말미암아 6·27 선거에서 국민이 고무해준 제1야당의 위상과 위신이 급격히 곤두박질치고 있음을 직시해야 할 것이다.

김대중 씨의 정계복귀와 분당 이후 나는 계속된 정치적 시련을 겪어야 했다. 하지만 이미 고인이 되신 그분께 사감私感은 조금도 없다. 반독재 민주화투쟁을 이끌어온 정치지도자라는 점은 누구도 부인할 수 없는 사실이고, 그 점에 대해선 나는 지금도 존경한다. 다만 공당을 사당화 하는 일인지하一人之下의 권위주의 정치 행태가 내 원칙으로는 조금도 받아들일 수 없었고, 시대를 거스르는 정계복귀에 찬성할 수 없었을 뿐이다.

언젠가 가까운 한 친구가 내게 "그때 눈 한 번 질끈 감았으면 지금쯤 너의 시대가 열렸을 것이다."라고 말한 적이 있다. 그거야 알 수 없는 일이지만, 그렇다 하더라도 사람이 자기를 버리고 무엇이 된들 무슨 의미가 있겠는가. 어차피 나와 김대중 씨는 서로 만날 수 없는 엇갈린 길에 서 있었다.

말년에 닥친
정치적 시련

연이은 국회의원 선거 낙선

결국 김대중 씨는 동교동계 의원들을 탈당시켜 1995년 9월 5일 새정치국민회의를 만들었다. 당시 민주당 소속 의원 95명 중 65명이 탈당해 나갔다. 노무현 김정길 이부영 김원기 제정구 의원 등이 남은 민주당은 소수당으로 전락해버렸다.

어느 정도 각오는 하고 있었지만, 김대중 씨와 결별 후 참으로 어려운 시절을 보냈다. 1996년 15대 총선에서 내 생애 처음으로 낙선의 고배를 마셨다. 그땐 너무도 충격이 커서 개표가 끝나자마자 수행원 한 사람만 데리고 어느 온천장에 한동안 처박혀 있기도 했었다. 그리고 연이어 이듬해 7월 31일 경북 포항북 보궐선거에서도 무소속 박태준 후보에게 참패를 당했다. 당시의 참담한 심정은 이루 표현할 길이 없다.

그렇다고 마냥 주저앉을 수는 없었다. 보궐선거에서 패하고 돌아와 한 달 정도 지났을 무렵, 서울시의원으로 있는 가까운 후배가 찾아왔다. 조순 서울시장이 나를 만나고 싶다는데 시간을 좀 내달라는 것이었다. 처음엔 만날 이유가 없을 것 같아 서너 번 거절했다. 그러다 그 후 만났더니 민주당 간판을 갖고 대권에 도전하고 싶다는 거였다.

마다할 이유가 전혀 없었다. 아니 내심으론 다행이다 싶었다. 민주당에서도 대통령후보를 내야 하는데, 경쟁력 있는 마땅한 후보를 찾지 못한 터였다. 그렇다고 보궐선거에서 떨어진 내가 나설 수는 없는 노릇이었다. 일사천리로 일을 진행했다. 10여일 후에 63빌딩에서 대회를 열어 조순 씨를 대통령후보로 추대했다.

일주일 정도 지나 조순 씨가 다시 사람을 보내 대선에 도움이 되니 당권도 달라고 했다. 나는 두말하지 않고 당권을 내줬다. 사그라지는 민주당의 불씨를 되살리기 위해서라면 뭐든 주지 못할 것이 없었다.

그런데 한동안 두고 보니 아무런 선거대책이 없고 준비도 전혀 하는 것 같지 않았다. 그리고 웬일인지 나 만나는 것을 꺼렸다. 후보를 찾아가 단도직입으로 물었다.

"정말 후보할 겁니까? 남의 당 총재하고 후보하면서 대선 준비자금 10원도 안 내놓고 당 운영비도 안 내고 뭐하는 겁니까?"

대답이 기가 막혔다.

"솔직히 말씀드리겠는데, 준비가 전혀 안 돼 있습니다."

"지금까지 준비가 안 돼 있으면 후보 못하는 거 아닙니까?"

"사실 너무 어렵습니다."

조순 씨만 기대하고 있던 나는 무척이나 황당하고 난감했다. 대통령선거를 목전에 두고 새로 후보를 만들어내기도 어렵고, 그렇다고 공당이 대통령후보를 안 낼 수도 없었다. 그래서 고심 끝에 찾은 대안이 이회창 씨였다.

당시 이회창 씨는 김영삼 대통령과 대립하며 우여곡절 끝에 신한국당 대통령 후보가 됐는데, 사실 내가 잘 아는 사람이었다곤 할 수 없다. 그때 언론에 비친 이회창 씨의 모습이 판단 근거의 거의 전부였다고 할 수 있다. '대쪽'이란 표현대로 대단히 깐깐한 사람, 인상에서도 느껴지듯 의지가 매우 강한 사람 등등. 그리고 무엇보다 본인이 "대통령이 되면 법대로 국가를 운영해나가겠다. 법질서가 무너진 것이 사회혼란의 가장 큰 원인이다. 반드시 부정부패를 일소하겠다." 고 천명한 것이 내 소신과 일치했다. 이만하면 우리나라 대통령으로 손색이 없다는 생각이 들었다.

"정 준비가 안 돼 있으면 제가 생각할 때 대안은 이회창 씨 같습니다. 어떻게 생각하십니까?"

조순 씨를 두 번째 만났을 때 내 생각을 말했다. 조순 씨가 기꺼이 동의했다. 그렇게 해서 나와 조순 씨가 신한국당 대통령후보인 이회창 씨와 만나 한나라당을 만들게 된 것이다.

한나라당 창당과 제15대 대통령선거

1997년 11월 21일 통합민주당과 신한국당이 합당하여 한나라당이 출범했다. 이회창 씨가 대통령후보가 되고 조순 씨가 총재를 맡았다. 당은 바로 선거대책위원회 체제로 돌입했다. 선거대책위원회 의장을 나와 김윤환 씨가 맡고, 이한동 씨가 위원장을 맡았다.

합당 직전 신한국당 이회창 후보의 대선 전망은 매우 심각했다. 집권 후반기에 터진 IMF 사건으로 정부여당은 국민들의 신임을 잃어 당시 김영삼 대통령의 지지율이 5%까지 추락했다. 당연히 국민과 야당으로부터 정권심판론이 대두될 수밖에 없었다. 게다가 이회창 후보의 아들 병역 비리 의혹까지 덧붙여졌다. 국민 여론은 차갑게 돌아서 급기야 이회창 후보의 지지율이 10%대로 폭락하기 이르렀다. 다행히 우리 민주당과의 합당으로 지지율이 단번에 2~3배로 뛰어오르긴 했지만, 누구도 승리를 쉽게 장담할 순 없는 상황이었다.

결국 1997년 12월 18일의 제15대 대통령선거에서 이회창 후보는 김대중 후보에게 40만표 미만의 근소한 차이로 석패하였다. 가장 큰 요인으론 김대중 후보가 자민련의 김종필 후보와 연합하여 지지기반을 수도권, 호남에서 충청과 제주로 넓힌 반면에 보수층은 이회창 후보와 이인제 후보로 분열된 탓일 것이다.

그게 아니라도 내가 선거전에 돌입해 가까이서 보니까 이회창 후보는 당선되기가 어렵겠구나 하는 생각이 들었다. 한마디로 후보 본인이나 그 측근들의 자신감이 지나쳤다. 선거의 요체는 마지막까지 최선을 다하는 것인데, 선거를 모르는 것 같았다. 마치 대선이 끝난 것처럼 행세했다. 후보 주변이 모두 청와대에 입성이라도 한 듯 기세가 등등했다. 그리고 아들 병역 문제도 넘질 못했다. 이회창 씨에겐 안된 소리지만, 이런 결정적인 흠을 갖고 있으면서 대통령이 되기를 바랐다는 것 자체가 나로선 이해되지 않는다.

1998년 7월 강릉을 국회의원 보궐선거에서 당선된 조순 씨가 같은 해 8월 헌정사상 최초의 자유투표로 치러진 국회의장 선거에서 패배한 직후 총재직을 사퇴했다. 1998년 8월 6일 나는 조순 총재의 뒤를 이어 한나라당 총재권한대행을 맡게 되었다.

전당대회가 예정된 30일까지 채 한 달도 안 되는 짧은 기간이었지만 내게 주어진 역할을 다했다고 자부한다. 가장 기억이 나는 것은 내가 고집을 부려 국회 정상화를 이룬 일이다.

내가 총재권한대행을 맡을 무렵 야당인 한나라당은 국회 등원을 거부하고 있던 상태였다. 당시 김대중 대통령은 총리로 지명한 김종필 씨가 국회 인준을 받기 어렵게 되자 '총리서리'라는 변칙적인 직명 하에 총리직을 수행케 했다. 당연히 위헌시비가 붙었고 국회 등원 거부 사태가 생겼다. 한나라당이 제시했던 등원 조건은 총리 재지명과 대통령의 사과였는데, 김대중 대통령이 받아들이지 않았다.

당시 야당의 등원 거부는 당연했고 명분도 충분했다. 하지만 IMF 사태로 국가가 위기상황인데 국정공백이 장기화하는 것은 옳지 않다고 생각했다. 중앙당 간부들을 소집했다. 쉽지 않은 일이겠지만 간부들을 설득해 '등원 거부' 당론을 철회시키겠다고 마음먹었다.

김수한 김명윤 김윤환 이한동 의원과 당3역 등 20여 명이 모였다. 모두 한마디씩 하는데 국회를 계속 거부하자는 게 절대다수였다. 마침 서정화 의원이 "마지막으로 이 총재 의견을 들어봅시다." 하기에 나는 작심했던 말을 꺼내며 국회 등원을 주장했다.

"오늘의 국정 중단 사태는 전적으로 DJ의 책임입니다. 하지만 IMF로 나라가 어려운데 국회를 몇 달간 문 닫고 있으면 야당도 책임을 면할 수 없습니다. 대통령 사과나 총리서리가 뭐 그리 대수입니까? 이럴 때 필요한 것이 정치결단입니다."

그러자 김수한 의장이 책상을 치며 "이 총재 결단에 따릅시다."라고 해, 결국 등원하기로 결정이 되었다. 지금 생각해도 신기한 일이었다. 내가 벌인 일이지만, 그토록 강경했던 당론이 한순간에 바뀔지는 나도 예상치 못했었다.

'금요일의 공천학살'

16대 총선을 두 달여 앞둔 2000년 2월 18일, 내 생애 최대의 치욕을 맛보아야 했다. 총재인 이회창 씨가 나를 공천에서 탈락시킨 것이다. 나뿐 아니라 김윤환 신상우 씨 등 당 중진들이 대거 탈락하였다. 이를 당시 언론은 '금요일의 공천학살'이라 표현했던 것으로 기억한다. 5년 후 대통령에 다시 도전하려는 이회창 씨가 호락호락하게 자신을 따라줄 것 같지 않은 중진들을 '젊은 피의 수혈'이라는 미명 아래 미리 제거해 버린 것이다. 지금 돌이켜봐도 이회창 씨는 그릇이 너무 작아 대통령 자리와는 원래부터 맞지 않은 사람이었다.

공천자 발표 직전 기자들이 전화해 "이 총재께서 공천자 명단에서 빠진 것 같다."는 말을 듣기 전까지 전혀 이런 일이 있으리라곤 감도 잡지 못했다. 정작 나 자신이 공천에서 탈락할 줄은 꿈에도 생각지 못하고 내가 챙겨야 할 사람들에게만 신경쓰고 있었다.

사실 16대 총선 공천을 어떻게 할 것인지는 이회창 총재와 사전에 합의한 게 있었다. 합당 당시 공식적으로는 아니지만, 실무진 사이에서 4:6으로 양당의 지분을 나누기로 합의되었었다. 나는 꼭 공천을 4:6으로 하자고 고집할 생각은 없었다. 그래도 상식적으로 어느 정도는 보장이 되리라 믿었던 것은 사실이다.

공천심사에 들어가기 전 내가 이회창 씨에게 제안했다.

"4:6에 구애받지 맙시다. 그래도 우리 민주당 쪽에서 당선 가능성도 있고 꼭 해줄만한 사람이 있습니다. 그 사람들만 공천심사위에서 해주면 좋겠습니다."

그랬더니 이회창 씨가 몇 명쯤 되느냐고 묻기에 20명에서 30명 사이가 될 것이라고 답을 해줬다. 250명 정도 공천하는 데 채 10%도 안 되는 인원이었다.

"그 정도면 노력해봅시다."

이회창 씨가 흔쾌히 받아들이곤 "공천심사위에서 문제가 되면 총재께서 꼭 공천을 줘야 할 사람은 나와 의논해서 결정해 공천심사위로 내려 보내면 될 겁니다."라고까지 말했었다. 그랬던 이회창 씨가 나를 공천에서 배제했다는 사실이 도무지 믿어지지 않았다.

나는 바로 이회창 씨에게 만나자고 연락을 해 오후 3시에 단둘이 63빌딩에서 만났다. 기자들 얘기로 내가 공천자에서 빠졌다는데 사실이냐고 물으니 이회창 씨가 대답을 제대로 못했다. 아주 심하게 다퉜다. 아마 내가 평생 했던 욕보다 그날 이회창 씨에게 퍼부은 욕이 더 많았을지도 모른다. 심하게 몰리던 이회창 씨가 마지못해 그 자리에서 "전국구를 하시지요."라고 제안했다. 그 말에 더욱 화가 솟구쳤다.

"당신이 뭔데 나보고 이리저리 가라 하느냐? 내가 정치를 해온 게 얼만데 내 지역구 놔두고 전국구 가겠느냐? 난 못 받는다."

고성을 지르며 일언지하에 거절했다.

다음날 아침 일찌감치 조순 씨 댁으로 찾아갔다.

"조 총재, 우리가 이렇게 쓰러질 수 있겠습니까? 당신을 총재로 모실 테니 우리 당 만듭시다."

내 말에 엄두를 내지 못하는 조순 씨에게 "나만 믿고 나서시오."라고 설득해 신당 창당에 합의했다.

그다음에 김윤환 씨 집으로 찾아갔다. 아침 10시 반쯤이고 게다가 미리 간다고 연락도 해뒀는데 김윤환 씨가 파자마 바람으로 침실에서 나왔다.

"김 선배 뭡니까? 지금 밤인 줄 압니까?"

내 핀잔에 김윤환 씨가 씁쓸한 웃음을 지으며 말했다.

"내가 세상이 부끄러워 이불에서 나올 수가 없어 지금까지 누워 있었소."

"아이고, 사람이 살다보면 억울하게 당할 수도 있는 거지, 그렇다고 힘까지 빠져 그러면 어떡합니까? 우리 당 만듭시다. 이회창 씨 그냥 두면 안 돼요."

그렇게 해서 민주국민당을 급조했다. 조순 전 서울시장 이수성 전 국무총리 신상우 의원 재야운동가 장기표 씨 김용환 전 자민련 부총재 김상현 의원 박찬종 의원 김광일 전 대통령비서실장 5공 실세였던 허화평 씨 등이 합류했다.

하지만 결과는 참패였다. 나중에 이명박 정부에서 국무총리를 지 낸 한승수 씨 한 사람만 지역구에서 당선되었고, 전국구에서 간신히 한 명 되었다. 원래 준비도 제대로 못하고 창당한 탓도 있지만, 근본 적으로 이 나라에 뿌리박힌 양당체제를 무너뜨리기엔 역부족이었다.

사실 나는 낙선하리라곤 꿈에도 생각 못했었다. 선거분위기가 워 낙 나에게 압도적이었다. 오죽하면 한나라당 공천을 받은 후보가 선 거운동을 거의 하지 못했을 정도였다. 그 후보 주변에서 당신이 나서 면 이기택 총재와 비교되어 표가 더 안 나오니 벽보만 붙여놓고 당 조 직만 움직이는 게 낫다고 했다는 것이다. 그런데 개표를 해보니 영 딴 판이었다. 부산 유권자들이 박수는 내게 치고 표는 한나라당 후보에 게 몰아줬던 것이다.

후회는 없다

2000년 16대 총선에서 낙선한 후 자연스레 정계를 은퇴했다. 공 식적으로 은퇴를 선언한 적은 없지만, 내 마음속으론 정치에 다시 참 여하지 않겠다고 결심했다. 나의 정치적 수명이 끝났음을 받아들였 다. 그래도 여전히 '권토중래捲土重來'를 외치는 사람들이 몰려들었 다. 그들 모두 내게서 무엇 하나 받는 것 없이 나를 위해 헌신해온 사 람들이었다. 그들에게 한없이 미안한 심정이었지만 단호히 고개를 내

저었다. 이미 썰물이 빠져나가고 있는데, 그들에게 다시 헛된 희망을
품게 할 수는 없었다.

　그 후 몇 차례 대통령선거에서 특정 후보 지지를 선언하고 지원유
세를 다닌 적은 있다. 하지만 정치를 재개하려는 마음은 추호도 없
었다. 한때 이 나라 정치에 나름의 역할을 해온 사람으로서 대통령선
거라는 중대 국면을 맞아 개인적 소신에 따라 작은 힘이나마 지원했
을 뿐이다.

　잠시 민주평화통일자문회의 수석부의장을 지낸 적이 있지만, 정계
은퇴 후 내가 전념해 온 것은 사단법인 '해외한민족교육진흥회' 사업
이다. 이윤기 박사　오영숙 전 세종대총장 등 가까운 지인들이 뜻을
모아 2001년 6월 1일 발족할 때만 해도 중국 연변에 있는 조선족 학
교 교사들을 조금씩이라도 지원해주자는 소박한 취지의 소모임이었
다. 그런데 이 모임이 갈수록 확대되어 회원들도 엄청 늘어나고 사업
도 다양하게 확장되어 급기야 사단법인으로까지 발전하게 되었다.

　주요 사업은 매해 '해외한민족교육진흥상'을 시상하는 일과 해
외한민족에게 우리역사를 알리는 일이다. '해외한민족교육진흥상'은
전 세계 해외한민족학교 교사들의 사기를 고양하고 지원하기 위한 목
적으로 매년 각 대사관, 한인회, 기타 단체에서 추천 받아 시상하고
있다. 현재까지 13회에 세계 8개국 60여 명 교사에게 시상했다. 그리
고 '해외한민족 우리역사 알리기 운동'은 한글을 독해할 수 없는 해
외한민족과 현지인이 쉽게 읽을 수 있도록 한글과 현지어로 된 우리

역사 관련 서적을 출간하고 보급하는 사업이다. 현재까지 〈알기 쉬운 한국사〉가 10개국 언어로, 〈만화로 보는 한국사〉가 4개국 언어로, 〈한국 문화 속으로〉가 2개국 언어로 출간되어 해외한민족들을 대상으로 보급 중이다.

내가 '해외한민족교육진흥회' 사업을 시작하게 된 것은 평소 존경하고 가깝게 지내던 이윤기 박사의 영향을 받아서였다. 제11대 국회에서 의정활동을 했던 이윤기 박사는 그 이후 '해외한민족연구소'를 설립해 지금까지 해외한민족 사업에 전념해오고 있는 분이다. 젊은 날엔 독립운동가이며 유학자이신 김창숙 선생을 돌아가시는 날까지 옆에서 온갖 시중을 들며 모셨고, 유학을 다녀온 후 성균관대 교수로 재직하셨다.

평소 내색은 안했지만 나보다 연배가 조금 위인 이윤기 박사에게 정신적으로 크게 의지하며 지냈다. 그리고 이윤기 박사가 11대 국회의원을 지낸 후 더 이상 정치의 길이 열리지 않는 것이 무척 안타까웠다. 정도를 잃어버리고 탐욕에 빠진 보수정치를 바르게 잡기 위해선 이 박사 같은 강직하고 소신 있는 분이 주요한 역할을 해야 한다고 생각하기 때문이다.

이제 나도 이윤기 박사도 많이 늙었다. 둘이 만나면 지금까지 우리가 해왔던 해외한민족 사업이 앞으로 어떻게 지속될지 걱정이 태산이다. 하지만 걱정만 하지 그리 뾰족한 수는 없다. 그저 뜻이 있으면 길이 있을 것이라 믿을 뿐이다.

정계은퇴 후 간혹 여러 매체와 인터뷰를 할 때가 있다. 그때 빠지지 않는 질문이 YS와 DJ를 넘어서지 못한 이유가 뭐냐는 것이다. 물론 여러모로 내가 그분들보다 못났기 때문일 것이다. 하지만 나는 그분들이 지키지 못한 원칙을 지켰고, 때론 그분들이 외면했던 정도를 고집했다고 자부한다.

꼭 대통령이 되어야만 성공한 정치인인 것은 아닐 것이다. 긴 세월 정치를 해오면서 어찌 아쉽고 아픈 대목이 없으랴만, 그래도 나는 후회가 없다. 소처럼 묵묵히 내 길을 걸어왔을 뿐이다.

〈알기 쉬운 한국사〉 영어판 출판기념회에서

중국 연변에서 개최된 제5회 해외한민족교육진흥상 시상식에서

회고록을 마치며

회고록 집필이 진행되는 동안 책명을 어떻게 붙일까 내내 고심했다. 담백하면서도 나름 내 정치인생을 함축해줄 수 있는 것이면 좋겠다고 생각했다. 여러 책명을 떠올렸다 지우기를 반복한 끝에 〈우행牛行〉으로 정했다. 내 좌우명이기도 한 '호시우행虎視牛行'에서 따왔다. 한평생 걸어온 정치인생에 잘했던 일도 있고 잘못했던 일도 있겠지만, 그래도 좌고우면左顧右眄하지 않고 소처럼 묵묵히 내 길을 걸어온 것만은 사실이기에 그렇게 정했다. 마침 내가 소띠라 더 어울릴 것 같았다.

책명을 〈우행〉으로 정하고 나서 문득 어떤 생각이 들어 혼자 웃은 적이 있다. '牛行'보다 '愚行'이 더 맞지 않을까 하는 싱거운 생각이었다. 사실 그럴지도 모른다. 스스로 생각해봐도 어리석을 만큼 내 원칙을 고집해왔다. 그게 옳았는지 틀렸는지는 보는 이에 따라 다르겠지만, 내 생긴 대로 살아온 것에 대해 나는 만족한다.

회고록을 마치며 내 마음에 무겁게 가라앉는 것이 두 가지 있다.

하나는 나의 정치여정을 묵묵히 지켜주고 응원해준 동지들이다. 이 회고록에 거명되지 않은 분들이 대부분이지만, 어느 누구보다 내겐 소중했던 분들이다. 이미 고인이 되신 분들도 많다. 아마도 내 생전에 빚을 다 갚긴 어려울 것 같다. 회고록 말미에 그분들께 참으로 미안하고 고맙다는 말을 남긴다.

다른 하나는 가족이다. 무뚝뚝한 성격 탓에 아내에게 다감하게 대했던 적이 별로 없는 것 같다. 보이지 않게 선행도 많이 베풀고 재능도 많은 사람이다. 정치인 남편을 내조하느라 자신의 인생을 제대로 살지 못했다. 아내에게 미안하고 고마울 뿐이다. 그리고 정치한다고 밖으로만 돌아 아이들 크는 것을 제대로 지켜보지 못한 것이 늘 마음 아프다. 그럼에도 큰 탈 없이 성장해주고 자신들의 삶을 잘 꾸려가고 있다. 아이들에게도 또한 미안하고 고마운 마음이다.

요즘은 좀 늦게 결혼한 막내딸이 낳은 외손녀를 보는 게 가장 큰 낙이다. 사랑하는 가족과 함께하고 마음 맞는 벗과 탁주 한 잔 나누며 산다면 사실 더 바랄 게 없다. 큰 욕심 부리지 말고 평범하게, 가족 간에 화목하고 주변에 따뜻한 사람으로 살 수 있다면 그 이상의 행복이 어디 있으랴.

서예를 하며 알게 된 서산대사 시 한 수를 옮기며 회고록을 끝내려 한다. 언제 불현듯 세상과 이별할지 모르는 나이 때문인가. 내 마음에 평정을 가져다주는, 하루에도 몇 번씩 되뇌게 되는 애창 시다.

삶이란 한 조각 구름이 일어남이요

生也一片浮雲起

죽음은 한 조각 구름이 스러짐이라

死也一片浮雲滅

뜬구름은 본래 실체가 없으니

浮雲自體本無實

살고 죽고 오고 감이 모두 그러하네

生死去來亦如然

고 이기택의 마지막 서예작품
'신사창조 新史創造'

이기택

1937	7월 25일 경북 포항시 청하면 필화리에서 태어남
	청하초등학교 졸업
	부산중학교 졸업
	부산상업고등학교 졸업
	고려대학교 상과대학 졸업
1960	고려대학교 학생위원장으로서 4·19혁명 주도
1967	제7대 최연소 국회의원
1971	제8대 국회의원
1973	제9대 국회의원
1976	신민당 최연소 사무총장
1978	제10대 국회의원
1979	신민당 최연소 부총재
1984	제12대 국회의원
	신한민주당 부총재
1987	4·13조치 철회요구 15일간 단식투쟁
1988	제13대 국회의원
1988	통일민주당 부총재
1988	국회5공비리조사 특별위원회 위원장

저서	〈개헌이란 돌아오지 않는 다리〉
	〈한국야당사〉
	〈호랑이는 굶주려도 풀을 먹지 않는다〉

1989	통일민주당 원내총무(부총재 겸임)
1990	민주당 총재, 공동대표위원
1991	통합민주당 공동대표 최고위원
1992	제14대 국회의원(7선)
1993	민주당 대표 최고위원
1995	민주당 총재
1995	민주당 상임고문 공동대표
1997	한나라당 공동선대위 의장
1998	한나라당 부총재
2000	민주국민당 최고위원
2001	해외한민족 교육진흥회 이사장
2002	새천년민주당 중앙선거대책위원회 상임고문
2008	민주평화통일자문회의 수석부의장
2015	4·19 혁명공로자회 회장
2016	2월 19일 별세

1963	건국포장
2011	국민훈장 무궁화장

우행 내 길을 걷다

초판 1쇄 펴낸날 2017년 7월 25일

지은이 **이기택**
펴낸이 **이상규**
편집인 **김훈태**
디자인 **이세인**

펴낸곳 **이상미디어**
등록번호 209-06-98501
주소 서울 성북구 정릉동 667-1 4층
대표전화 02-913-8888
팩스 02-913-7711
이메일 leesangbooks@gmail.com

ISBN 979-11-5893-038-7 03810